中国现代小说流派研究

马文文 ◎ 著

北京工业大学出版社

图书在版编目（CIP）数据

中国现代小说流派研究 / 马文文著 . 一北京：北京工业
大学出版社，2018.12（2021.5 重印）

ISBN 978-7-5639-6554-0

Ⅰ．①中… Ⅱ．①马… Ⅲ．①小说－文学流派研究－中国－
现代 Ⅳ．① I207.42

中国版本图书馆 CIP 数据核字（2019）第 022872 号

中国现代小说流派研究

著　　者：马文文

责任编辑：郭佩佩

封面设计：晟　熙

出版发行：北京工业大学出版社

　　　　　（北京市朝阳区平乐园 100 号　邮编：100124）

　　　　　010-67391722（传真）　bgdcbs@sina.com

经销单位：全国各地新华书店

承印单位：三河市明华印务有限公司

开　　本：787 毫米 ×1092 毫米　1/16

印　　张：8.75

字　　数：190 千字

版　　次：2018 年 12 月第 1 版

印　　次：2021 年 5 月第 2 次印刷

标准书号：ISBN 978-7-5639-6554-0

定　　价：46.00 元

前　言

文学流派的研究，越来越受到人们的重视，因为它将文学思潮和文学创作紧密地联系起来，人们既能从文学思潮中找出作家创作风格形成的缘由，又能从作家作品中看出文学思潮的发生、发展和变迁。文学流派上承思潮，下连作家，使文学史的研究更加系统全面，更具有整体性。

自从一九八一年中国社会科学院文学研究所首次召开现代文学思潮流派研究会议以来，这方面的研究文章已有数百篇，专著也有几种，但专门论述中国现代小说流派的书却不多。本书意在尽可能地对中国现代小说流派做较深入的论述，为小说流派研究的发展起到抛砖引玉的作用。

对于小说流派的确定，也同其他文学流派的确定一样，意见不一，宽严有别。过严者要求社团、刊物、宣言、文艺思想和风格特征样样齐备，过宽者则认为只要是有有影响的刊物或社团，都能视为流派。前者使流派寥寥无几，后者使流派泛滥成灾。笔者认为，一个流派不一定要有社团、刊物、宣言，但必须是在思想、艺术上有共同的追求、共同的特征并造成一定的影响，形成一定气候的作家群体。如人生派探索人生的真谛，艺术派则主张主观的抒发；京派有着乡土情结，海派则表现都市的嘈杂；山药蛋派有着山药的纯朴，荷花淀派有着荷花的优美。他们都在自己独特的主张和追求下，自觉不自觉地形成了一个个有着独特风格特征的艺术流派。

要研究中国现代小说流派，首先碰到的一个问题，就是关于流派的划分。虽然流派的形成是过去的事情，是既成事实，但关于流派的划分仍有多种不同的说法。而这不同的划分，来自划分角度的差异。如有的从创作方法的角度划分，即分为：人生派（现实主义）、艺术派（浪漫主义）、现代派（现代主义）；有的根据表现方法来划分，即分为：心理分析派、社会剖析派；有的从描写对象的角度划分，即分为：革命文学派、乡土文学派、都市派、青年派；有的则按地区划分，即分为：京派、海派。一个流派可以分出支流，如人生派分出了问题小说和早期乡土文学；一个流派有几种称谓，如艺术派，有的叫它自我小说派，有的叫它浪漫派，有的叫它身边小说派，这些称谓都体现出这个流派的某一个方面的特征，都有道理，但概括又不够全面。这样一来，将各种提法的流派汇合起来，就有几十种。作者从中选取部分在文学史上有一定影响的，被人们公认的流派进行论述，不求全面，但求深入。

流派研究是一个复杂的课题，因为这是对一个作家群体的研究，既要研究群体的共性，也要研究各个作家的个性，还要研究群体与群体之间、流派与流派之间的异同。群体的共性是各流派的凝聚点，凝聚点是一个流派共同的艺术追求，如人生派追求"为人生的艺术"，艺术派追求"为艺术的艺术"。流派中各个作家不同的创作个性又体现出流派内部的丰富性和复杂性，同一个流派的作家，也有着不同的表现手法和艺术特征，就拿人生派的成员来说，冰心注重主观抒发，叶圣陶强调客观描写，许地山编故事说明他听其自然的蜘蛛哲学，王统照的写作体现他与人为善的美学理想。他们虽然都是为"人生"，但视角、手法却不尽相同。另如现代派的三位主要作家施蛰存、穆时英、刘呐鸥，虽然都是表现都市生活的怪现象，但在表现手法上，施蛰存采用的是弗洛伊德的心理分析手法，并仍然保留着现实主义方法和特征；刘呐鸥和穆时英则借鉴日本新感觉派，现代主义的成分重一些。即使是刘呐鸥与穆时英，也有很大的区别，穆时英对都市灯红酒绿的眼花缭乱的描写，是刘呐鸥小说中不曾有的纯现代主义的艺术特征。流派与流派之间的异同又说明了各流派相互构成的交叉关系的复杂性。如艺术派与七月派都强调主观感情的抒发，都具有浪漫主义因素，但七月派的浪漫主义因素和主观感情的抒发是植根于现实主义土壤中，建立在现实主义基础之上的，它既高扬主观，又强调对客观世界的真实描绘，与艺术派只重视主观抒发，忽视客观描写的艺术特征有着明显的区别。七月派强调客观描写的特点属于现实主义创作范畴，但又与京派沈从文的现实主义、社会剖析派茅盾的现实主义、人生派的现实主义有着本质的区别。正是在对这些流派的同与不同的比较研究中，我们的认识得以明晰、深入、透彻。

另外，流派的流动性也造成了流派的复杂性。一是成员的流动与交叉，流派成员在不断地分化和组合。一些作家开始属于某流派，后来却变化脱离了；开始不属于某流派，后来又加入了，如周作人开始是人生派，后来却先后成为语丝派和论语派的成员，同时对京派的创作又有重要影响；杨振声先是人生派，后来又是现代评论派的成员。有的作家被划分为不同的流派，如沈从文、废名既是京派的代表作家，又被称为乡土文学作家；叶灵凤既被称为艺术派成员，又被称为现代派成员；上海的作家施蛰存、穆时英，既被称为现代派作家，又被称为海派作家。这种成员的流动和交叉，虽然增加了研究的复杂性，但也促进了研究的深入。二是流派自身的延续和转向。流派不仅经历着从无到有，从有到无的变化，还随着时间的推移而流动，或延续，或转向。如二十世纪四十年代的山药蛋派就是二十年代人生派的延续；而二十年代的艺术派的部分成员，到了三十年代转向了革命派；还有二十年代的乡土作家王鲁彦、许钦文等人，有人把他们称为早期乡土文学派，其实他们是人生派的一个支流，可以仍归为人生派。由此可见，探讨流派消长起伏和作家来去聚散的规律，将使流派研究进一步完善。

流派形成的原因是复杂多样的，其中有时代政治的左右、文艺思潮的影响，也有作家个人艺术特色的爱好选择。但对流派的形成起根本作用的，还是创作方法、文艺思潮。创作方法和文艺思潮决定着作家的美学追求。中国现代文学存在着现实主义、浪漫主义和现代主义三大文艺思潮。这三种文艺思潮和创作方法错综交织，相互影响，从而成为三条粗细不一的贯穿线索。现实主义是贯穿现代文学的文艺主潮，从最早的人生派到后来的国统区的七月派和解放区的山药蛋派、荷花淀派，都是以现实主义为主流的。浪漫主义在一开始就与现实主义并驾齐驱，曾经是艺术派的创作主潮，但到了二十世纪三十年代随着艺术派的转向，浪漫主义的影响也减弱了，只有七月派、京派将其作为非主流的表现手法进行运用。浪漫主义这种由主潮变支流的现象，与中国的政治变化、人民生活的动荡不安的现实是分不开的。现代主义包括象征主义、表现主义、未来主义等，最初由艺术派将其作为一种表现手法进行运用，并没有形成潮流，直到二十世纪三十年代以施蛰存为代表的心理分析小说和以刘呐鸥、穆时英为代表的新感觉派的出现，才使现代主义作为一种文学思潮在小说领域占了一席之地。他们借鉴弗洛伊德分析学说和日本新感觉派的理论，形成了一支中国现代派小说队伍。这支队伍虽然随着刘呐鸥、穆时英的早逝，施蛰存的停笔改行而消失，但现代主义思潮毕竟在中国现代文学中有着一定的影响，填补了中国现代小说史中现代主义思潮的空白。中国现代小说流派以及中国当代小说流派的形成和发展，都是围绕着这三条线索展开和延续的。我们的流派研究也要随着这种展开和延续而深入、拓宽。

马文文

2018 年 6 月

目　录

第一章　绪　论

第一节　从流派的角度研究现代小说

"五四"以后的中国小说虽然只有几十年历史，但它的发展非同寻常，不仅篇幅浩繁，变化巨大，而且成就冠于其他各种文学体裁。要想准确而又概括地描述中国现代小说的发展过程，是摆在小说史研究者面前一个不算容易的课题。一些研究者正为此探索着多种多样新的角度和方法。

近年来山东文艺出版社出版的由田仲济、孙昌熙先生主编的《中国现代小说史》，也许就是这种探索精神的一个成果。这部著作系统地考察了现代小说人物形象的发展状况，全书八章，从第一章"反映着时代脉搏的知识分子形象"开始，二、三、四章分别考察了"解放途中的妇女形象""斗争中成长的工人形象""从昏睡到觉醒的农民形象"，第五章论述了"具有前驱者和领导者姿态的革命党人形象"，第六章论述了"改造和变化中的市民形象"，第七章写的是"嵌着时代印记的历史小说中的人物形象"，最后一章列述了其他人物形象——军官与士兵、地主与资本家、官僚和政客，等等。这种以不同身份的人物形象为纲的写法，确有它自己的特色。它的最大好处是，可以较清楚地显示出小说发展同时代发展的紧密关系，通过小说史从侧面反映出新民主主义革命的历史，看出时代车轮前进的辙印。但是，这种写法也容易带来两个问题：一是小说史可能成为人物系列论的汇编，不容易很有立体感地反映出现代小说丰富的层次和各个不同的方面。因为，构成小说的因素非常多，绝不只是人物形象，除了通常所谓题材、主题、情节、结构之外，还有作者生活体验的不同角度、审美情趣的高低悬殊、创作方法手法的巨大差异、文艺思潮渊源的各不相同、艺术风格个性的千差万别……这些都应该是小说史加以探讨的对象。只看人物形象的身份，很容易把小说的其他许多重要方面忽略过去。二是容易产生把作品割裂的毛病。因为，一部具体的作品很少只写一个人物或一类人物，而总是要写许多方面的人物，既写工人，也写资本家，既写农民，也写地主，还要写到知识分子、农民、仆人等。像茅盾的《子夜》、李劼人的《死水微澜》到《大波》、老舍的《四世同堂》、巴金的《激流三部曲》，都写到了大群的多种身份的人物，如果按人物形象分类论述，势必一个作品要分散在好几章里讲到，这不是人为地制造出麻烦吗？

通常研究小说史的方法，是按历史顺序、时间顺序逐个地写作家作品，写出小说作家思想的变化、艺术的发展及其与时代潮流的关联。这样的小说史，有时容易成为作家、作品的评论集，并不一定能真正完成小说史应该完成的任务。1+1+1<3，这看起来似乎荒唐，按系统工程学的观点说却是真理。小说史总不能光是罗列、介绍单个的作家作品，而应该进一步把藏在这些作家作品背后的更本质的东西揭示出来，应该交代各种不同的小说兴衰、演变的根由，发现和总结小说发展的规律和经验，有助于我们今天去思考种种问题。

这样，就很有必要从流派思潮的角度来研究小说史。流派是时代要求、文学风尚和作家美学追求的结晶；而且由于它不是只表现在个别作家身上，而是表现在一群作家身上，因此，这种文学现象也更令人注目。植物学家不能只注重研究单株树木，他们更注重考察各种自然形成的植物群落，从它们的分布、演化中找寻各类植物发展、变迁的规律。文学上也有自然形成的植物群落，那就是创作流派和思潮。研究小说流派，可以帮助我们掌握和分析纷纭复杂的文学现象，从中整理归纳出某些脉络，发现和总结小说发展的某些规律与经验，不仅能指出同一时期内横的分化，而且也能指出前后不同时期的纵的关联。再加上研究者对各个流派的文学价值的评价高低，组成了一个三维的坐标系，通过它，可以把现代小说发展的主要过程及其特点描述得更加准确，更加接近于事实，而且能做到提纲挈领、简明适度。

譬如说，某个时期为什么会有某种小说现象？后来为什么又转瞬即逝？当代的某些小说现象与历史上的文学潮流有些什么关联？——这些都需要从思潮流派的角度加以揭示。

譬如说，几年前，我们曾被当时出现的"伤痕文学"震动过，也争论过，有些人还困惑过。如果我们研究"五四"时期的"问题小说"，研究一下历史上出现的文学现象和小说思潮，就不会感到困惑。我们会从历史上小说流派、思潮的发展中得到许多启示。

又譬如说，文学主体性问题引起了热烈的反响和争论。如果从小说流派、思潮的角度做历史的回顾，我们就会发现，这个问题其实并不是现在才出现的。诗人气质很重的一些创造社作家很早就提出要充分表现作者的主观。后来七月派的胡风、路翎等人，更是突出地强调了作者的主观战斗精神，把它看作艺术的生命所在，不久却受到了批判，遭遇了厄运。对照着看，我们就会觉得许多事情的发生，都不是偶然的，它几乎是一种历史的必然。一位哲人曾经说过：历史上的一些事情，第一次出现是悲剧，第二次出现就可能是喜剧。这句话又一次应验了。

当然，任何事物有优点也会有缺点，有便利也会有困难。所谓"流派"，顾名思义，是处在不断流动、发展、变化中的。没有发展变化的流派简直不可想象。就其成员来说，他们在不断地分化与组合：起先属于某流派，后来却脱离变化了；起先不是的，后来却参与进来了。以文学研究会的许杰为例：二十世纪二十年代前半期写了不少乡土小说，到后半期，却在创造社影响下接受弗洛伊德学说，写了许多性心理小说，三十年代又转到写具有革命倾向的小说，其间变化非常大。就派别本身说，它也常常经历着从无到有、又从有到无的变化。同一个创造社，前后期就很不一样，代表着两种倾向，分属于两个流派。流派本身的这种流动性，为准确地说明它、研究它增加了某种困难。

此外，从流派角度研究现代小说史并不是什么问题都能解决。这是因为，小说流派史毕竟不能代替整个小说史。我们可以说，流派史是小说发展史中脉络最清楚、特点最鲜明的部分，但它远远不能包括小说史的全部。两者绝不可以等同起来。有些时候并没有明显的创作流派，而小说本身还是在发展着。再者，有些大作家并不一定属于哪个流派，像鲁迅，虽然对初期乡土小说有着很大的影响，但他并不局限于这个流派，而是在实际上开辟了多种创作方法、创作体式的源头。还有像巴金，在青年读者中很有影响，却不一定就直接形成小说流派。因此，我们不仅无意于用现代小说流派史来规范或取代现代小说史，而是恰恰相反，只有把小说流派的兴衰、嬗变放在整个小说发展的历史过程中去考察，才能对它本身做出恰当的说明。

第二节　防止和克服两种倾向

不同的小说流派是现代小说史上的客观事实。但是，我们的研究应该采取科学的态度。我们要反对小说流派研究中的两种倾向：既反对轻率地缺少根据地任意乱划小说流派，也不赞成无视小说流派，根本抹杀小说流派的存在。

那种轻率地、不科学地、缺少根据地乱划小说流派的现象是有的。譬如说，有人发表《中国现代小说流派简介》的文章，几乎把"五四"时期开始的每个刊物都算作一个流派，《新青年》派，《新潮》派等。这些其实都是综合性刊物。像《新青年》，除鲁迅之外，很少发表其他作家的小说作品。要这样算流派，"五四"到新中国成立的三十年间，至少有一二百个流派，因为作家发表过小说的刊物少说有几百种。又如，有的论文把"五四"以后的小说划分为"人生派""艺术派""乡土派""都市派""青年派"五个派别。所谓"人生派"，是指文学研究会；"艺术派"是指创造社；"乡土派"是指鲁迅编选的《新文学大系小说二集》里的那些作家；"都市派"是指写了《子夜》的茅盾和写了《骆驼祥子》的老舍；所谓"青年派"，是指写了《激流三部曲》的巴金以及其他写青年题材的作家（如《新生代》的齐同）。这种划分简直有点教人哭笑不得。茅盾和老舍除了都写都市生活之外，还有什么共同之处呢？巴金和齐同等人笔下的青年题材，又怎么能归到一起呢？创作流派的出现，要有某种共同的艺术追求，接受过某些共同的文艺思想的影响，怎么能仅仅根据题材的相近就胡乱归类呢？如果因为茅盾写过反映上海生活的《子夜》，就可以同写了北京生活的老舍归在一起，列为"都市派"，那么，茅盾又写过反映农村生活的《春蚕》《秋收》《残冬》，岂不应该又同写过《故乡》《风波》《阿Q正传》的鲁迅，同写过《丰收》《电网外》等农村题材的叶紫，都可以归入"乡土派"吗？同一个茅盾，还写过《蚀》《虹》，主要反映大革命时期的青年知识分子生活，岂不又可以归入"青年派"吗？我们说，创作流派是一种客观的存在，它是自然形成的，通过作品来显示自己的特点，而不是人为地、主观地划分出来的。主观地、人为地划分出来的创作流派一钱不值。研究创作流派不能像切一块豆腐，你可以横着切，我可以竖着切，他可以斜着切，而是必须根据客观事实，尊重客观事实。不凭客观事实，只凭主观臆断，科学研究就成了切豆腐，就成了开玩笑。我们应该反对这种轻率的作风和不科学的方法。

另一方面，我们也反对那种抹杀流派、对创作流派视而不见的态度。有的人认为文学根本无所谓流派，也不好划分流派。早年的徐志摩就持这种态度。一九二三年暑期，他在南开大学的一次讲演中说：文学史是很有危险性的东西。……以科学的方法来研究文学，是很煞风景的。其实一个人做文章，只是灵感的冲动，他创作时绝不存在一种主义，或是要写一篇浪漫派的文，或是要写自然派的小说，实在无所谓主义。文学不比穿衣，要讲时髦；文学是没有新旧之分的。它是最高的精神之表现，不受任何时间的束缚，永远常新，只有"个人"，无所谓派别。

这段话主要表现了徐志摩的浪漫主义的文学观，虽然不是一点道理也没有，但作为否定流派研究的一种理论，它当然是站不住脚的。说文学"无所谓派别"，显然不符合历史事实。徐志摩自己后来的文学实践、新月派本身的存在以及它的种种活动，都否定了这种观点。尽管作家写作时并没有想到他要当什么派，但他的审美趣味、文艺观点，以及他过去接触的作家、作品、思潮、流派的影响，无形中还是会支配着他，使他写出可能接近于这派或那派的作品。从理论上说，只要有不同的创作方法、不同的文艺思潮、不同的艺术追求，就有可能形成不同的创作流派。"五四"到新中国成立虽然只有三十年，但这是一个历史的大转变时期，国内活跃的各种文化社团和文学社团，国外传入的各种各样的文艺思潮、社会思潮，都争着做"表演"。可以毫不夸张地说，欧洲从文艺复兴、启蒙运动以来两三百年里的文艺思潮，在中国"五四"以后二三十年的时间里，都匆匆走了一遍，重演了一遍，这当然不免带来"煮夹生饭"的历史缺陷，但也为包括小说在内的各种创作流派的孕育准备了相当的条件。小说在西方近百年里是花样翻新得最多、最厉害的文学样式之一，中国现代小说自然也要受到某种影响，这就促进了多种小说流派的发展，其中也包括现代派小说的发展。有的学者不承认"西方现代主义文学思潮在中国的传播和影响"，认为现代主义在中国"从来没有正式形成一种比较持久的文艺运动，没有在文坛上产生重大影响"；"如果说，现实主义思潮在中国形成了文学研究会等社团，浪漫主义思潮形成了创造社，那么，象征主义、表现主义、未来主义等，并没有形成单纯而明确的社团"。这种说法也是与现代文学史的实际不尽相符的。我们知道，不但诗歌方面有象征派、现代派，小说方面也有过新感觉派。这些流派后来怎样发展是另外一回事，但我们总不能对这些流派采取闭眼不承认的态度，好像它们在文学史上根本没有发生过一样。如果不是由于文学史料掌握上的缺陷，那至少也是一种不科学的态度。

第三节 中国现代小说史上的流派

第一，二十世纪二十年代中期在鲁迅影响下出现的以文学研究会一些成员为主的"乡土小说"派，这是个有理论有创作的初步成熟的现实主义流派，代表性作家有王鲁彦、许杰、潘漠华、徐玉诺、彭家煌、王任叔、蹇先艾、许钦文、台静农等。广义地说，叶圣陶也是属于乡土文学派的。甚至像鲁迅称为"很少乡土气息"的黎锦明，其实也写了不少乡土作品，如《出阁》《复仇》等，而且写得相当简练，不过有的具有较多浪漫主义气息罢了。

第二，以创造社郭沫若、郁达夫、陶晶孙、倪贻德、周全平等为主，也包括受创造社影响的浅草社的林如稷、陈翔鹤以及受郁达夫明显影响的王以仁等在内的"自我小说"或"身边小说"的流派，这是个推崇浪漫主义同时又兼有现代主义成分的小说流派。

第三，以蒋光慈为代表的"革命小说"派，这是患有"左倾"幼稚病的初期"普罗文学"的流派，以太阳社和后期创造社的成员为代表，如洪灵菲、楼适夷、华汉（阳翰笙）、钱杏邨、李守章、刘一梦、冯宪章等。郭沫若在二十世纪二十年代末三十年代初写的一些小说的基本特征与此流派代表作家的创作风格大致相同。

第四，二十世纪三十年代初期形成的以刘呐鸥、穆时英、施蛰存为代表的新感觉派，这是一个以弗洛伊德精神分析学说为基础，竭力将作者主观感觉客体化，采用一点意识流手法的现代主义流派。在他们手中，心理分析小说得到很大发展。

第五，由茅盾的《子夜》所开创的社会剖析小说流派，主要作家有茅盾、吴组缃、沙汀和艾芜等。他们不但在左翼作家中占有重要地位，而且对现代文学的发展做出了较大贡献。他们用马克思主义观点解剖社会，并通过生活横断面再现社会，揭示中国社会的性质。这是个革命现实主义的流派，一直延伸到二十世纪四十年代，甚至新中国成立后周而复的《上海的早晨》还是在学这个流派。后来修改《大波》的李劼人、写作《李自成》的姚雪垠也在一定程度上受这个流派的影响。

第六，以废名、沈从文、凌叔华、萧乾等为代表的"京派"小说。他们的作品大都与社会现实保持一定的距离，有自己的美学理想，追求一种冲淡、恬静、含蓄、超脱的风格。朱光潜可以说是这个流派的理论家。二十世纪四十年代出现的汪曾祺，则可以说是这个流派的领袖人物沈从文的难得的传人。京派在现代小说发展史上占有重要的地位。

第七，东北作家群。这是"九一八"事变后陆续流浪到关内的一批作家，包括萧军、萧红、舒群、罗烽、白朗、李辉英等。他们对故土的沦陷深感悲痛，对日寇的侵略满怀义愤，在他们的小说作品中，共同寄托了这种感情。这是个"准流派"。

第八，丘东平、彭柏山、路翎、冀汸等人的《七月》派的小说。这也是个进步的现实主义流派。不过它比较强调作者的主观精神，重视人物的心理分析，特别是某些畸形性格的分析，带有某种"心理现实主义"的特点。

第九，二十世纪四十年代在国统区出现的以徐𬞟、无名氏为代表的浪漫主义流派。他们常常借用爱国题材或革命题材来写曲折离奇的东西。作品以抒情性和哲理性的某种结合见长。由于脱离现实，热衷编织故事，这种浪漫主义的消极成分比较多。也有些作品（如《野兽，野兽，野兽》）带有现代主义色彩。这个流派在国统区产生过一些影响。

第十，在解放区，文艺实践着民族化、大众化的方针，小说流派也处于重新孕育的过程中。其中具有流派雏形的是两部分人：一是赵树理、马烽等山西土生土长的作家，他们的小说地方味、泥土味都很浓，却又不是简单的通俗文艺，而是多多少少、程度不同地融化、吸收了"五四"以后新小说的某些长处，二十世纪五十年代以后被称为"山药蛋派"；二是孙犁、康濯等作家，他们的作品清新朴素，抒情味浓，富有新的生活情趣，有内在的美，到二十世纪五十年代经过发展，新的成员不断加入，就成了现在人们所说的"荷花淀派"。

此外，左翼作家如张天翼、蒋牧良、万迪鹤等作家的讽刺小说是否可构成一个独立的流派，应加研究。

上面提到的这些流派，它们在小说史上的地位、作用、意义自然是很不一样的，不可同日而语。作为流派，它们也必然会有各自的特点和长处。即使对一些毛病比较多的流派，像以蒋光慈为代表的"革命小说"派和以穆时英、施蛰存等为代表的新感觉派，也要采取全面的、科学分析的态度，不要简单地一味抹杀和否定。陶铸说，他是读了《少年漂泊者》，才去黄埔军校的。他对蒋光慈印象不错。这就是说，蒋光慈也确实起了一定的历史作用。我们绝不可搞片面性，全盘抹杀或全盘推崇都是不科学的。对现代派采取不承认主义更是不对的。

第四节　形成小说流派的诸因素

应该说，形成流派的因素非常复杂多样。有时，时代的政治因素可以起很大作用，如"东北作家群"的出现，就与"九一八"后东北沦陷这一特定情况有关；京派的出现，也与国民党的高压政策不无关系——虽然政治因素很难成为长远起作用的因素。有时，国际上某种文艺思潮的传播也可以起很大作用，如以蒋光慈为代表的"革命小说"派，受到了苏联"拉普"与日本左翼文艺思潮的重大影响；以刘呐鸥、施蛰存、穆时英等为代表的新感觉派，主要受到了日本新感觉派与西方意识流文学等现代主义文艺思潮的影响。没有外国文艺思潮的影响，单以中国国内的条件来说，当时未必会出现这些流派。哲学思想对一些小说流派的影响，有时也非常明显，如弗洛伊德的精神分析学说在"五四"时期就影响了创造社一批重要作家，更影响了后来的新感觉派；历史唯物主义影响了茅盾、吴组缃、沙汀等社会剖析派作家；京派则较多受到了传统的儒、释、道，乃至基督教哲学的某种影响。此外，大作家的带动和好作品的启示，对于乡土小说、社会剖析小说这些流派的形成，也直接起到了开辟道路的作用。而共同的文艺刊物，则往往成为一些流派的摇篮。

在众多的因素、条件中，对流派形成从根本上起作用的，恐怕还是作家运用的创作方法、接受的文艺思潮。创作方法、文艺思潮决定着作家的美学追求。只要考察"五四"以后三十年小说流派的发展，我们就会看到，在各种流派兴衰存亡的背后，正是现实主义、浪漫主义、现代主义三种文艺思潮与创作方法在错综复杂、此起彼伏地相互作用、相互影响，从而构成了三条粗细不一的贯穿线索。

下面，我们分别对这三种文艺思潮在现代小说流派发展中的作用进行一些考察。

贯穿在流派发展中的现实主义这条线索，从二十世纪二十年代"乡土文学"到二十世纪四十年代解放区孕育的"山药蛋"等小说流派，可以说连绵不断，源远流长。由于现实主义要求作家按照生活本身的逻辑来反映生活，要求作家必须熟悉生活、扎根生活，因此，就使这种创作方法具有先天的优越性。当然，现实主义也受过"左倾"幼稚病的干扰，走过曲折的道路，这就是所谓的"辩证唯物论创作方法"（在以蒋光慈为代表创作的初期普罗小说中表现得最为显著）。二十世纪三十年代出现的社会剖析派，一方面作为心理分析小说的对立物，克服了它的资产阶级倾向，另一方面又纠正了辩证唯物论创作方法的庸俗化错误，使现实主义回到科学的轨道上来。这个流派的出现，标志着现实主义在中国的重要发展。即使如此，现实主义也依然是广阔的，绝不是"只此一家，别无分店"。社会剖析派之外的京派小说，就可以说大体保持了"五四"现实主义的水平。同时，现实主义本身也并非完美无缺，它需要吸收其他创作方法的某些优点。鲁迅的小说尽管以现实主义为主体，但也运用和吸收了浪漫主义、象征主义等其他非现实主义的方法，这使他的作品极大地增加了思想容量和生活容量。乡土小说派的一部分作家，如王鲁彦、叶圣陶、台静农等也同样写过一些并非现实主义的象征性作品，给这个流派增添了新鲜的活力。后来路翎等人也吸收了心理现实主义的某些长处。

除了现实主义这条线索之外，浪漫主义在现代小说流派的发展中，也起过不小的作用。提倡现实主义的《新青年》，最初确实没有把浪漫主义放在眼里，陈独秀说："吾国文艺，犹在古典主义、理想主义时代，今后当趋向写实主义。"他提倡现实主义是对的，但他认为当时中国已经有了近代的浪漫主义，那就不对了。中国在"五四"以前，其实并没有经历欧洲那种扫荡古典主义、实现个性解放的资产阶级浪漫主义运动。陈独秀和《新青年》在理论上的这种不正确判断，后来由鲁迅和创造社做了实际上的纠正。创造社狂飙突起，为浪漫主义争得了与现实主义流派并立的地位，弥补了新文学运动初年在此方面的空白。这是创造社流派的重要贡献。但限于中国的社会历史条件，创造社的浪漫主义在小说中并没有欧洲浪漫主义的英雄气概和理想色彩；相反，它倒是以感伤主义的形态表现出来，还带上了一点颓废的色彩。这也表明，浪漫主义在中国是先天不足的。而从二十世纪二十年代中期起，随着"左倾"文艺思潮的传入，浪漫主义又被宣布为一种唯心主义和没落阶级的艺术方法，被贬入了"冷宫"。连郭沫若自己也在《革命与文学》中公开宣称："我们对于反革命的浪漫主义文艺也要取一种彻底反抗的态度。"这不但是先天不足，而且又落了个后天失调的毛病。它的命运除了在诗歌中略好一点之外，在小说中似乎有点奄奄一息的样子。但实践总会冲破理论的谬误，生活本身毕竟也需要理想。我们从三十年代初期艾芜《南行记》一类作品中，从有些京派作家的小说中，从解放区一部分以专写美好心灵见长的小说作品中，以及从四十年代国统区徐𫘤、无名氏等人的作品中，仍然看到了它的积极方面和消极方面的不同姿态、不同面貌。

至于现代主义这条线索，过去人们长期采取回避的态度，以致到后来简直有点湮没无闻了。但它实际上在小说流派的形成、发展过程中，起着相当重要的作用。中国介绍现代主义各种思潮、作品，那是相当早的，可以说是同介绍和倡导现实主义同时并进的。《新青年》本身就介绍过柏格森、尼采这些与现代主义文学有密切关系的哲学家和哲学思潮。鲁迅早在"五四"前就翻译俄国象征派作家安特列夫等人的作品，后来又译厨川白村深受弗洛伊德影响的《苦闷的象征》。创造社也大量介绍了从柏格森、尼采到象征派、表现派、未来派等的作品，他们自己的小说同弗洛伊德主义、德国表现派有密切的关系，一部分小说还有明显的意识流成分。浅草 - 沉钟社还在他们的刊物上出过美国象征派、神秘派作家爱伦·坡的专号。未名社也译过安特列夫不少象征主义作品。此外，还有一些社团也与现代主义的传播密切相关，如狮吼社的拥护象征主义、摩社的介绍印象主义等。一九二三年民智书局出版过一本《新文艺评论》，其中就收录了这样一组介绍外国现代主义思潮、流派的文章：陈望道的《文学上各种主义》、汪馥泉的《文艺上的新罗曼派》、沈雁冰的《未来派文学之现势》、刘延陵的《法国诗之象征主义与自由诗》等。这些对现代主义的介绍尽管也有某些分析，但绝不像某些人想象的那样采取了什么"批判态度"。即使是一些先进人物，当时也欢迎对现代主义文艺的介绍，像瞿秋白的《那个城》在《中国青年》上发表时就叫作"象征派小说"，有个短剧《白骨》在《中国青年》上转载时就叫作"未来派剧本"（这同当时苏联文艺界一些人物也倡导现代派有关）。到二十世纪二十年代末三十年代初，《小说月报》《文艺月刊》《现代文学评论》《现代》《文学》等杂志更进一步介绍了法国的象征派和超现实主义、英美的意识流、奥地利的表现主义、意大利的未来主义、日本的新感觉主义等思潮，并译载了阿保里奈尔、保尔·穆杭（法国）、沃尔夫、乔伊斯（英国）、安特列夫（现译安德列耶夫，俄国）、横光利一、片冈铁兵（日本）等现代派小说家的代表性作品（仅横光利一的短篇小说被译载的就有十二三篇之多）。正是在这种情况下，我国才形成了以刘呐鸥、穆时英、施蛰存等为代表的新感觉主义小说流派。这个流派的出现，标志着现代主义思潮已从创造社时期对浪漫主义的依附中独立出来。尽管新感觉派小说存在的时间并不很长，但他们在刻画人物心理和表现都市生活方面，仍然做了有意义的尝试，使一部分作品具有新感觉主义和心理分析小说的色彩。此后，我们从一些流派的小说作品中，依然可以辨认出现代派留下的"混血的后裔"（有时属于同现实主义结合，有时属于同浪漫主义结合），以致从创作方法上说，有时达到了"我中有你，你中有我"的境界。总之，现实主义、浪漫主义、现代主义这三种思潮、三条线索在不同历史条件下相互扭结、相互对抗，同时又相互渗透、相互组合，这就构成了现代小说流派变迁的重要内容。其中的线索虽然时隐时现，却依然是有脉络可寻的。我们要研究流派变迁，除了注意作家的作品之外，还要注意文艺思潮和创作方法。

第五节　如何评估各流派小说的现代化程度

上面说的十个流派、三种思潮，是不是只有现代主义流派才算现代化的，而现实主义、浪漫主义流派不是现代化的或者已经过时了呢？笔者对这个问题总结出以下看法。

所谓"现代小说流派"，这里说的"现代"有两重意思：一是时间概念，即指"五四"以后新民主主义革命时期的小说流派；二是性质概念，即指不同于传统小说的新小说在自己发展过程中形成的一些流派，也就是现代化的或基本上现代化的小说的流派。像鸳鸯蝴蝶派、黑幕派，这些基本上属于半旧或旧小说范围，当然不属于我们讲的"现代小说流派"之列。

"五四"以后的新小说流派，不管是现实主义流派、浪漫主义流派，还是现代主义流派，都属于现代化的文学流派。中国文学的现代化是从"五四"时期开始的，而不是最近几年才开始的。如果说，历史决定了我国工业、农业、国防和科技的现代化只能在新民主主义革命胜利之后才有条件提上日程的话，那么，作为意识形态之一的中国文学，其现代化的起点却早了整整三十年。这里有必要引述郁达夫一九二六年发表的《小说论》中的两段话。

中国现代的小说，实际上是属于欧洲的文学系统的。

新文学运动起来以后，五六年来，翻译西洋的小说及关于小说的论著者日多，我们才知道看小说并不是不道德的事情，做小说亦并不是君子所耻的小道。并且小说的内容，也受了西洋近代小说的影响，结构、人物、背景，都与从前的章回体、才子佳人体、忠君爱国体、善恶果报体等不同了。所以现代我们所说的小说，与其说是"中国文学最近的一种新的格式"，还不如说是"中国小说的世界化"比较妥当。

在郁达夫眼里，"五四"以后的中国现代小说是现代化的小说，是"世界化"的小说。应该说，这个看法完全符合文学史的实际。冯雪峰在二十世纪五十年代也说过一段话。

我们认为"五四"新文学在形式和精神上不同于旧文学，这正是中国文学的现代化。虽然在许多方面，它确实是"外国化"了；但实质上，这正是中国文学在中国革命的要求与推动以及世界进步文学的影响之下的现代化。所谓现代化，在当时就是在思想上向民主主义革命的精神迈进，在文学形式上，向更适合于新的内容的形式前进。这样的现代化，是必要的，是伟大的革命行动，也正是"五四"文学革命的目的。

世界文学并不是资产阶级文学，也有国际无产阶级文学，冯雪峰说的就是"世界进步文学"。所谓"世界化"，其实就是现代化。它并非不要民族传统，只是主张对传统要加以改革，使我们的文学和世界文学取得同步的发展。新文学的奠基人鲁迅，本身就是文学现代化的开路先锋。虽然由于种种原因，文学现代化的这个过程也走过弯路，出现过曲折，但总的来说，这个过程仍在持续不断地发展着。今天人们谈论的文学现代化，实际上正是"五四"以来这一历史过程的继续。我们绝不能割断历史，把文学现代化看作今天才开始的无源之水。前两年，报刊上关于文学现代化与现代派文学的讨论进行得很激烈，一些文章确实提出了不少发人深思的意见和问题。但有一部分文章有一个共同的弱点，即不大了解"五四"以来我国文学现代化的历史状况。有的学者把迄今为止、经过文学革命已一百多年的我国小说的特点概括为："叙述离奇曲折或至少引人入胜的完整故事"，"对社会环境做客观的包罗万象的描写"，"其叙述角度往往都是一种，就是作者站在全知全能的角度"，因而说它们属于与现代小说对立的"传统小说"之列。这些说法都不是很准确、不太符合文学史实际。其实，考察"五四"以后小说是否现代化，应该综合起来看，也就是从小说内容到小说形式，从创作方法到创作技巧，全面地衡量，而不是光看小说的叙述角度之类形式或技巧问题。"五四"以来小说的现代性在于：现代的思想主题获得了现代的存在形式，这是一种全面的、根本的变革。我们之所以说"五四"以后的小说流派基本上是现代化的，是因为"五四"以后的新小说具有六个特点或标志。

第一，从内容上说，小说表现的意识与描写的对象都是崭新的，真正属于现代的。所谓现代意识，简单一点说，就是尊重人、把人当作人，就是民主的精神、人人平等的精神，既懂得自尊也懂得尊重别人的精神，以及尊重科学、尊重文明、热爱进步的观念，等等。"五四"后的小说作者，正是受了现代意识——民主主义和社会主义思潮的影响，对被压迫人民不但同情，而且和他们平等相待，感同身受，而不是居高临下。鲁迅如果没有现代意识，《故乡》里就绝不会有闰土叫一声"老爷"使"我"心灵震颤"似乎打了一个寒噤"这样的描写；《药》里也不会寄托革命者的血被愚昧的人们当作治病的"药"那样的悲痛。巴金的《家》过去曾被有的人讥笑为"《红楼梦》+革命"，然而，实际上《家》与《红楼梦》的思想距离相当遥远。只要比较两部小说怎样对待丫鬟之死这一点就清楚了：《家》用浸透感情的笔写了鸣凤的死，这场悲剧不但震动了觉慧，使他终于离家出走，也大大震动了我们读者的心灵。《红楼梦》写了金钏的死，态度却相当冷漠，宝玉似乎无动于衷，没有多少感情上的反应。国外有的研究家对《红楼梦》中如此冷淡地对待丫鬟的命运感到吃惊。这一对比就显出两者的思想距离。"五四"后的许多小说作者重视人的基本权利，宣扬人格独立，具有现代的"人"的观念。鲁迅的《狂人日记》尖锐地反对"吃人"制度的存在，叶圣陶的《一生》提出了"这也算一个人吗"的民主主义启蒙思想，这些小说可以算是用艺术方式写的新《人权宣言》。尤其值得重视的是，许多小说中的觉醒者主人公不但反封建，而且具有现代人的内省精神和负罪意识（如鲁迅的一系列小说）。即使像京派作家，他们也并未忘记宗法制农村尚有冷酷、狭隘、蒙昧、落后的一面。不少现代小说体现出来的思想是：人们既要懂得自尊，也要懂得尊重别人；既要使自己不受压迫，也不能转而去压迫别人；坚决反对"威福、子女、玉帛"一类旧的封建的人生理想，也批评了小生产者的狭隘思想。《阿Q正传》既愤慨地揭露了假洋鬼子不准阿Q革命，也沉痛地批评了阿Q不准小D革命。这些都名副其实地显示了现代人的思想立场。完全可以这样说：如果没有现代意识，就根本不可能有我们中国的现代小说。彭家煌有篇小说叫《Dismeryer先生》，写一个在上海做工的德国人失业之后的狼狈处境，他无力维持生活，只好租用别人家一间厨房来住，靠不断变卖东西度日，经常吃了上顿没下顿。邻居 P 先生想起自己过去在法国勤工俭学时的窘迫，就对这个飘零在异邦的德国工人很同情，想帮他找个合适的职业，却又实在无能为力。有一次偶然留德国人吃了一顿饭，德国人就误认为他们夫妇经济比较宽裕而又热情好客，以后他就常常在 P 先生夫妇吃饭时出现，还尽量帮 P 先生家里做点杂务。日子长了，P 先生夫妇实在负担不起，却又不好意思说出来。某天 P 先生的夫人就偷偷摸摸地不到亮灯时间提前开了晚饭。这位可怜的德国人到了晚饭时间又来敲门，还带来了他变卖最后一点东西换来的菜，但看到已经是碗盘狼藉的场面和夫妇俩非常尴尬的表情时，他心里明白了一切，颓丧地退了出去。等到 P 先生责备夫人，他夫人也觉得自己做得不应该，再去诚心诚意地请他吃饭时，德国人推说自己已经吃过了。而且，从第二天起，人们在这栋房子里再也见不到这个德国工人了。小说细致真切地写出了处于困境中的三颗善良而又各有个性的心灵，他们相濡以沫，但又自觉地不愿给对方添加负担——物质的或精神的负担。他们懂得自尊，同时也懂得尊重别人，不愿伤害别人的自尊心。赶走一个不相干的人，甚至骂他几句，给他一点难堪，这样做对有些人来说太容易了，而 P 先生做起来却很困难。作品并没有唱什么国际主义的高调，但却真实地表明现代人应有的觉悟。这是一篇很有代表性的表现现代思想内容的小说。

同这种现代思想内容相适应，"五四"以后小说的描写对象也从总体上发生了巨大变化，即从封建时代小说中的帝王将相、才子佳人，从近代谴责小说中的官僚商贾、政客妓女，变为"五四"以后日常生活中的普通人——普通的农民、工人、知识分子和市民，而且是按照生活本来的样子在写他们，这同样体现了现代民主主义的倾向。中国近代小说中，几乎完全没有劳动人民的形象，到"五四"以后，大批劳动者形象进入小说，这是一种很能说明问题的文学现象。一百多年前，当欧洲出现一批以下层人民为表现对象的小说作品时，恩格斯曾说"近年来，在小说的性质方面发生了一个彻底的革命，先前在这类著作中充当主人公的是国王和王子，现在却是穷人和受轻视的阶级了，而构成小说内容的，则是这些人的生活和命运、欢乐和痛苦"，他把"作家当中的这个新流派"称誉为"时代的旗帜"。中国小说里发生"一个彻底的革命"，就是从"五四"时期开始的。尤其值得注意的是：中国小说中描写对象的这种变化，比欧洲小说中发生的同类变化要快得多。欧洲尽管自十九世纪起出现了现实主义思潮，但最初二三十年里小说写的还是贵族、官僚、公爵、伯爵夫人、公子哥儿或者像于连这样向上爬的个人主义者以及新起的资产阶级。中国小说却从帝王将相、才子佳人、官僚商贾、政客妓女一下子转到写受压迫的农民、工人、妇女、市民以及普通知识分子。这种变化的迅速，体现了中国的资产阶级民主革命已经由无产阶级来领导的这种不同于欧洲的时代特点。

第二，性格小说的出现。中国古典小说大体上都属于情节小说，它们并非不刻画性格，但都是寓性格描写于故事情节的叙述之中，出发点和落脚点都是讲故事，连《快嘴李翠莲》那样比较集中地写性格的也不多。而且大部分古典小说的性格刻画常常突出某个主要点，有过于单纯化的倾向，像诸葛亮突出智慧、关云长突出忠义、张飞突出威猛、刘备突出仁厚、李逵突出粗鲁莽撞，等等，这是古典小说的长处，也是它的短处。这种单纯化的写法带有中世纪的现实主义发展不充分的特点。像《红楼梦》那种性格刻画的丰富性是比较少的。欧洲十九世纪以来的情形很不一样，在个性解放思潮的推动和表现性格丰富性的要求下，发展起了性格小说，"五四"以后的中国小说受了欧洲性格小说的很大影响，大量的作品出发点和落脚点都是在刻画人物性格，并不追求曲折离奇的故事情节。像鲁迅的《故乡》《孔乙己》等有什么突出的故事情节？至于像黎锦明的《出阁》、燕志儁的《守夜人》，更是只有一个场面，几乎完全没有情节，然而人物性格和诗情画意却给人较深的印象。周作人很早就从小说理论的角度做了宣告，他说："内容上必要有悲欢离合，结构上必要有藤葛、极点与收场，才得谓之小说，这种意见，正如十七世纪的戏曲三一律，已经是过时的东西了。"公开把情节与高潮（即所谓"极点"）之类扔到了一边。而且，新的小说对人物性格的理解也不一样了：不是像古代那样把性格看成天生的、命定的、前世种下的因果，而是把性格看作后天决定的，是环境决定的。闰土少年时代聪明活泼，到中年变得麻木、安于命运，这些都是环境造成的。洪深有篇文章，题目就叫《环境怎样造成人物》。因此，"五四"以后的小说作者大多在刻画人物性格的同时注重描写作为背景的环境，这里往往体现出作者朴素的现代唯物主义思想。郁达夫在《小说论》第六章《小说的背景》中，曾具体指出："近代小说里的背景和人物的关系，最显而易见的，是这些人物的职业、身份和社会制度的背景。……在性格小说中，决定人物的性格的背景，尤其是指不胜屈。"这里实际上论述了典型人物与典型环境的关系。西方自然主义流派那种把人物性格看成生物学的遗传——父亲是酒鬼，儿子也一定酗酒，父亲生活糜烂，儿子也一定乱伦这种简单化的看法，在中国作家中相信的不多。中国作家一般都认为是社会环境决定或影响人的性格，这是半封建半殖民地的社会现实教育作者的结果。

第三，新的小说结构、体式的出现。中国过去的长篇小说是章回体，短篇小说则是长篇故事的压缩。文言短篇小说的开头总是"某生者，某地某村人也"，然后就把这个人一生中经历的长篇故事压缩成短的篇幅来讲。这类小说的结构形式完全与情节发展过程重叠复合在一起，故事的起头也就是小说的开头，故事的收场也就是小说的结束，在这类小说中，故事情节之外就无所谓结构。这种写法，虽然并非没有剪裁，但布局究竟比较呆板，也不经济。十九世纪三四十年代以来的欧美短篇小说，则很重视结构，很讲究结构，把结构提高到一个重要的位置上。小说作者常常截取一个横断面，把人物的一生集中到这个横断面上来表现，犹如植物学中通过年轮来研究树木、医学中通过切片来观察细胞一样，显得很经济、很科学。既然要集中到一个横断面上来表现，当然就带来手法上的革新，使得倒叙、插叙大量被运用。起先是短篇小说通过横断面来写，后来连长篇小说也采用这种方法。如苏联作家卡达耶夫的《时间呀，前进》，就通过一个建设工地上一天二十四小时的生活，表现了苏联社会主义建设的比较宏伟的场面和相当众多的人物；茅盾的《子夜》以吴荪甫三个月经历为中心，在错综复杂的矛盾中表现了二十世纪三十年代初期的整个上海社会；它们都具有多线索发展的真正现代化的复杂结构。这种横断面的写法，后来在社会剖析派作家如吴组缃、沙汀等人的作品中，获得很大的发展，取得了出色的成就。除了横断面，还有其他各种结构方法，如取几个点连接起来构成纵剖面，或采用电影蒙太奇式的组接法等。还有赵景深所谓用"情调"或"情绪"来贯穿的现代"情调小说"。此外，也还有新的小说体式，如日记体、书信体之类，这些都是中国过去没有的。胡适在"五四"时期写过一篇文章叫作《论短篇小说》，介绍欧美现代短篇小说的特点和结构方法，对"五四"以后中国小说的现代化起过很好的作用。小说既然这样讲究结构，情节在作品中的地位、作用也就自然下降了。甚至出现了像《呼兰河传》这类"没有贯穿全书的线索""不像小说"然而被茅盾称为"比'像'一部小说更为诱人些"的作品——抒情成分很重的作品。这也正是小说现代化的一种标志。

第四，叙事角度有了变革，由作者当叙述人的全知全能的角度开始突破。这是西方认为现代小说技巧区别于传统小说的很重要的标志。中国古代白话小说在叙事角度上存在两个问题：一是由说书人充当叙事者。即使在文人写的作品中，也往往保留了说书人的姿态、语调和套话。这种叙事方式，相当程度上助长了模式化倾向，限制、削弱了作者的创造力和艺术个性的发挥。二是这些小说中，作者都以全知全能的姿态出现：书中任何人物、任何时间里的任何内心活动，作者全都知道，有时给人一种不近情理的感觉。正像郁达夫在一篇文章中所批评的：当小说作者"屡屡直叙第三人称主人公的心理状态的时候，读者若仔细一想，'何以这一个人的心理状态，全被作者晓得这样精细'，那么一种幻灭之感，使文学的真实性消失的感觉，就要暴露出来"。郁达夫认为，这是"文学上的一个绝大危险"。这种情况，在欧洲很长时期内也是存在的。直到十九世纪后期，陀思妥耶夫斯基和康拉德的小说出现之后，西方作家才逐渐自觉起来：为了取得读者的信任，给予读者更强的真实感，便将传统小说的全知角度改变为特定的观察者的角度来进行叙述。这个特定的观察者，有时是作品中的主要人物（即所谓"次知视角"，仅次于全知的作者的那种视角）；有时是作品中的次要人物（乃从旁观察者，即所谓"旁知视角"）；有时通过第一人称"我"来叙述（即所谓"自知视角"）；这样，就突破了单一的作者全知全能的叙述角度。"五四"后的中国小说，正是这样做的。它彻底放弃了延续千年之久的"说书人"的面具，同时又开辟了多种多样叙事途径，使作者获得充分显示个性的机会。鲁迅的小说首先就打破了传统小说那种由无所不知的作者来叙述的角度和方法。从他第一篇白话小说《狂人日记》起，甚至从更早的《怀旧》起，都是由特定的观察者角度来叙述的：在《狂人日记》中是狂人，在《孔乙己》中是那个酒店小伙计，在《故乡》中是"我"。因此，夏志清先生的《中国现代小说史》也承认鲁迅是中国运用现代技巧写小说的第一个人。白先勇在《社会意识与小说艺术——"五四"以来中国小说的几个问题》一文中，也认为鲁迅是第一个运用西方技巧写小说，并以《孔乙己》为例说它用了"第一人称旁观者的叙述角度"。可见，从鲁迅起，中国小说在这方面也开始现代化。尽管现代作家中有些人不太注意这一点，叙述角度有时比较混乱，但总的情况与过去大不一样了。这显然是一种进步。那种笼统地认为"五四"以后的小说"叙述角度往往都是一种，就是作者站在全知全能的角度"的看法，显然是与文学史实际不符的。

第五，注重心理描写和心理分析。由于中国传统小说是从说书发展来的，因此它注重故事情节，注重从人物行动中刻画性格，除《红楼梦》外，一般都比较少写心理，尤其缺少很细致的心理描写。

第六，上面这些变化归结到一点上，就是创作方法的现代化和多样化，就是以自觉的现实主义为主体的各种新的创作方法（包括浪漫主义、象征主义、表现主义、新感觉主义）的运用。这些新的创作方法的运用，使文学与生活的距离一下子缩短了，使新小说比过去任何时期的小说都和现实的人生结合得更紧密了。笔者认为，不仅现代主义显示着文学的现代化，而且自觉的现实主义本身，也是小说现代化的标志。现实主义当然很早就有，但那是不自觉的。作为文艺思潮的自觉的现实主义，只能产生于欧洲资本主义社会的成熟时期，即各种固有矛盾暴露得相当充分的时期。在这个时期，人类的自我认识开始达到一个比较科学的阶段（马克思主义的出现就是这方面的一个标志）；文学早已不再热衷于表现神或半神化的人，普通人的日常生活愈来愈被人们关注；加上近代自然科学的发展，于是就直接启发了现代小说中那种截取横断面的表现方法，并推动作家去突破全知全能的叙述角度，也为细致的心理描绘、心理分析准备了条件。这一切都证明：自觉的现实主义思潮的出现，是世界文学史上的一个飞跃。"五四"时期把这种文艺思潮和创作方法引进中国，是一种巨大的进步，是文学现代化的重要标志。现实主义不但不应该被排除在现代化文学之外，而且从小说戏剧的领域来说，它可能还是主体和基础（诗歌领域不一样，诗以现实主义为主很困难，它的主体只能是浪漫主义、象征主义和现代主义）。现实主义并没有"过时"，也不可能过时——因为它还在继续发展着。我们绝不能把文学现代化同现代派文学混为一谈，好像只有现代派才是真正的现代文学。事实上，即使现代主义文学，有很大一部分也是以现实主义为基础或者大量吸取了现实主义成分的。可以预期，古老的情节小说，近代的性格小说和心理小说，这三种形态在今后相当长的时期内都会共存下去；把这三种小说看成从低级到高级的发展，企图让心理小说取代性格小说、情节小说，这些说法和做法终将证明是行不通的。至于中国现代的浪漫主义文学，不仅现实主义成分很重，而且常常与现代主义有某种结合，它和当年欧洲的浪漫主义已经不一样了，因此，说它也是现代化的文学，是符合实际的。而现代主义，不但"五四"以来存在，今后无疑还将在中国小说领域内得到较大发展。实际情形正像郁达夫二十世纪三十年代在《现代小说所经过的路程》一文中说的那样："现代的中国小说，已经接上了欧洲各国的小说系统，而成了世界文学的一条枝干。"冯牧考察美欧回来也说：中国现代文学同世界现代文学相比，从艺术水准、文学技巧、现代化程度来说，并没有较大的距离。这些判断，无疑是有道理的。

第二章 反映社会现象 探讨人生真谛——论人生派小说

第一节 从失望和希望中崛起

人生派是"五四"运动以后出现最早的小说流派之一。它是在民主与科学、专制与愚昧的历史大搏斗中崛起的一个感时忧国的文学群体，这个群体与所有同时代的进步知识分子一样，在对传统文化彻底失望以后便产生了一种恐慌。正如鲁迅在《随感录·三十六》中说的："许多人所怕的，是'中国人'这名目要消灭，我所怕的，是中国人要从'世界人'中挤出。"于是，中国人的自信心在即将丧失的时候被唤起，中国人的自我意识在即将失落的时刻觉醒。人究竟是什么？人生价值何在？这些成为人生派群体思考、探索的焦点。他们在对传统文化的怀疑和失望中，把历史的使命放到了自己的肩上。他们开始重视人的价值，提出"人的文学"的口号，把"为人生"、表现人生、批评人生、改造人生作为文学的核心任务，把反映社会生活、探讨人生真谛作为文学创作的两大要素。他们既反对鸳鸯蝴蝶派的"游戏文学"，又与艺术派的"为艺术而艺术"有着根本的分歧。在文学与人生的关系上，能看到黑暗中的光明。他们从失望与希望中崛起，在新旧交替的时代找到自己的位置，从文化选择和价值重构的两难困窘中走出，从而走进一个广阔的新天地。

"文学研究会"是"五四"以来最大的纯文学团体，它是"人生派"的发起单位，该会在《宣言》中说明了他们的主张："将文艺当作高兴时的游戏或失意时的消遣的时候，现在已经过去了。我们相信文学也是一种工作，而且又是于人很切要的。"文学研究会的理论主张的奠定者沈雁冰对这句话做了解释："这句话，不妨说是文学研究会集团名义下有关系的人们的共通的基本态度。这一态度，在当时被理解作'文学应该反映社会的现象，表现并且讨论一些有关人生一般的问题'。"沈雁冰准确地概括了人生派"反映社会"和"表现人生"的文学主张，在此主张下，他们重视文学的社会功能和社会使命。沈雁冰在《大转变时期何时来呢？》一文中写道："尤其在我们这时代，我希望文学能够担当唤醒民众而给他们力量的重大责任。"他主张文学必须反映和表现社会生活，沈雁冰、郑振铎还强调要写"血与泪"的文学，声诉当代人类的苦痛。文学研究会提倡现实主义的创作方法。主张客观描写，反对凭空想象。他们立志通过文学砸破封建统治的地狱，"扫荡这些食人者，掀掉这宴席，毁坏这厨房"，把中国人民从统治者的精神枷锁的桎梏下解放出来。

当然，文学研究会的成员在理论主张和创作倾向上并不是单纯划一、一成不变的。在创作方法上，虽然文学研究会的成员都提倡现实主义的写实手法，但有相当多的会员受到浪漫主义的影响，如冰心的主观抒情和理想色彩；王统照的主观与幻想因素；许地山、庐隐的浪漫主义的表现。虽然后来由于残酷的现实使他们逐渐向现实主义靠近，但他们初期的追求在他们的文学生涯中留下了很深的印记。对于文学有无功利目的，文学研究会的成员也有不同看法。周作人是较早提出"为人生"的理论主张的人，他在《人的文学》中指出："用这人道主义为本，对于人生诸问题，加以记录研究的文学，便谓之人的文学。"但周作人后来由功利论者退为无功利论者，只写一些像《乌篷船》《家乡的野菜》这样的作品了。但是人生派的大多数会员认识到文学的社会功利目的和社会实用价值的重要性。他们关心社会现实，积极入世，注意劳动人民的血痕泪迹。如叶圣陶的《破屋》、杨振声的《渔家》、利民的《三天劳工的自述》、王思玷的《偏枯》等，都是一篇篇血与泪的文学。

人生派从萌发到成熟一共经历了四个阶段，而每个阶段又是相互交叉、相互衔接的，每个阶段都显示了人生派在理论主张和创作实践两个方面的变化发展。这四个阶段为：萌发期、全盛期、成熟期、转向期。

第二节　萌发期与早期人生派

从"文学革命"开始到文学研究会成立之前，是人生派发展过程中的第一个阶段，称为早期人生派，其特点已经具有鲜明的流派个性——为人生的艺术。但不是以社团为中心的一个自觉流派，而是为着一个共同的宗旨自发地走到一起的。

早期人生派的活动，几乎是和"文学革命"、"五四"运动同步的。沈雁冰、周作人主要着力于"为人生"的理论宣传。新潮社的成员罗家伦、杨振声、汪敬熙、叶圣陶、俞平伯等着力于小说创作。

周作人的《人的文学》是早期人生派理论的一面旗帜。文章揭露了封建文学否定人的价值的反动性，提出了人道主义的为人生的主张。如果说周作人提出的"人的文学"既有反封建的积极性，又有不可避免的阶级和历史的局限性。那么。沈雁冰的理论主张在一定程度上克服了周作人的局限性，在思想高度和理论修养方面都表现了更高的水平。沈雁冰把新的时代内容注入了早期人生派的理论领域。沈雁冰明确指出，"为人生"的文学，首先要表现"血和泪"的人生，为整个人生派奠定了表现人生的基本内涵。文学研究会成立之前，中国新文学史上最早提倡"为人生"的文学社团是新潮社。新潮社是一九一七年北大学生在北大文科学长陈独秀的支持下酝酿成立的。汪敬熙主张"力求着去忠实地描写我所见的几种人生经验。我只求描写的忠实，不掺入丝毫批评的态度"（《雪夜·序》）；

罗家伦认为"小说第一个责任,就是要改良社会,而且写出'人类的天性'来";杨振声提出要"描写民间疾苦"。这些主张都代表了"新潮"作家群的创作倾向,他们都用创作实践着自己的理论。

汪敬熙的《一个勤学的学生》刻画了热衷于仕途者的心理。作品描写了好学生丁怡看榜前后的矛盾心情和可笑行径,深刻地抨击了社会丑相。汪敬熙还写了《雪夜》这样的反映贫苦的下层人民生活艰辛的作品。俞平伯写新诗,写散文,仅写有一篇小说《花匠》。小说写"我"在一家花厂造访,看见一位四十多岁的花匠在扎榆叶梅。花匠为了满足达官贵人的需要,将榆叶梅进行人为的剪修,使之成为畸形。这支榆叶梅后来被来买花的一老一小视为珍品,买走了。这个情景引起了"我"的一番感想,小说以花的自然美变成病态美来象征自然人性被压抑被摧残的痛苦,从中寄托人们对于个性解放的强烈要求和改良社会的诚挚愿望,认为人生应该摒绝矫揉造作,任其自然。罗家伦的作品《是爱情还是痛苦?》,诉说婚姻不自由的痛苦,要求个性解放的愿望非常强烈。小说写程叔平和他的情人吴素瑛终不能成眷属,却和他所不爱的妻子生活在一起,酿成人生的悲剧。透过这幕悲剧,作者对这种不合理的人生提出尖锐的批评,"我近来主张人类相处,必有一点人类的乐趣;现在一点乐趣没有的家庭,岂不是活地狱吗?"叶圣陶的《一生》(初为《这也是一个人?》)抒写贫女屈辱无告的苦衷。小说一开头就说:"伊生在农家,没有享过'呼奴唤婢''傅粉施朱'的福气,也没有受过'三从四德''自由平等'的教训,简直是很简单的一个动物。"到了十五岁,父母把她嫁了,到了夫家,夫家正缺劳力,认为她来了也可以抵得半条耕牛。后来丈夫病死了,婆家二十元钱把她卖了。"伊的父亲、公公、婆婆都以为这个办法是应当的,他们心里原有个成例:田不种了,便卖耕牛。伊是一条牛,一样地不该有自己的主见——如今用不着了,便该卖掉。把伊的身价充伊丈夫的殓费,便是伊最后的义务。"作者通过对这个连名字都没有的妇女的一生的描写,表达出他对旧社会强烈的控诉和抗议,为妇女争取做一个人的权力而发出呼吁。

杨振声可算早期人生派有一定影响的作家。他对现实主义的关注,批判社会生活的创作精神以及人道主义的社会理想,从根本上决定了作者的审美选择和审美判断,较深刻地集中反映下层人民的苦难,正是杨振声不同于"新潮"其他小说家及当时小说创作一般倾向的特点所在。在一九一九年至一九二一年间,大多数小说以表现知识分子的恋爱婚姻为主要内容,正如茅盾在《评四五六月的创作》中所说:"描写男女恋爱的小说占了全数百分之九十八,大多数创作家对于农村和城市劳动者的生活很疏远,对于一般的社会现象不注意,他们最感兴味还是恋爱,而且个人主义的享乐倾向也很显然。"杨振声不同于罗家伦、汪敬熙、俞平伯、叶圣陶等人的那种居高临下的人道主义,他是以更多的平民主义精神给那些被侮辱的人们以深切的同情,以此来控诉、鞭挞不合理的社会制度。杨振声的创作给当时的文坛带来一片新气象。被鲁迅选入《中国新文学大系》的《渔家》是杨振声的成名作。《渔家》写渔民王茂家破人亡的不幸遭遇。连绵阴雨使渔民不能出海,王茂家米缸空空,借贷无门,水上警察上门逼税抓走王茂,后墙被雨冲倒砸死了儿子,妻子当时晕死过去，王茂哀求警察要看看孩子，却被警察拉走了。风雨中，一位可怜的女孩子在昏黑的夜里哭叫。作品通过对那女孩子的描写发出了这样的质问："咱们因为什么没有钱？怎么就命不好？"真是叫天天不应，问地地无声，这质问表达了作者对不公平社会的愤懑之情。《一个兵的家》反映了军阀战争给一个阵亡士兵的家庭所造成的灾难。《磨面的老王》写一个穷苦的雇农凄楚的心境。《贞女》描写一个姑娘因嫁给一个木头牌位，最后由绝望而自杀的悲剧，深刻揭露了封建礼教的吃人本质。

鲁迅在《中国新文学大系·小说二集·导言》中说:《新潮》群是"为人生文学的一群"，"他们每作一篇，都是"有所为"而发，是在用改革社会的器械"。一九一九年末，新潮社主要成员出国留学，《新潮》由此停刊。

鲁迅可算是早期人生派中最杰出的作家，他是在"为人生"文学观的推动下走上文学道路的。鲁迅在《我怎么做起小说来》一文中说道:"为什么做小说罢，我们抱着十多年前的启蒙主义，认为必须是'为人生'，而且要改良这人生。"所以，他的小说题材"多来自病态社会的不幸的人们，意思是在揭出病苦，引起疗救的注意"。鲁迅在他的作品中自觉地描写了悲剧性的人生内容。

早期人生派是中国新文学运动中现实主义道路的开拓者，他们在新文学中有着承上启下的作用，为"文学研究会"的成立奠定了坚实的基础。但由于早期人生派以"人道主义为本"，同时也吸取了个性主义的因素，所以，不可避免地受到了人道主义和个性主义的资产阶级局限性的影响。

第三节　全盛期与问题小说

文学流派的形成有自觉和不自觉的两种方式，人生派是在"自觉"和"不自觉"的交叉作用下形成的一个小说流派。一九二一年一月文学研究会的成立，标志着人生派结束了萌发时期的不自觉结合阶段，进入了以文学研究会为中心的自觉结合阶段。

一九二一年一月四日文学研究会在北京中央公园举行成立大会。当月，《小说月报》同时刊登了茅盾起草的《改革宣言》和周作人起草的《文学研究会宣言》。在中国现代文学流派史上，这是一件有划时代意义的大事。商务印书馆出版的《小说月报》是当时中国文学界最有影响的刊物，但在这之前，它是鸳鸯蝴蝶派的阵地。人生派能够占领《小说月报》，足以证明新文学运动是不可抗拒的历史潮流。

当年，几乎所有抱着"为人生"文学观而从事文学活动的人都集合在文学研究会的大旗之下，使人生派的声势空前壮大，盛极一时。在一般人的心目中，以文学研究会为中心的人生派，无形中成了新文学运动的主要代表，同时也就将人生派推到了斗争的风口浪尖上，成为几股火力的投射点，由此便使人生派陷入好几个论战中。一是同复古派的论战，因为守旧顽固势力将反对新文学的主要力量对准了他们；二是与鸳鸯蝴蝶派的论战，鸳鸯蝴蝶派对人生派由于有着旧仇新恨而对他们发起了总攻；三是属于新文学阵营的内部矛盾，及以创造社为代表的艺术派与人生派之间的论争。人生派在论战中不断学习，不断充实自己，使之成长、壮大起来。

全盛期的人生派已经开始运用唯物主义观点解释文学与社会生活的关系，茅盾强调："现代的活文学一定是附着于现实人生的，以促进眼前的人生为目的"，这一时期的人生派理论家更加强调文学的时代性，提倡写血与泪的文学，主张作家必须和时代的呼号相应答，深切地关注国家社会的苦痛与灾难。叶圣陶说："现在的创作家，人生观在水平线以上的，撰著的作品可以说有一个一致的普遍的倾向，就是对于黑暗势力的反抗，最多见的是写出家庭的惨状，社会的悲剧和兵乱的灾难，而表示反抗的意思。"理论上的鲜明倡导，必然带来创作上的丰收，全盛期人生派创作丰收的一个最重要的标志，就是问题小说的出现。

所谓问题小说，就是以小说的形式提出社会问题。鲁迅在《英译本〈短篇小说选集〉自序》中说："偶然得到一个可写文章的机会，我便将所谓上流社会的堕落和下层社会的不幸，陆续用短篇小说的形式发表出来了。其原意其实只不过想将这示给读者，提出一些问题而已，并不是为了当时的文学家之所谓艺术。"鲁迅把自己的小说已当作了问题小说。

"五四"时期的问题小说是"五四"启蒙主义精神和初步入世的学生青年的人生思考相结合的产物。面对社会的黑暗，人民的苦难，封建统治的腐朽，群众的愚昧落后等突出问题，新觉醒的启蒙志士和新文学家顺应时代的要求，以睿智的理性和蓬勃的热情，去拥抱、去透视、去剖析这些社会问题，成为"五四"时期的问题小说家。

"问题小说"是从挪威戏剧大师易卜生首创的"问题剧"演化而来的。易卜生在他的剧作中深刻地提出了急待解决的家庭、婚姻、道德、法律等现实问题，有力地抨击了资本主义社会的弊病。他的《玩偶之家》在我国引起了强烈的反响，人生派的作家对易卜生的作品更是爱不释手，"娜拉出走"的热潮在小说界风靡一时。

人生派讨论得最多的问题是人生的目的和意义，提出"人生究竟是什么"这个中心问题。最早提出这个问题的是胡适的《一个问题》，小说的主人公是个知识分子，生活的重担压得他喘不过气来。刚刚三十岁就头发白了，脸上皱了，背上驼了，为了养活老婆孩子，他每天只能睡四五个小时，结尾时主人公发问道："像我这样养老婆，喂小孩子，就算做了一世的人吗？"当时像这样只问病情不开药方的小说很多。叶圣陶的《一个朋友》写"我"去参加一个朋友的儿子的婚礼，此情此景使他想起这个朋友本人当年举行婚礼的情形，面对这种把结婚、生儿育女当作最大福分的庸俗无聊的人生态度，主人公抒发了这样的感慨："我忽然想起，假如我那位朋友死了，我给他撰《家传》，应当怎样的叙述？有了！简简单单只要一句话：'他无意中生了个儿子，还把儿子揿在自己的模型里。'"

人生究竟是什么？有的作家企图从正面解答，茅盾先生在《中国新文学大系·小说一集·导言》中根据这些作家"人生观"的差异，把他们分作三种类型：第一种是冰心、叶圣陶、王统照，"憧憬着'美'和'爱'的理想和和谐的天国"；第二种是庐隐"苦闷彷徨焦灼"

的思考人生；第三种是许地山的二重性人生，"一方面是积极的昂扬意识的表征（这是'五四'初期的），另一方面却又是消极的退婴的意识（这是他创作当时普遍于知识界的）"。

一、冰心的爱的哲学

冰心在"五四"初期的问题小说，曾接触到社会的黑暗和弊端，到了"五四"落潮时，她的作品便主要歌颂爱的天国，强调母爱，强调人类的爱，认为人生应该是爱。冰心爱的哲学的形成，首先与她的家庭出身和生活环境有关。她从小在父母的溺爱中成长，父亲是海军军官，家庭里既富裕又民主，母亲知书达理，性格温柔。冰心的幼年基本上是无忧无虑的，生活在充满爱的环境里。冰心一九一四年进入北京贝满女中，这是一所教会学校，基督教的"博爱仁慈"的熏染，是她形成"爱的哲学"的另一个因素。她后来在《〈冰心全集〉自序》中总结中学的学习收获时说："我所得的只是英文知识，同时因着基督教义的影响，潜隐的形成了我自己的'爱'的哲学。"另外，冰心的"爱的哲学"源于对残酷现实的强烈憎厌。她所面对的，是一个山河破碎、军阀混战、尸横遍野、生灵涂炭的社会，她反复地扪心自问："人和人中间的爱，人和万物，和太空中间的爱，是昙花么？是泡影么？那些英雄、帝王杀伐争竞的事业，自然是虚空的了。我们要奔赴那'完全结合'的那个事业，难道也是虚空的了。"（《"无限之生"的界线》）冰心所说的"完全结合"的事业，就是指不分生、死、人、物的"万全的爱""宇宙的爱""自然的爱"，这个"万全的爱"当然不是虚空的，由此，冰心发现了一个伟大的真理，"真理就是一个字：'爱'"。她深切地希望每一个人都要像母亲爱自己的孩子那样去爱别人，爱全人类，这就形成了冰心以母爱为主调的爱之奏鸣曲。

冰心先后写出《超人》《姑姑》等五个短篇小说集。这些作品大致上可以分为两类：一类是"五四"高潮时的作品，大多从提出与人生有关的问题出发，揭露社会的黑暗；一类是"五四"落潮时的作品，表现思想上的矛盾和苦闷，并希求从基督教教义中寻找"人类之爱"，以实现痛苦的解脱。

冰心在"五四"高潮时写的小说，有不少是反映社会弊端的"问题小说"。如《还乡》写出了农民穷困的境况，他们终年劳作却得不到温饱，遇到灾荒就不得不背井离乡，外出逃难。《三儿》写一个捡破烂的孩子因到打靶场上拾弹壳被打死，当母亲要兵官们偿命时，他们都冷笑着用刺刀指着一块木板说："这牌上不是明明写着不让闲人上前么？你们孩子自己闯了祸，怎么叫我们偿命？谁叫他不认得字！"作品表达了冰心对贫苦儿童的同情，同时发出了对军阀横行的黑暗世道的愤怒控诉。

冰心早期小说还描写了妇女受虐待、受压迫、缺少教育，与男子不平等以及妇女受封建思想道德的束缚而不觉悟的现实。《秋雨秋风愁煞人》描写了封建婚姻制度给青年妇女带来的深重的苦难。主人公英云性格活泼，志向也极其远大，立志在中学毕业后为社会服务。可是父亲独自做主把她许给了表兄士芝，士芝的父亲是个司令，有钱有势，而表兄是个纨绔子弟，不学无术。英云在"父母之命"的威逼下成了少奶奶，婆婆叫她学习打牌饮酒，要她浓妆艳抹。家人还以为她很幸福，其实英云非常痛苦，她说："哪知我心里比囚徒还要难受，因为我所要做的事情，都要消极地摒绝；我所不要做的事情，都要积极地进行。像这样被动的生活，还有一毫人生的乐趣吗？"作品提出了妇女解放的问题。《庄鸿的姊姊》写了一个聪明能干的少女庄鸿的不幸遭遇。她从小死了父母，靠祖母与叔叔抚养，只得中途停学料理家务，让弟弟上学，后因劳累过度而默默死去。由妇女解放的主题伸展到对腐败的社会制度的揭露。《最后的安息》描写了贫苦女子翠儿悲苦的一生，揭露了残酷的封建童养媳制度对妇女的摧残。《斯人独憔悴》写了颖贞、颖铭、颖石姐弟三人报国无门的痛苦。颖铭、颖石因在学校参加了学生会，上街演讲，被校长写信告诉了父亲，于是父亲将兄弟二人招回家中，不让出门，不让上学，只能"住在当初的小院里，度那百无聊赖的光阴"。弟弟颖石气愤地说："处在这样黑暗的家庭，还有什么可说的，中国空生了我这个人了。"哥哥颖铭只是低回欲绝地吟道："冠盖满京华，斯人独憔悴。"这提出了青年人必须从封建淫威下解放出来的引人注目的社会问题。《去国》描写一个学成归国的留学生空有爱国之志而得不到施展，主人公英士不得不愤而去国，并发出"祖国啊！不是我英士弃绝了你，乃是你弃绝了我英士啊！"的痛苦呼喊，反映了极其严重的社会问题。冰心小说中这些问题的提出，具有浓郁的时代气息，在当时引起了较大的反响。

但是"五四"的落潮使冰心减弱了提问题的热情，她转变了创作基调，她开始用"爱的哲学"来慰藉青年知识分子的苦闷心灵。这时"爱的哲学"成了冰心前期思想的理论基础。母爱是这时期创作的永恒的主题。她说，母亲"对于我的爱，不因着事物毁灭而变更""她的爱不但包围我，而且普遍的包围着一切爱我的人。而且因着爱我，她也爱了天下的儿女，她更爱了天下的母亲……世界便是这样的建造起来的。"（《寄小读者》通讯十）冰心把"母爱"看得"神圣无边"，冰心的诗歌和散文都是以母爱为主调的。《超人》是冰心小说的代表作。《超人》的主人公何彬最初本来是一个冷心肠的人，他认为"世界是虚空的，人生是无意识的；人和人，和宇宙，和万物的聚合，都不过如同演剧一般：上了台是父子母女，亲密的了不得；下了台，摘下假面具，便各自散了。……与其互相牵连，不如互相遗弃；而且尼采说得好，爱和怜悯都是罪恶"。所以，何彬对人总是面色冷然，从不招呼。突然有一夜楼下凄惨的呻吟声将他吵得不能睡，使他想起了许多幼年的事情：慈爱的母亲，天上的繁星，院子里的花……他听了三夜的呻吟，看了三夜的月，想了三夜的往事。当他得知是楼下的禄儿的腿摔坏了，便拿出一张钞票叫禄儿去治一治。禄儿的呻吟渐渐地轻了，渐渐地没了，但何彬朦胧中的慈爱的母亲，天上的繁星，院子里的花并没有消失，他不愿想这些，却又由不得他不想。母亲在他的梦中反复出现。后来，何彬因调动工作必须搬走，禄儿给他送来一篮花，并写了一张纸条，说"这花我想先生一定是不要的。然而我有一个母亲，她因为爱我的缘故，也很感激先生。先生有母亲吗？她也一定是爱先生的。这样我的母亲和先生的母亲是好朋友了。所以先生必要收母亲的朋友的儿子的东西"。何彬收下了这篮花，也留了一张纸条给禄儿，表明他对禄儿的不是恩德，而是罪恶，"我给你那医药费，里面不含着丝毫的爱和怜悯，不过是拒绝你的呻吟，拒绝我的母亲，拒绝了宇宙和人生，拒绝了爱和怜悯。上帝啊，这是什么念头呵！我再深深地感谢你从天真里指示我的那几句话。小朋友呵！不错的，世界上的母亲和母亲都是好朋友，世界上的儿子和儿子也都是好朋友，都是互相牵连，不是互相遗弃的。"冰心通过何彬的笔写出了她的理论主张，冰心通过对母爱的赞美和歌颂，挽救一些濒临绝望的青年的心。茅盾在《中国新文学大系·小说一集·导言》中说："《超人》发表于一九二一年，立刻引起了热烈的注意，而且引起了模仿，并不是偶然的事。因为'人生究竟是什么？'支配人生的是'爱'呢，还是'恨'。在当时一般青年的心里，正是一个极大的问题。冰心在《超人》中间的回答是：世界上人'都是互相牵连，不是互相遗弃的'。她把小说题名了'超人'，但是主人公何彬，实在并不是'超人'，冰心她不相信世上有'超人'。"第二年，冰心又写了《超人》的姊妹篇《悟》。在这篇小说里，她进一步阐述了她的"爱的哲学"，她说："只知地层如何生成，星辰如何运转，霜露如何凝结，植物如何开花，如何结果。……这一切只为着'爱'！""假如世界是盲触的，是不爱的，你于世界有何恩意？便单生你一人在世上，天不降雨露，地不生五谷，洪水猛兽来围困侵逼，山巅地穴去攀走漂流，世界也不为负你。然而你竟安安稳稳的，有工可做，有书可读的过了二十三年。……然而你试平心静气的回想，不是世界上随处有爱，随处予人以生路，你的脆弱的血肉之躯，安能从剑林刀雨的世界中，保持至于今日呢？"在作品中，冰心还通过妹妹的信，将母亲深切的爱体现出来，表明母爱是一切爱中最伟大、最纯洁的爱。这近似说教的长篇大论，将冰心的关于"人生究竟是什么？"的观点阐述得明晰透彻，淋漓尽致。而《超人》中禄儿纯真的爱和《悟》中那"叠锦被般的湖波，漾着浓浓的月"，便将冰心对童贞的爱和自然的爱表达尽致，成为对母爱的衬托和补充，使冰心"爱"的三部曲和谐地统一起来。《悟》发表后，反应不及《超人》强烈，因为一年后"中国青年人对于'人生问题'已经起了很大的变化，一部分的青年已经不愿再拿这个问题来自苦，而另一部分的青年则已认明了这问题的解答靠了抽象的'爱'到底不对"。随着社会对"人生问题"的热度的减退，冰心也开始接触社会人生实际，不再只唱"母性一般的温暖的爱"的歌，不再"歌颂那些在阶级社会里不可能实行的'人类之爱'"。她认识到自己所"宣扬的超阶段的母爱是解除不了世界上的痛苦的，那完全是虚幻的梦想"。（《把反帝国主义的斗争进行到底》）一九三一年，冰心发表了短篇小说《分》，这篇小说标志着冰心的创作有了质的飞跃。小说借初生婴儿的口，表达了作者对人世间阶级区分的观察和理解。自此以后，冰心的创作虽然还未完全摆脱前期"人类之爱"的影响，但她已向现实主义大大迈进一步了。

在艺术技巧上，冰心比起同时代的人生派作者要高超一些。她的感情真挚、纯朴，语言精练、优美。还有那诗情画意的描写，浓郁的抒情，都是出类拔萃的。如"清香还在，母亲走了！窗内窗外，互相辉映的，只有月光、星光、泪光"。（《超人》）"然而这时伴着我的，却有悔罪的泪光，半弦的月光，灿烂的星光。宇宙间只有他们是纯洁无疵的。我要用一缕柔丝，将泪珠儿穿起，系在弦月的两端，摘下满天的星儿来盛在弦月的圆凹里，不也是一篮金黄色的花儿么？"（《超人》）"七夜以后，光景愈奇妙。苦雨之后，忽然明月满天，造物者真切的在我面前，展开了一幅万全的'宇宙之爱'的图画，那夜的湖山，清极，秀极，灿烂极，庄严极；造物者怎知我正在歧路徘徊，特用慧力来导引，使我印证，使我妙悟？"（《悟》）冰心说"文体方面我主张'白话文言化''中文西文化'"，在这几段描写中，我们深深体会到这"化"的奥妙，体会出冰心甜柔、率真、清丽、纯净的艺术风格。

二、王统照的美化人生

在探索"人生究竟是什么"的问题时，王统照主张人生应该美化，爱就是美，要以爱来美化人生，他认为性爱是最崇高的精神之爱。他早年系统地探讨过美学，他将他的美学理想表现在小说中。王统照从事小说创作二十余年，从《一叶》到《双清》有五部中长篇，另外还有《春雨之夜》《霜痕》等五个短篇小说集。王统照一开始就通过早期代表作《沉思》体现他的"美"与"爱"的主张，主人公琼逸是作者"美"与"爱"理想的象征。琼逸以磊落的襟怀，去当画家的裸体模特儿，想通过自己的人体美来帮助画家完成一幅表现人生"真美"的作品。琼逸的恋人知道后不理解她，冷淡她，粗暴的官吏也来干涉她，画家也由此与官吏打架，丢掉了艺术，他们都企图让琼逸变成他们的私有财产。他们的这种自私的行为，引起琼逸的沉思："那讨人嫌的狡猾官吏，……在社会上给我散布些恶迹的谣言。现在我最爱的人不来了，不再爱我了！画家成了狂人，不再作他的艺术生活了！……奇怪？……到底我有我的自由啊！世上的人怎么对于我这种人这么逼迫呢？"在《微笑》中，作者歌颂了"爱"与"美"可以改变人生的伟大力量。一个名叫阿根的年轻人，因为偷窃而投入监狱，阿根生性执拗，行为唐突，在监狱中常常不守秩序、好反抗，因此经常挨打受罚。在阿根入监狱的第二个星期日的下午，在照例每周一次听演讲员的教诲时，阿根得到了一个女犯人的微笑，"那个俊丽的妇人，向他的微笑，不是留恋的，不是爱慕的，不是使他忐忑不安的，更不是如情人第一次具有深重感动的诱引的笑容，'只是这样的微笑罢了！'"在得到这个微笑之后，阿根便变了一个人，他吃不下饭，睡不着觉，性情也柔弱了。"他的质朴的心里，也是第一次染上过量的激动，与悲酸的异感"，他的灵魂在这"微笑"中超度了，瞬时感悟到人间还充满着温情。他"何曾有什么过度的奢望，他所诚心忧盼的，只不过这么个微笑，再来向他有一次……"作者在这里采用了象征手法。这女性的微笑象征人类之爱，因为这女犯人的"微笑"也是来自一个教会女医生的感化和教导，女医生的爱和关心使她这个杀人犯由刚进来的哭闹变成温柔的笑，"她自从……大约是这样受了女医生的感化之后，我听人说：她对所有的人，与一切的云霞、树木、花草，以及枝头的小鸟，都向他们微笑……"这女犯人将她的美和爱通过微笑慷慨地施给别人，这微笑是广博的爱。被这微笑感化了的阿根，在他刑满出狱后变成了一个勤劳的工人。这就是王统照对人生的理解，认为只要有了美和爱，世界就能改变模样。在《十五年后》中，作者再次阐述了他的美与爱的主张。主人公秋士曾经是医学校的学生，一次上解剖课，教师带着他们解剖了一个少妇的尸体，秋士首先被女尸的美震惊了，"淡红如脂的嘴唇，……

白如雪的身体，就像银光的河水上面，浮起了一朵含苞的红玫瑰花一样""我一眼触到那死尸时，你想我心中是有什么新的感触呵？我觉得仿佛第一次感到对于死体的爱慕"，秋士无论如何不忍心将她这"多清白多令人喜爱的皮肤"作明亮而锋利的刀头的试验品，"我的手当时竟不能从我心意上的迷神的命令了！你看我的手指，已经割破了几处，我也不知痛楚在那个地方。……流出来的血丝中，如同有个美丽而惨笑的少妇之面对我点头！"秋士由于这爱和美的缘故，放弃了海滨医学校的学业，失踪了。十五年以后，秋士的同窗好友逸云收到秋士的一封信，得知他出走之后，便溺于海，被一大船的救生艇救起，由此得遇一美国老年牧师，得到善良的老牧师的教诲，使他由少年的热情之网中而逃入清净与默思的网中，在美国南部的冷静与清旷的乡村，过着研究宗教的生活。然而十五年来，秋士终不能置忘的是"少妇之临解剖时，所留与我的微笑"。就是这个微笑，这种美，改变了秋士对事业的选择，改变了他的一生。而这一切都源于秋士的爱心，人类之爱。《春雨之夜》没有情节，它像一篇优美的散文，抒发着作者对人世间"爱"与"美"的赞颂：在"一个幽沉、静美、萧条的春夜"，春雨"打在窗纸上，流在树叶上，点滴在门外的菜畦边软而轻松的土壤上，都似奏着又静又轻妙的音乐，一声一声打着人们的心弦"。"和美的声音，容易触发人的深感"，那"深深地埋在人们的心深处，永远，永远用血花包住没有凋萎的日期，一得了幽凄音响的滋润，便开了蓓蕾，放出悱恻醉人的芳香……"回忆起善良、美丽的人儿，就像春雨滋润着心田。王统照的美学理想带有一种神秘、虚幻的色彩，如空中的楼阁，如海市蜃楼。然而人们不可能永远生活在理想中，他必须回到现实中，当他一回到现实中，就出现幻灭的悲哀。这种人生的美丽的理想，在王统照创作历程中的存在是极为短暂的，具体地说仅是他的《春雨之夜》时期，甚至连《春雨之夜》的集子里也有多篇描写人间疾苦的文章。在《雪后》中，表现了雪夜里过往的军队对娇嫩的童心的打击；《鞭痕》中表现战争给刘伯伯一家带来的命运的不幸和心灵上的鞭痕；《遗言》里描写了包办婚姻给青年造成的悲剧。特别是《湖畔儿语》描写了小顺一家的非人的生活。为了有口饭吃，小顺的父亲不得不去烟馆当差，后母在家卖淫。小顺每天晚上没处安身，只得在湖边度过。作者感慨地说："试想一个忍着饥苦的孩子，在黄昏后独自跑到苇塘边来消磨大半夜。又试想到他的母亲，因为支持全家的生活而受最大且长久的侮辱，这样非人的生活，现代社会组织下贫民的无可如何的死路！"小说以小顺的爸爸在烟馆被巡警抓走而告终。

在《春雨之夜》以后的第二个短篇集《霜痕》的序言里，王统照已表明美丽的理想早已破灭，认为"十年前后的作品仍是无力量而且只看到人生一面。也不止一个空洞而美丽的希望寄存在未来的乐园之中，然而现实的剧变将大家的梦境打破了。除却作生的挣扎外一切空虚中的花与光似都消没于黑暗中去"。当然梦境的打破并不是"现实的剧变"，而是认识的变化，是作者从理想走到了现实。"时间与环境常常可将我们的生活在无形中改变，而时代的车轮更在我们的生活的挣扎中不息地转动。由此，思想的幻变也随之俱来。一个人跳不出苦闷的生之'法网'，他一定时时有冲出这魔术般的'法网'的希望，希望正是空虚中的烛光花与光的追求却使他们战栗了"。其实，王统照自始至终都处在现实与理想的冲突之中，即使是那"改变人生的伟大力量"的微笑，也是来自毫无自由可言的"终身监禁"的犯人，作者就是在写《微笑》的同时，也深感这"美"与"爱"的理想是虚无缥缈的，并笼罩着现实的阴影。王统照在作品中写道："'她是判了终身监禁'的八个字，他觉得每个字里似是都用了充满人间之血与泪染成般的可怕，使人惊颤！"王统照的"美"与"爱"的梦一次一次被现实打破了。

梦幻被打破了以后的王统照，"渐渐地觉得写作是令人苦闷的事了"，作品中感伤的气氛明显地增多了。正如作者在《号声》自序中所说的："当然里面有几篇带着点感伤气氛，不能讳言……可是我写那些文字的期间，自己的心绪沉郁苦闷也前所未有，没有夸大与虚浮的 Sentimental 在内，这是我敢于自由的。与民国十年左右的空想的作品相比虽然是感伤，我却已经切实地尝试到人间的苦味了。"王统照从矛盾中挣脱出来，切切实实地体验着人生的辛酸，于是，视野广阔了，生活面扩大了，主题题材也丰富多彩了。类似《沉船》这样的描写百姓"不冻死、饿死、烧死，究竟还得淹死"的现实主义的作品增多了。他意识到"人生的尖刺愈来愈觉得锋利，对解决社会困难的希求也愈来愈加迫切"，他不再在理想中祈求慰安。长篇小说《山雨》是王统照的一篇力作，写了"北方农村崩溃的几种原因和现象，以及农民的自觉"，（《〈山雨〉·跋》）并敲响了国民党的丧钟，暗喻着国民党的天下已到了"山雨欲来风满楼"的时节。作品从形式到内容质朴无华，通俗自然，标志着作者思想和创作已趋于成熟。

三、叶圣陶的理想天国

冰心宣传的是"爱的哲学"，并用形象解释了她的哲学；王统照虽然做的是"美化人生"的梦，但毕竟做了"微笑"那样的梦。叶圣陶只是表现了"爱"与"美"的理想，连好梦也没有做成一个，只在憧憬和理想中得到这"爱"与"美"的光环。茅盾在《中国新文学大系·小说一集·导言》中说："叶绍钧对于人生是抱着一个'理想'的，——他不是那么'客观'的。他在那时期，虽然也写了'灰色的人生'，例如《一个朋友》，可是最多的却是在'灰色'上点缀着一两点'光明'的理想的作品。他认为'美'（自然）和'爱'（心和心相印的了解）是人生的最大的意义，而且是'灰色'的人生转化为'光明'的必要条件。'美'和'爱'就是他的对于生活的理想。"叶圣陶生活在两个世界里，一个是理想的世界，一个是现实的世界，身在现实的世界，心却在理想的世界，他希望世界像自然那么美好、纯真、充满生机。然而他总离不开现实的羁绊，所以他的理想只能是"灰色人生"上的光环。

在叶圣陶的第一个十年（一九一九年至一九二九年）的作品中，多犹疑在这理想的天国里。在《母》中，他写梅君崇高的母爱，当别人要将儿女当作家庭的安慰和终身的依靠，或者轻视儿童，认为"儿童算什么呢"的时候，梅君的观点是"我不望他们来安慰我，也不想靠他们，然而他们是可爱的，所以他们是必需的"。这与冰心前期的无条件的母爱是一致的。但是梅君为了生活又不得不将儿子寄养在别人家里，自己出来工作，使得又白又胖的儿子瘦得变了样。叶圣陶歌颂了母爱，而这爱是被灰色的人生笼罩着。在《阿凤》里，叶圣陶塑造了一个天真、活泼、勤劳、善良的女孩子阿凤。阿凤今年十二岁，她六岁就做了杨家娘的童养媳。她乐于做事，以做事为生命，而且做一切事务都真诚而迅速，是一个非常勤劳的孩子。她的"面庞有坚结的肌肉，皮色红润，现出活泼的笑意"，经常抱着主人的女孩子，唱《睡歌》给孩子听，"从伊清脆的喉咙里发出连缀的许多声音，随意地抑扬徐疾，也就有一种自然的美"。然而这充满"美"与"爱"的阿凤，同样笼罩在灰色的阴影里，这就是她的婆婆杨家娘对她的虐待。"若有杨家娘在旁，笑容就收敛了"，因为随时都会有沉重的手掌打到她头上。"杨家娘藏着满腔的不如意，说出来的话几乎句句是诅咒。阿凤就是伊诅咒的对象。若是阿凤吃饭慢了些，伊就说：'你是死人，牙关咬紧了么！'若是走得太匆忙，脚着地发出蹋蹋的声音，伊又说：'你赶去寻死么！'"阿凤的受骂受打同吃喝睡觉一样平常，杨家娘自己差点把锅摔了，却"拍！拍！"打阿凤两耳光。"每打一下，阿凤的牙一咬紧，眼睛一紧闭——再张开时泪如泉涌了。"阿凤受了痛，只流泪，但不哭，"待杨家娘一转身，伊的红润的面庞又现出笑容了"，阿凤就像一朵被大石头压着的但仍然开放的花，她不能尽情地开放，但仍从石缝中倔强地生长出来，绽出花朵。当杨家娘不在家的时候，"伊兴奋极了，索性慈母似地拍着女孩子的身体，提高了喉咙唱起来，和学生起劲时忽然不规则高唱一样"。她平常是不敢高声唱的，因为"一高唱或者就有手掌等在背后"。阿凤只要有一点机会，就将她的天真和快乐流露出来，"杨家娘的诅咒和手掌，勉强做粗重工作的劳苦，伊都遗忘了。伊只觉伊的生命自由、快乐，而且是永远的，所以发出心底的超于音乐的赞歌，忘形的天真的笑声。""这个当儿，伊不但忘了诅咒、手掌和劳苦，伊连自己都忘了。世界的精魂若是'爱''生趣''愉快'，伊就是全世界。"然而杨家娘的出门只是暂时的，阿凤永远生活在诅咒和手掌之间。叶圣陶的"爱"和"美"的憧憬是被现实束缚着的，他的理想被现实的大石头压得透不过气来。在《一课》里，作者赞颂自然美，主人公坐在教室里，却"只凝神听窗外自然的音乐，那种醉心的快感，决不是平时听到风琴发出滞重单调的声音的时候所能感到的。每天放学的时候，他常常走到田野里领受自然的恩惠。他和自然原已纠结得很牢固了，那人为的风琴哪有这等吸引力去解开他们的纠结呢？"当看到窗外飞舞的蝴蝶，"他立时起了深密的相思：'那蝴蝶不知道哪里去了？倘若飞到小桥旁的田里，那里有刚开的深紫的豆花，发出清美的香气，可以陪伴他在风里飞舞，他倘若沿着眠羊泾再往前飞，一颗临溪的杨树下正开着一丛野蔷薇，在那里可以得到甘甜的蜜。'"窗外的树经风力吹着，似乎点头、似乎招手地舞动，那种鲜绿的舞衣、优美的姿势，竟转移了他内心深处的相思。那些树还似乎正唱一种甜美的催眠歌，使他全身软软的，感到不可说的舒适。他更听得小鸟复音的合唱，蜂儿沉着而低微的祈祷。"这是多么动听、自然的音乐，多么美丽、自然的风光，这都是主人公的憧憬和遐想，而这遐想是在方老师枯燥无味、冷漠无情的讲课中进行的，随时都受到老师提问的干扰和大声地斥责。而曾同自己一起去采桑叶、捉鱼儿的好朋友王复，因为没钱买书。被老师斥责，说他"不配"求学，没有再上学了。憧憬只是憧憬，遐想只是遐想，现实仍然是现实，现实的冷酷使憧憬更加渺茫。

叶圣陶虽然在《春游》里表现了自然美促使一个妇女觉醒，在《低能儿》中表现艺术美使一个苦孩子忘掉不幸，但生活的阴影却始终笼罩着他们。《校长》中的校长叔雅，本想成就一番事业，打算换掉三个坏教员，但因为顾虑太多，仍把三个一起留用了。茅盾说他是"揉揉肚子就把他的'理想'折扣成为零的妥协者"。

叶圣陶的好友顾颉刚在《〈火灾〉·序》里谈到叶圣陶的人生观点："人心本是充满着生趣和愉快的，但给附生物纠缠住了，以致成了枯燥的社会。然而隔膜和枯燥，只能在人事的外表糊得密不通风，却不能截断内心之流。"他认为人世间的一切悲剧都是人与人之间的隔膜和冷淡造成的。叶圣陶在小说《隔膜》里将这一观点阐述得明了、透彻，虽然生活在众人中间，却感到"我如漂流在无人的孤岛，我如坠入于寂寞的永劫，那种孤凄彷徨的感觉超于痛苦以上，透入我的每一个细胞，使我神思昏乱，对于一切都疏远、淡漠。我的躯体渐渐地拘挛起来，似乎受了束缚。"在小说《小铜匠》里，作者再次说明由于人与人之间的隔膜，使"美"与"爱"遭到毁坏。严酷的现实一次又一次向叶圣陶证明："人心"并不都一样的"充满善爱""充满着生趣和愉快"，那萦回于人们之间的"内心之流"也并不存在。他开始"冷静地谛视人生，客观地、写实地，描写着灰色的卑琐人生"（茅盾语）。在《饭》中，他反映了学务委员专横跋扈、敲骨吸髓地剥削、敲诈一个小学教员吴先生的现实：开十元的收据，定六元的月薪，发四元的工资，正如作品中说的："饿死的日子就在眼前了！"

正因为人们不想饿死，于是就出现"抗争"，即从对不合理的现实感到"隔膜"到为改变这一不合理的现实而奋起"抗争"。《城中》里的丁雨生，《抗争》里的郭先生，他们告别了"灰色的人生"，迸发出战斗的民主主义思想的火花。"四一二"反革命政变再次用血的事实教育了作者，使他分清了敌我，明白了是非，坚定了革命的信念。一九二七年，他写出了有影响的革命文学作品《夜》，《夜》标志着作者思想的发展进步，是中国现代文学史上比较早描写"四一二"大屠杀的状况，揭露蒋介石的血腥屠杀罪行的小说。

《潘先生在难中》是叶圣陶短篇小说的代表作。作品塑造了"在虚惊来了时最先张皇失措，而在略感得安全的时候他们又是最先哈哈地笑的"（茅盾语）卑怯自私、庸俗无聊的知识分子潘先生，作者用富于讽刺、幽默的笔致，质朴简练的语言，将这个又臭又酸的知识分子的灰色灵魂刻画得惟妙惟肖，入木三分。叶圣陶一九二八年创作的长篇小说《倪焕之》，达到了他创作的高峰。小说以知识分子为题材，通过主人公倪焕之由个人奋斗到参加党领导的群众革命斗争的经历，真实地反映了从辛亥革命到大革命失败这一段时间内，一部分小资产阶级知识分子在这一历史转折时期思想上发生的深刻变化。它以成功的现实主义描写，驱散了资产阶级改良主义的迷雾，给知识分子展示出投身于时代浪潮中去的光明前景，提出了知识分子的人生道路问题。

叶圣陶在创作的第二个十年（一九二九年至一九三九年）中，作品的思想性和艺术性都有了显著的提高，他已由拓荒转向精耕。这段时期的作品，选材严、开掘深、思想倾向鲜明，是典型的革命现实主义的作品。一九三三年创作的《多收了三五斗》通过描写一群贫苦农民在丰收之后去镇上粜米而严重折本的遭遇，表现了丰收成灾的主题，反映了二十世纪三十年代我国农民所受的多重压榨以及他们在走投无路中反抗意识的萌生。抗战时期写的《一篇宣言》反映了人民群众炽热的抗战情绪，暴露了政府腐败无能的黑暗现实。

在艺术技巧上，叶圣陶是成就较高的一位，丰富鲜明的人物塑造，细腻真实的细节描写，新巧简洁的情节结构，生动质朴的语言文字，形成叶圣陶独特的，冷静、客观的现实主义风格。

四、庐隐的苦闷人生

庐隐是与冰心齐名的"五四"时期的一位引人瞩目的女作家。正如茅盾在《庐隐论》中说的那样，"庐隐，她是被'五四'的怒潮从封建的氛围中掀起来的，觉醒了的一个女性；庐隐，她是'五四'的产儿。"庐隐与以上三位作家相反，她认为人生充满着"恨"，在她的作品中，我们看到的是包括她在内的青年的苦闷和忧郁。但她并不甘沉沦，她奋力地抗争和追求，抗争的失败和追求的失望又增添了她的苦闷。"我们现在读庐隐的全部著作，就仿佛在呼吸着"五四"时期的空气，我们看见一些'追求人生意义'的热情的然而空想的青年们在书中苦闷地徘徊，我们又看见一些负荷着几千年传统思想束缚的青年们在书中叫着'自我发展'，可是他们的脆弱的心灵却又动辄多所顾忌。"（茅盾《庐隐论》）庐隐的苦闷和忧郁不是个人的，而是一个时代的苦闷和忧郁，庐隐作品的意义就在于她披露了那一群苦闷彷徨的"五四"青年的内心秘密，从而也就真实地扳露了"五四"那个时代的秘密。

庐隐是文学研究会在北京成立时参加成立大会的唯一女性。一九二一年二月，她就发表了小说《一个著作家》，从此，便一发不可收，只活了三十六岁的庐隐创作了丰富的作品。

庐隐的小说创作大体上分为三个阶段。

一九二一年二月到一九二二年十月，是她的早期创作阶段，发表小说《一个著作家》《一封信》《红玫瑰》《两个小学生》《灵魂可以卖吗？》《余泪》等，直接把笔触伸向广阔的社会生活，表现血和泪的社会悲剧，体现出反封建的思想倾向，实践了文学研究会"为人生而艺术"的文学主张。庐隐在《自传》中说："在这本册子里，充满了哀感，然而是一种薄浅的哀感，——也可以说是想象的哀感，为了人生不免要死，盛会不免要散，好花不免要残，圆月不免要缺，——这些无计奈何的自然现象的缺陷，于是我便以悲哀空虚，估价了人间。同时，又因为我正读叔本华的哲学，对于他的'人世一苦海也'这句话服膺甚深，所以这时候悲哀便成了我思想的骨子。无论什么东西，到了我这灰色的眼睛里，便都要染上悲哀的色调了。"

一九二二年底至一九二八年，是庐隐创作的第二个阶段，发表了《或人的悲哀》《彷徨》《丽石的日记》《海滨故人》《前尘》《沦落》《父亲》《胜利以后》《何处是归程》《曼丽》等作品。这些作品题材比较狭窄，带有很浓厚的自叙传的性质，她本人的悲欢离合、真情实感在作品中得到了较充分的体现，但同时表现了自"五四"运动到大革命之前的小资产阶级知识分子的觉醒、苦闷、悲哀、彷徨、探索、挣扎的过程，塑造了一系列愤世嫉俗、苦闷彷徨的人物，反映了时代的特征。

这时的庐隐，接连遭遇人间最不幸的死别。庐隐的母亲和丈夫先后病故，使庐隐精神上遭受很大的打击，孤苦伶仃，颠沛流离。庐隐在《自传》中回忆当时的心情："这时节我对于人生才真的了解了悲哀，所以在这个时期我的作品，渲染着更深的感伤——这是由伤感的哲学为基础，而加上事实的伤感，所组成的更深的伤感。我被困在这种伤感中，整整几年。"但庐隐不愿永远沉溺在这伤感中，她试图"如受弹伤的猛虎，奋力地跃起。"她终于跃起，短篇集《曼丽》便是标志。庐隐在《〈曼丽〉自序》中说："其中共有十几篇作品，大半都是最近四五个月出产的，是我从颓唐中振起的作品。是闪烁着劫后的余焰，自然是光芒微弱！但是这星星弱火，只要努力挣扎，也许有势可燎原的一天，真的这实是我一点的奢望呢！"

一九二九年以后，是庐隐创作的第三个阶段。她在一九二九年与当时的青年诗人李唯建邂逅，一见钟情后，于一九三〇年双双东渡日本，完成了美满的婚姻。从此，庐隐的笔调也跟着改变了，她在《自传》中说："我的眼光转了方向，我不单以个人的安危为安危，我是注意我四周的人了。"茅盾也在《庐隐论》中说："这是庐隐第二次'转向'，促成她这一转向的，与其说是她个人生活上的变动，倒不如说是时代的暴风雨的震荡。"这时的作品有长篇传记小说《象牙戒指》和长篇小说《女儿的心》《火焰》，中篇小说《归雁》等。这时的庐隐创作无论从思想内容，还是写作技巧都有了前所未有的突破。《象牙戒指》是为她的好友石评梅写的传记，作品细腻地描写了我党早期无产阶级革命家高君宇同志与石评梅之间哀婉动人的爱情悲剧。《火焰》以"一·二八"淞沪战争中，我十九路军和上海市民奋勇抵抗的事迹为素材，作者热情歌颂了为国家、为民族的生死存亡而英勇杀敌、为国捐躯的中华好儿男的英雄群像。庐隐在《自传》中写道："到了我作《归雁》的时候，我的思想已在转变中，我深深地感到我不能再服服帖帖的被困于悲哀中。虽然世界是有缺陷，我要把这些缺陷，用人力填起来。纵然这只是等于愚公移山、精卫填海的梦想，但我只要有了这种努力的意念，我的生命上便有了光明、有了力。"庐隐在《女人的心》里，"我大胆地叫出打破藩篱的口号，我大胆地反对旧势力，我更大胆地否认女子片面的贞操观。"庐隐已努力地从悲哀和伤感中走出，她说："我现在不愿意多说伤感，并不是我根本不伤感，只因我的伤感已到了不可说的地步，这情形正好以辛弃疾的《丑奴儿》辞来形容之了。"

庐隐的悲哀、伤感、苦闷的情绪来自何方？纵观庐隐短暂的生涯，笔者认为，她的这种苦闷的情绪来自不幸的童年生活，来自黑暗的社会现实；来自封建制度、封建包办婚姻对青年生命的戕害；来自觉醒以后又无路可走。

第一，来自不幸的童年生活。

童年的生活所带来的影响往往会左右人的一生。庐隐的童年是充满着悲哀的，在庐隐出生的那一天，外祖母突然去世。这偶然的巧合导致庐隐从此失去了母爱。母亲认为她是一个不祥的小生物，两岁时差点被母亲一棒打死。于是，被奶妈带到乡下去哺育。她三岁时父亲当了湖南长沙的知县，接她回来。坐船去长沙时，因陌生而哭，差点被父亲抛到滚滚急流的江中。庐隐六岁时，父亲患心脏病去世，从此孤儿寡母便跟着舅父生活。因为庐隐脾气执拗，经常被打、关黑房子，受尽了虐待。她说："这时我的心，没有爱，没有希望，只有怨恨。"九岁时被送到教会学校，每天吃的是老米饭、窝窝头、不放油的老咸菜，加之年龄小、个子小，常常受大同学的欺侮。精神上和身体上的压迫，使庐隐一病就半年多。革命军在武昌起义，家里人都逃到天津租界去了，教会学校也不管，庐隐只得一人回到空洞洞的家里，伤心地痛哭。清帝退位，民国成立，庐隐坚决不去教会学校，考上高小后开始了奋斗生活。中学毕业后，母亲要她挣钱养家，她只得去工作。在工作中庐隐深感学问不够，想继续上学，母亲极力反对。庐隐只得继续工作，攒下两百块钱，报考了女高师，开始了大学生活。这时的庐隐读书学习很好，但心境却很悲观，因为母亲不赞成她上学，不但不给她学费，还时时责备她。星期六，同学们欢天喜地地回家，她只有留在学校。"我开始体验那较深刻的人生，我常感觉得做人无趣"。

第二，来自黑暗的社会现实。

社会的黑暗是造成庐隐悲伤、苦闷人生的另一个重要原因。这黑暗表现在资本家的残酷剥削，无产者的饥寒交迫。庐隐在《中国的妇女问题》中写道："现在社会上最使人看不过去的是什么？最不近人的生活是贫民阶级的生活！以我观察，以为现在社会上最看不过的事情，便是唯利是图的资本家以榨取劳工们的血汗，以快其利欲的私心。那最不近人的生活的阶级，便是劳动阶级，他们得食之难，其堪使人酸鼻痛心。而其中尤以妇女为可怜，因为她们劳动的结果，用血汗不减于男子劳工，而所得的报酬，又往往低于男子劳工。"庐隐在《灵魂可以卖吗？》中，描写了纺织女工的辛酸。十五岁的荷姑因为家庭贫寒进纱厂做工，四年的劳作，使活泼的荷姑变成了一个机器。荷姑觉得"这工厂里的工人，实在不只是单卖他们的劳力，他们没有一些思想和出主意的机会，——灵魂应享的权利，他们不是卖了他们的灵魂吗？"资本家不把他们当人，只把他们当机器，资本家公开地对她们说："这个工作便是你唯一的责任，除此以外，你不应该更想什么，因为工厂里用钱雇你们来，不是叫你运用思想，只是运用你的手足，和机器一样谋得最大的利益，实在是你们的本分！"荷姑向散发着铜臭的世界发出了责问："因为灵魂的可贵，实在是无价之宝，这有限的工资便可以买去？或者工人便甘心卖出吗？……"这也是庐隐的疑问，是庐隐对黑暗社会的控诉。庐隐还在《一封信》里描写了一个十五岁的少女梅生的惨死，揭露了封建财主横行霸道的罪行。梅生的母亲因为外婆去世借了地主陈大郎的二十块钱，陈大郎因为看上了梅生，就逼着要梅生去抵债。梅生到了陈家，当即被陈大郎的老婆狠打了一顿，便把一个活泼聪明的梅生活活地打死了。庐隐在作品中发出了这样的呼号："穷人真是可怜呢！什么是世界，简直是一座惨愁怨苦的地狱！"

黑暗的社会弱肉强食，帝国主义的侵略，腐败政府的出卖，使祖国支离破碎。庐隐在《雪耻之正当途径》中写道："这是多么伤心的事情，……我们中国现是处在何等可怕的地位？多么危险的前途？不幸终于亡国，那时候再想重新谋独立，那就难了！唉，天下的惨痛，无天日，还有过于做亡国奴的吗？"在《两个小学生》里，两个小学生为了公理，跟着高等师范学校的学生去向政府请愿，遭到全副武装的军警的毒打，"那些如虎狼的卫兵，举着枪杆刀靶，不分头面，对着他们的教师和同学，正在乱砍哪！霎时间哭声震天，鲜血湿透了他们的衣服，更流到地上和泥水掺和得暗红刺目。""新华门一带已变作血肉横飞的战场"，两个小学生也倒在血泊中。"这绝大的惨剧——催人肝胆的惨剧，和那两个小学生的哀呼，便是'不仁'的天地，也不忍目睹了！"在《余泪》里，我们看到了战争的残酷：一个为和平而说教的女教士死在了战争的枪下。庐隐在这黑暗的世界里，感到深切的悲哀。

第三，来自封建制度、封建包办婚姻对青年生命的戕害。

对万恶的封建制度，庐隐深恶痛绝，对无数个封建制度、封建包办婚姻酿成的悲剧，庐隐表示了强烈的义愤。在她的处女作《一个著作家》中，庐隐无情地控诉了拜金主义的包办婚姻的罪恶。沁芬姑娘本来与著作家邵浮尘相亲相爱，由于邵浮尘太穷，沁芬的家里把她嫁给一个月有五百元进项的罗潜。沁芬婚后虽然绫罗裹身，车马代步，但她却常常忧愁叹息，忧郁成疾，一病不起。临终前给恋人邵浮尘写了一封信："我不幸于生命和爱情，被金钱强买去！但是我的形体是没法卖了！我的灵魂仍旧完完全全交给你！一个金盒子也送给你作一个纪念！你……"沁芬信没有写完就死在了悲痛中。随后，少年著作家邵浮尘在他的微积分出版的前一天，也服毒自杀。庐隐通过对这对青年男女的爱情悲剧的描写，发出了对封建社会、封建制度强烈的控诉。

第四，来自觉醒以后又无路可走。

这是庐隐作品中苦闷、悲哀情绪产生的主要原因。鲁迅先生说："人生最苦痛的是梦醒了无路可以走。"（《娜拉走后怎样》）庐隐的作品大多写自己的切身经历和真挚的感情，带有浓厚的自叙传的性质，所以从庐隐的一系列作品中我们可以看到庐隐的思想轨迹。

"五四"运动的狂飙突进的大浪潮过去以后，中国仍处在帝国主义和封建主义的统治之下。那些曾在五四运动中呐喊冲锋的斗士们很快发生了分化，庐隐感到深深的失望。鲁迅在《中国新文学大系·小说二集·导言》中说："那些觉醒起来的知识青年的心情，是大抵热烈的，然而悲凉的。即使寻到一点光明，'径一周三'，却更分明的看见了周围的无际涯的黑暗。""五四"运动使庐隐觉醒，而觉醒以后又无路可走，她感到极度的孤独、空寂、苦闷、怅惘，思想上陷入悲观彷徨的境地。她在《自传》中说："在这时候，我的努力，是打碎人们的迷梦，揭开欢乐的假面具。每一个人的一声叹息，一滴眼泪，都是我灵魂上的安慰，——但是我自私了，我自己对世界这样认定，我也想拖着别人往这条路上走，我并不想法来解决这悲哀，也不愿意指示人们以新路，我简直是悲哀的叹美者。"《或人的悲哀》中的主人公亚侠，本来是"五四"时期的知识青年，是个天真烂漫、充满理想的少女。但是，在人生道路的探索中，一次次的希望、憧憬换来的是一次次的失望，世间竟有那么多的不如意，使她的心"彷徨到极点"，由此染上了心脏病，情绪的忧郁又使她久病不愈。她每每与朋友讨论"人生究竟是什么"的问题，总是悲的多、乐的少。亚侠感慨地说："我在极苦痛的时候，我便想自杀，然而我究竟没有勇气！我否认世界的一切；于是我便实行我游戏人间的主义，第一次就失败了！接二连三的，失败了五六次！唯逸因我而死！叔和因我而病！我何尝游戏人间？只被人间游戏了我！……自身的究竟，既不可得，茫茫前途，如何不生悲凄之感！"这是亚侠的心声，也是庐隐的心声。正直、敏感并具有革命性和进取心的庐隐面对现实的罪恶和悲剧，无不忧国忧民、悲观失望，作品中的亚侠不得不以自杀告终，是庐隐通过亚侠来表示对"虚伪得可怕"的黑暗社会的反抗。觉醒了的庐隐们、亚侠们无路可走，她们又不愿苟活"若无路、毋宁死"。一个亚侠死了，还有无数个亚侠在人生的道路上煎熬。《丽石的日记》的主人公丽石，是亚侠形象的继续。丽石也是不断地探求人生的究竟，而结果是万事不如意，以为世界"到处都是污浊的痕迹"。她认为结婚是可怕的，决定不结婚，与好友沅青建立起近似同性恋的关系，以找到灵魂的安慰，但沅青的父母阻止她们的来往，便让沅青与表兄结了婚。沅青的离去，使丽石绝望，她在日记中写道："人生的大限，至于死而已；死了自然就完了。但死终不是很自然的事呵！不愿意生的人固不少，可是同时也最怕死；这大约就是滋苦之因了。""我便恨不得立刻与世长辞，但自杀我又没有勇气，抑郁而死吧！抑郁而死吧！"丽石终于抑郁而病，抑郁而死。庐隐将自己的苦闷情绪在丽石的日记里做了充分的抒发。

　　庐隐表现这种苦闷人生的小说代表作要算《海滨故人》。作品写了五个年轻、美丽、朝气蓬勃的女学生，怎样由觉醒到彷徨、到失望的一段旅程。作品中的这些热情而耽于空想的青年，不是负荷着几千年封建传统思想瞻前顾后，就是只在苦闷彷徨中无所适从。露沙与她的好朋友——玲玉、莲裳、云青、宗莹住在海边避暑，每天赏鉴海景，谈论人生，充满了理想，也充满了幻想。随着时间的推移，她越来越觉得怅惘和抑郁不能耐。学潮后的学校杂乱无章，课堂里零零落落，而且五个女孩子接二连三地卷入愁海中。第一个是露沙，她认识了沉默、孤高的青年梓青，两人常在一起谈哲学、谈人生，产生了深厚的感情，但梓青是有妇之夫，这便使两人都陷入痛苦中，只有过着精神恋爱的生活。一个叫蔚然的人爱上了云青，云青也爱着蔚然，只因云青的父亲不同意而使两人痛苦不已。宗莹婚后忧郁成疾。玲玉所爱的剑卿也是有妻子的，于是他们在离婚、结婚中忙碌。莲裳便成了胜利者的所有品，失去了自我。后来露沙在她们曾经度假的海边买了一所房子，提名"海滨故人"，云青叹道："海滨故人，也不知何时才赋归来呵！"《海滨故人》可称得上是庐隐的自叙传，作品中露沙的身世就是庐隐的身世，从露沙身上，我们可以窥见庐隐的情绪轨迹。当然，我们也从作品中看到了找不到出路的一代青年的"通病"。作品通过她们在理想与现实、爱情与人生、人生与社会种种矛盾中的行动和心灵的表现，从侧面描绘出"五四"青年的宇宙观和人生观。

　　因为《海滨故人》自叙传的痕迹很重，所以结构松散，条理不清晰，像流水账，不精细不缜密。与冰心的作品比起来，显然是有差距的。

　　一九二二年夏，庐隐与郭梦良结婚，郭梦良是文学研究会最早的会员之一。婚后的庐隐，又处在一重矛盾中，她本来得到了以爱情为基础的婚姻，应该满足。但是她却发现婚后的实际生活与婚前所憧憬的理想完全不一样，有一种胜利后的失望，"人生的大问题结婚，算是解决了，但人又不是如此单纯，除了这个大问题更有其他的大问题呢！"庐隐在《前尘》《胜利以后》《幽弦》《寂寞》《何处是归程》等作品中，表现了知识妇女这种由奋斗到胜利，又由胜利到失望的心情。做了妻子做了母亲的"海滨故人"，"仍不时徘徊歧路，悄问何处是归程"。《前尘》中的伊新婚第二天早晨，就"往事层层，涌上心来，甚至于留恋着从前的幽趣，竟放声痛哭了"。结婚是这样让人失望。《幽弦》里的倩娟，在拒绝了情人的求爱以后，"只觉心头怅惘若失"。《胜利以后》中沁芝经过千辛万苦，终使有情人成眷属，但胜利以后的沁芝"经过的愁苦艰辛，而有今日的胜利，自然足以骄人。但同时回味前尘，也不免五内凄楚""结婚的意趣，不过平平如是"，觉得"眼前之局，味同嚼蜡"，产生了"回顾前尘、厌烦现在、恐惧将来"的心理，认为"什么自然的美趣、理想的生活，都只是空中楼阁"。从而得出了"做人就只是无聊"的结论。《何处是归程》中的沙侣虽然已是一个母亲了，却十分伤心地说："怯弱的我只有悔恨我为什么要结婚呢？"终身未婚的姑姑却又后悔不该错过了一次结婚的机会，落得如今前途茫茫。这两个人决然不同的悔恨，使得少女玲素不知如何是好："结婚也不好，不结婚也不好，歧路纷出，到底何处是归程呵？"当时的青年女子，都处在人生的十字路口，向何处去？成为她们共同的疑问。《胜利以后》中的沁芝明确地意识到："社会如此，不从根本上想法，是永无光明的时候的。"妇女解放必须同整个社会的变革紧紧连在一起。一九二四年三月，庐隐在《民铎》杂志上发表的《中国的妇女运动问题》一文中指出："为今之计，我们只有向那最根本社会问题上努力，然后我们妇女才有真正解放的时候，社会才有好现象。"这段话可以帮助我们理解庐隐的这些作品，也让我们看到了觉醒后无路可走的庐隐将开始新的追求。

对于庐隐的苦闷与悲哀，除茅盾先生对她创作中的苦闷情绪给予肯定的评价外，历来的评论者对她都是抑多扬少，认为她是一个悲观到自暴自弃地步的脆弱的女性。认为她是负着悲哀的重担，一步一步地走向人生的尽头。对这种说法，笔者不敢苟同，庐隐的悲哀和苦闷有一定的价值和社会意义，何况她并没有自暴自弃地走向人生的尽头。庐隐说："在我的生活过程上虽然留下不少的伤痕，也曾经上过许多当，可是我对于这些伤痕与上当的往事，只如一阵暴风雨，只要事情一过，便仍然是晴朗不染纤尘了……在实际生活上，我却是一个爽朗旷达的人。"这么一个乐观旷达的人怎么可能自暴自弃呢？庐隐对悲哀与苦闷人生的描写是对自己真情实感的抒发，是对黑暗社会的揭露，是对当时一些社会问题的提出，"揭出苦痛，引起疗救的注意"。鲁迅先生在《中国新文学大系·小说二集·导言》中说："我并不是说，苦恼是艺术的渊源，为了艺术，应该使作家们永久地陷在苦恼里。不过在裴多菲的时候，这话是有些真实的，在十年前的中国，这话也是有些真实的。"庐隐正是真实地反映出当时青年的精神状态和心理特征，找出了时代的病因。

五、许地山的蜘蛛哲学

许地山对于"人生究竟是什么"的问题的回答，有独特的见解。茅盾在《中国新文学大系·小说一集·导言》中说："他不像冰心、叶圣陶、王统照他们似的憧憬着'美'和'爱'的理想和和谐的天国，更不像庐隐那样苦闷彷徨焦灼，他是脚踏实地的，他在他的每一篇作品里，都是要放进一个他所认为合理的人生观。他并不建造了什么理想的象牙塔。"许地山认为的合理人生观就是蜘蛛哲学，或完或缺，听其自然。

许地山一八九三年生于台湾，一九四一年在香港病逝，享年四十八岁。他一生的作品并不多，共五十万字左右，但品种多，有小说、散文、童话、剧本、诗歌、随笔和杂文。小说集仅有两个短篇集，一个是"为人生"时期的《缀网劳蛛》，一个是二十世纪二十年代末到抗日战争时期的结集《危巢坠简》。他的作品在题材与风格上，都有自己的特点。在人生派中，以及在中国现代文学史上是独树一帜的。

许地山的创作，大体上以两个集子为依据划分为前后两个时期。许地山的蜘蛛哲学主要体现在他的前期作品《缀网劳蛛》中。小说《缀网劳蛛》是他这个主张的代表作。

《缀网劳蛛》的主人公是马来半岛的一个助人为乐的妇女尚洁，这是一个很不幸的女子，从小就是童养媳，受尽了婆家的残暴虐待，后被长孙先生救出，便做了长孙先生的妻子。尚洁与长孙同居，并不是因为爱情，而是因为在当时的境遇里，"不能不认他为夫"。"夫妇，不过是名义上的事：爱与不爱，只能稍微影响一点精神的生活，和家庭的组织是毫无关系的。"丈夫长孙对尚洁一直不信任，尚洁只求自己无愧，听其自然。一天，尚洁救助了一个受伤的小偷，被丈夫误解，当即被丈夫刺伤并赶出家门，还被剥夺了她与女儿见面的权利。对于丈夫对自己的态度，尚洁什么也没有说，显得十分冷静和沉毅，"不论如何，我总得自己挣扎"，她独自来到土华岛，过着自食其力的生活。虽然那里的人知道她是人家的弃妇，看轻她，但她用她的知识和善良获得了人们的理解和同情。在宗教的感召下，她丈夫终于忏悔，带着女儿来接她回去。这时的尚洁，也没有显出特别愉悦的神色，她说："我的行为本不求人知道，也不是为要得人家的怜恤和赞美，人家怎样待我，我就怎样受，从来是不计较的。"丈夫长孙因为悔恨，没有立即回家，而是留在海边体验尚洁的生活。尚洁对丈夫的举动，也表现得很沉静，听其自然。尚洁对待不幸的态度，是既不愤怒反抗，也不自暴自弃，只是抱以虚无主义的思想。她认为："我像蜘蛛，命运就是我的网。蜘蛛把一切有毒无毒的昆虫吃入肚里，回头把网组织起来。他第一次放出来的游丝，不晓得要被风吹到多么远；可是等到粘着别的东西的时候，它的网便成了。他不晓得那网什么时候会破，和怎样破法。一旦破了，他还暂时安安然地藏起来，等有机会再结一个好的。……人和他的命运，又何尝不是这样？所有的网都是自己组织得来，或完或缺，只能听其自然罢了。"这种人生观既有积极的一面，也有消极的一面。其积极面是它主张在厄运前不要悲观消极，而要顽强努力，适应环境，使人不至于失去生活的勇气；消极面是它的盲目生存、听其自然的宿命论哲学。许地山正是通过尚洁表达了自己的人生观。

在许地山的前期作品中，有很多是表现这种听其自然、以苦为乐的宿命论的观点的。《命命鸟》是许地山的处女作和成名作。小说写一对青年男女殉情的故事，将本来很悲惨的故事，写得平静、安详，毫无悲痛之感。缅甸青年加陵与敏明本来是一对相亲相爱的恋人，而敏明的父亲却不想将女儿嫁给加陵，认为他们生肖相克，想用蛊术离间他们。于是敏明决定在涅槃节的那一天，用死来殉自己的爱情。敏明来到湖边，在湖边祈祷，加陵偷听了敏明的祈祷，很是感动，愿意与敏明同行。敏明还告诉了加陵她所梦见的极乐世界的情形，加陵听后高兴地说："有那么好的地方，为何不早告诉我？我一定离不开你了，我们一块去吧。"作品写道："那时月光更是明亮，树林里萤火无千无万地闪来闪去，好像那世界的人物来赴他们的喜筵一样。他们走入水里，好像新婚的男女携手入洞房那般自在，毫无一点畏缩。在月光水影之中，还听见加陵说：'咱们是生命的旅客，现在要到那个新世界，实在叫我快乐得很。'"加陵与敏明用自杀来反抗封建礼教，是悲戚的，但佛教的出世思想，使他们的自杀带着欢乐的色彩，他们怀着对极乐世界的憧憬和向往，从容不迫、兴高采烈地走向死亡。这其实又从根本上否定了人生的意义，宣传了宿命论的思想。《商人妇》塑造了一个忍辱负重、以苦为乐的女主人公惜官。惜官的丈夫因赌博输了家业，决定去新加坡闯荡，惜官将唯一的财产—— 一对玉手镯给丈夫做盘费。丈夫临走时说："若是五六年后我不能回来。你就到那边找我去。"丈夫走了十年，音信全无，惜官卖了家财，去南洋找丈夫。千辛万苦找到丈夫，丈夫已经再娶，并将她卖给了一个印度商人做第六妻，使她受尽凌辱。印度人死后，她带着孩子逃出来独立生活。因为带着一个棕色孩子，也不能回国，她只得在外流浪。小说控诉了封建夫权对妇女的摧残，赞扬了惜官的坚韧意志与奋斗精神，但作品结尾惜官的一段表白，又将消极的出世思想揉进了惜官的形象中。惜官说："人间一切的事情本来没有什么苦乐的分别，你造作时是苦，希望时是乐；临事时是苦，回想时是乐。我换一句话说：眼前所遇的都是困苦；过去、未来的回想和希望都是快乐。昨天我对你诉说自己境遇的时候，你听了觉得很苦，因为我把从前的情形陈说出来，罗列在你眼前，教你感到那是现在的事；若是我自己想起来，久别、被卖、逃亡等等事情都有快乐在内。所以你不必为我叹息，要把眼前的事情看开才好。"这里将对严酷的现实的剖析和虚幻的出世思想纠结在一起，将现实中的苦变为想象中的乐。同样有着消极和积极的两个方面，既鼓励人们在逆境中要顽强地活下去，又有着看破红尘的消极倾向。

许地山的前期作品中充满了矛盾，这个矛盾来自人道主义与佛教思想的冲突。

许地山的人道主义根源于他对祖国、对人民的爱，而这种爱首先来自家庭的影响，他出身于一个爱国者的家庭。在甲午中日战争失败，台湾被割让后，父亲许南英放弃了在台湾的全部家产，全家搬到大陆，过着穷困的生活，五个孩子没有一个肯留居台湾，所以许地山从小就过着流浪的生活。这种生活使他接近和熟悉下层人民，培养了他对人民深沉朴实的爱。他同情不幸的弱者，痛恨吃人的社会，在作品中充溢着反封建的人道主义思想和民主主义情感。他还给人道主义穿上了一层"普度众生"的佛教思想的外衣，这是愿天下人都能过好日子、有情人皆成眷属的博爱思想。在著名散文《落花生》中，许地山写道："这小小的豆子不像那好看的苹果、桃子、石榴，把它们的果实悬在枝上，鲜红嫩绿的颜色，使人一望而生羡慕之心。它只把果子埋在地底，等到成熟，才容人把它挖出来。你们偶然看见一棵花生瑟缩地长在地上，不能立刻辨出它有没有果实，必须挖起来才知道。"

所以人"要像花生，因为它是有用的，不是伟大、好看的东西"。这就是许地山所崇仰的落花生精神，他取笔名为"落花生"，就可看出许地山的志向。在散文《愿》里，许地山表现出其崇尚的精盐精神："我愿做调味的精盐，渗入等等食品中，把自己形骸融散，且回复当时在海里的面目，使一切有情得尝咸味，而不见盐体。"这两篇散文集都体现了许地山的献身精神和人道主义。

许地山的人道主义精神表现在对受苦受难的下层人民的深切同情上，许地山的作品可称之为"平民文学"。他还特别关注和同情平民妇女的悲惨命运，如《缀网劳蛛》中的尚洁、《商人妇》中的惜官，都是不被当人看的不幸者。

许地山的人道主义精神还表现在对黑暗社会、封建礼教的深刻批判上。在《命命鸟》中，他抨击了用封建信条、迷信手段来破坏青年男女自由恋爱的封建家庭，写出了青年人的反抗。在《换巢鸾凤》中，写了贵族小姐与山中强盗的自由恋爱，对包办婚姻进行了揭露和反抗。在《缀网劳蛛》《商人妇》中，同样批判违反人道、摧残人性的旧势力。许地山的人道主义与平民主义，是与传统的封建礼教和反动统治者相对立的。

许地山的人道主义精神还表现在对善良博爱的精神、乐观豁达的情操和忠贞不渝的爱情的热烈歌颂上。尚洁救助小偷的行为；惜官顽强奋斗、自强自立的品德；敏明与加陵、祖凤与和鸾的纯真爱情，都是作者赞美和欣赏的行为品德，这些都体现出许地山作品中的"五四"精神和为人生的主张。

然而，许地山的人道主义精神和平民思想，又无时无刻不被佛教思想所影响和制约。许地山是基督徒，又多年研究佛学，受宗教唯心主义思想影响较深，在观察、反映、解释人生时常常不知不觉融入宗教思想。当人道主义使他同情弱者、痛恨黑暗社会的时候，佛教思想却使他把苦难归于命运；当人道主义使他积极对待人生时，佛教思想却使他消极；当人道主义使他把人当人时，佛教思想却使他把人当蜘蛛。这些，都增加了他的作品思想的矛盾性和复杂性。

许地山在《序〈野鸽的话〉》中写道："人类的被压迫是普遍的现象。最大的压迫恐怕还是自然的势力，用佛教的话，是'生老病死'……我不信人类在自然界会得到最后胜利的那一天。地会老，天会荒，人类也会碎成星云尘，随着太空里某个中心吸力无意识地绕转。所以我看见的处处都是悲剧；我所感的事事都是痛苦。可是我不呻吟，因为这是必然的现象。换一句话说，这就是命运。作者的功能，我想，便是启发读者这种悲哀和苦感，使他们有所慰藉，有所趋避""在不可抵挡的命运中求适应，像不能飞的蜘蛛为创造自己的生活，只能打打网一样。天赋的能力是这么有限，人能做什么？"按照许地山的这种思想，人就只有听天由命，不求进取，不需抗争，过一天算一天了。他在《无法投递之邮件》中说："世间事本无容人着急的余地，越着急越不能到，我只得听其自然罢了。"他还说："一个人最怕有'理想'，理想不但能使人病，且能使人放弃他的性命。……'理想'和毒花一样，眼看是美，却拿不得。"这是消极无为、随遇而安的老庄思想，是与世无争、逆来顺受的蜘蛛哲学。

佛教对人生的基本观点是超级的多苦观。它认为人不分贫富、贵贱都有痛苦，这是"一切皆苦"的观点。许地山正是因为这个观点，在《缀网劳蛛》和《商人妇》中塑造的女主人都是不以苦为苦的。以为苦本来就是人生的全部，人正是为痛苦而生存的。

佛教思想像一堵高墙阻碍着许地山前期思想的发展，使作品的现实主义批判力量有所削弱。而社会的黑暗和青年人的无路可走，是许地山崇尚佛教的根本原因。在他不断求索，而又四处碰壁的失望和痛苦中，他只有借助宗教来给作品人物设想一个圆满的结局。然而这结局的实质是不圆满的，是虚无缥缈的。人道主义与佛教思想构成了许地山前期作品思想内容的二重性。

到了后期，许地山将前期的人道主义、平民思想进一步向积极方面发展，不断克服佛教思想的消极倾向，使创作走向坚实的现实主义道路。从一九二八年《在费总理的客厅里》一文起，直至整个二十世纪三十年代，与"五四"时期相比，他的创作面貌发生了很大的改变。

第一，作品的现实主义批判力加强了，《在费总理的客厅里》《三博士》《无忧花》都是讽刺揭露的作品，它的矛头是直接指向腐朽的国民党反动派及其走狗文人。《在费总理的客厅里》的费总理，是一个打着办社会慈善事业的幌子，却用捐款开公司，营私舞弊，侵吞巨款，杀害无辜，霸占民女的土豪劣绅。费总理的理论是："只是提倡廉政政府，并没有说廉洁个人"，作者大胆地揭露了当局的黑暗。《三博士》给三个留洋镀金的假博士画了像，一个是写《麻雀牌与中国文化》论文的吴博士，一个是出国随员，连学校都没进的假博士，一个是为了情人而自杀的假博士。作者以漫画的手法，勾勒出男女洋奴的丑态。《无忧花》写一个市长与交际花加多怜相勾结，把价值百万以上的"缉获私货"化公为私。真正的罪人花天酒地、逍遥法外，无罪的无忧花的丈夫却成了替罪羊。这些作品都表现出作者的政治立场和批判态度。

第二，作品的创作面扩大了。许地山前期小说的背景，不是南洋、印度，就是闽粤山野；人物也只是小知识分子和小市民，题材只是婚姻家庭问题。后期的小说将背景移到北平、广州等都市，人物已扩大到科学家、资本家、留学生、官吏、教员、革命家、妓女、交际花、游民、城市贫民、传教士等五花八门各色人物；题材也涉及社会的角角落落、方方面面。

《铁鱼的鳃》是许地山后期比较优秀的作品，作者热烈而深沉地歌颂了爱国主义精神，塑造了他理想中的正面人物形象。主人公雷先生是一个正直的、有事业心的爱国的老科学家，是兵器学的专家，为了让祖国能有自己的兵器、潜水艇，他花费了毕生的心血和精力，绘出了各种兵器的蓝图，并做成了模型。这一次做的是一个能在海底呼吸的带鳃的潜水艇。这样的科研成果，政府却没有人理睬，雷先生说："现在的当局，许多是无勇无谋，贪权好利的一流人物。"他因为爱国，而不愿让他的发明传到外国去，他说："他的发明是他对国家的贡献，虽然目前大规模的潜艇用不着，将来总有一天要大量地应用。若不用来战斗，至少也可以促成海下航运的可能，使侵略者的封锁失掉效力。"他爱祖国，祖国却不爱他。七十三四岁的雷先生为了研究发明而节衣缩食，"爱国思想膨胀得到极高度"。侵略者入侵，他带着图纸和模型东奔西逃，最后为了抢救落水的图纸和模型跳入海中，用生命殉了他的发明，殉了他的理想。他的死不仅仅是中国科学家的悲剧，也是整个中国的悲剧。

第三，抛弃了消极无为的老庄思想和悲观失望的情绪，佛教思想的阴影越来越淡薄，人道主义的精神越来越浓厚。他这时塑造的人物不再是听天由命、听其自然的基督徒，而是敢与命运抗争的强者。他一九三三年写的《女儿心》，描述了趾麟颠沛流离的一生，塑造了一个顽强的妇女形象。趾麟九岁那年，当父亲决定全家自杀的时候，趾麟藏在一棵树上躲过了这次厄运。从九岁开始了她孤身一人的流浪生活，开始遇到好心的穷人宜姑祖孙，却与宜姑同落入强盗手中。逃出后又遇到江湖艺人，被骗去学艺几年，又被郭太子抢去逼她为妾，又逃去，去找已结婚的宜姑。在途中被盗幸好被老和尚相救才免于损失。宜姑的丈夫是要塞司令，便要将趾麟带到上海，让她在"男子强权和女人姿色并重"的官场显露，但趾麟对这不感兴趣。这些年千难万苦支持她活下来的就是一颗女儿心，她盼望着与死去的亲人相见，盼望着能找到父亲，因为她觉得父亲还活着，当她发现帮她的和尚很像她父亲时和尚却停止了呼吸。从趾麟身上表现出要掌握自己命运的坚强毅力，表现出妇女的自信心。一九三四年写的《春桃》是许地山最优秀的作品，它几乎集中了许地山思想上和艺术上的所有积极面和长处，避开了他的消极面和短处。主人公春桃借其坚强的意志和泼辣的才干，把自己的命运勇敢地掌握在自己手里。她那乐观爽朗的进取精神充分体现了劳动人民的蓬勃朝气与旺盛的生命力。比趾麟更加扎实、丰满，人物的思想境界也更高一些。春桃在新婚后第二天，就因战争与丈夫冲散了。春桃孤身一人流浪到北京，先到一个外国人家里当"阿妈"，因为不惯膻味而辞了工。后来便干了捡烂纸换取灯儿的职业。与春桃一块生活的还有一个人叫刘向高，他与春桃在逃难途中认识，便与春桃合起来做捡烂纸的生意。因为有点文化，就从烂纸里抽出些能卖钱的东西，如画片或某将军某总长写的对联信札之类。两人合作，也混得一口饭吃。他们同居了四五年，"若不配说像鸳鸯，便说像一对小家雀罢"，他们之间没有男尊女卑，没有大男子主义。每天春桃捡烂纸回来，刘向高就全心全意地伺候她，给她提洗澡水，给她按背捶腿，使她在微笑中苏息。一天，春桃突然遇到失散四五年的丈夫李茂，这时的李茂已因战争失去了双腿，用两只手按在地上爬，春桃立即雇车拉他回家。两个男人一个女人，将来的日子怎么过？摆在春桃面前的是个棘手的问题。刘向高离开过，可又回来了，他离不开春桃；李茂自杀过，又被春桃救活，他还得活着。春桃在处理这件事上，表现了坚定的自信力，她冲破了一切陈腐的观念，决定三个人一起过。她对李茂说："我不能因为你残废就不要你，不过我也舍不得丢了他。大家住着，谁也别想谁是养活着谁。"当丈夫李茂说"人家会笑话我是个活王八"时，春桃说："有钱有势的人才怕当王八。像你，谁认得？活不留名，死不留姓，王八不王八，有什么相干？现在，我是我自己，我做的事决不会玷着你！"当刘向高说同行的人直笑话他时，春桃说："若是人家笑话你，你不会揍他？你露什么怯？咱们的事，谁也管不了。"这就是普通老百姓的处世哲学。作者写道："中国女人好像只理会生活，而不理会爱情；生活的发展是她所注意的，爱情的发展只在盲闷的心境中沸动而已。自然，爱只是感觉，而生活是实质的，整天躺在锦帐里或坐在幽林中讲爱经，也是从皇后船或总统船运来的知识。春桃既不是弄潮儿的姊妹，也不是碧眼胡的学生。她不懂得，只会莫名其妙地纳闷。"但春桃懂得活着就要靠自己奋斗，懂得"我是我自己"，懂得"人打还打，人骂还骂""不打人骂人，也不受人打骂"。懂得"在社会里，依赖人和掠夺人的，才会遵守所谓风俗习惯；至于依自己的能力而生活的人们，心目中并不很看重这些。"这是劳动妇女要求人格独立的呼声，是"五四"精神的深化与发展。春桃绝不会像尚洁、惜官那样蜘蛛般地生活了，她已经在沉着、勇敢、切实、自信地走自己的路。这是中国文学史上独一无二的妇女形象。

一九三五年许地山在北京大学生的一次讲话中，将他的新人生观做了完整的表达。他说："人类的命运是被限定的，但在这被限定的范围里当有向上的意志。所谓向上是求全知全能的意向，能否得到且不管它，只是人应当努力去追求。"这是许地山人生观的一大飞跃。

第四，作品的阶级的色彩更为鲜明。许地山这个时期的作品，对统治者及其走狗进行揭露和批判，对无产者进行肯定和赞美，表现出朴素的阶级感情。这里特别值得一提的是《东野先生》和《人非人》。《东野先生》中塑造了一个脾气古怪，却正直无私、同情革命，关怀劳动人民疾苦的人道主义者——东野先生。他有着为大众献身的博爱精神，无代价地担起抚养一位不相识的黄花岗烈士的遗孤的义务。对于惨遭反动派枪杀的革命者深表同情，不顾自己挨打受骂去包裹烈士的尸体。但他只是个人道主义者，只打算当好教员与周济穷人，他主张教育救国，这正是许地山的愿望和理想。许地山在《国庆日所立的愿望》中说，我们之所以不能"国泰民安，风调雨顺"，一方面"由于执政者的知识的不足"；另一方面"人民被欺负多因于知识缺乏"，他认为"我们受过教育的人们都应该参加，是义不容辞、责无旁贷的事业，也是我们神圣的使命之一"。他把教育放在救国的首位。

如果说《东野先生》是一首人道主义的颂歌，那么《人非人》则是对反动派腐朽统治摧残人道的血泪控诉。女主人公陈情为了救护革命同志和家属，不得不以出卖肉体为代价，过着"非人"的生活。她因为不能忍受局长日夜的蹂躏和侮辱，愤然辞职，而辞职以后就使她的救护工作陷入困境。作者对妇女的"非人"生活表示了深切的同情，并对她的献身精神进行了赞颂，这体现出作者的人道主义精神和阶级的同情心。

许地山的小说创作在艺术上有着突出成就和独特风格。

首先，他的小说取材和情节都很离奇，具有异域情调和传奇色彩，生动有趣，引人入胜。茅盾说："好像落华生的为人，也有点怪僻。他在燕京大学读书的时候，头发养得长长的，大拇指上是一个挺大的白玉扳戒，衣服的式样是他自己发明的。同学们叫他'怪人'！"人怪，小说也怪。有种特别的风味，在当时的文坛上显得标新立异。因为他的经历所致，他的毕生作品大都以海外生活为题材，以异国风光为背景。《命命鸟》的故事发生在缅甸的仰光，《商人妇》描写了南洋和印度的风情，《缀网劳蛛》写的是马来半岛。大多数作品描绘了湖光山色，风景宜人，还笼罩着一层佛家的神秘色彩。

小说情节也出人意料、富有传奇性。如敏明与加陵的快乐自杀；尚洁被冤屈后的平静心境；东野先生妻子志能的死亡风波；趾麟所认的父亲——断指老和尚的结局；春桃他们的特殊家庭：无一不曲折离奇。特别是《枯杨生花》的传奇色彩更浓。女主人公云姑年轻守寡，养一遗腹子成人。儿子成仁出海后杳无音信，云姑带着儿媳去海外寻儿。历尽千辛万苦，儿子没有找到，又丢了媳妇。云姑正山穷水尽之时，遇到年轻时的恋人，使云姑终于有了归宿。真是一波三折，离奇变幻。

其次，他的小说能以情感人。《女儿心》中趾麟对家人、对父亲的怀念之情；《春桃》中三个人在感情的旋涡中的矛盾痛苦；还有尚洁的善良、惜官的宽容，都是那样纯朴、真挚。《黄昏后》的主人公经常向一双儿女叙述爱妻的身世，表达出对亡妻的深切怀念。许地山是个重感情的人，这感情体现在他的人道主义和博爱精神中，他把自己的感情全部倾注在他的人物身上。

许地山正是通过离奇的故事和感人的形象来体现他的人生观，体现他的为人生的艺术。

在许地山的现实主义作品中，显示出鲜明的浪漫主义倾向，并运用了象征手法。茅盾在《中国新文学大系·小说一集·导言》中说："他这形式上的二重性，也可以跟他'思想上的二重性'一同来解答。浪漫主义的成分是昂扬的积极的'五四'初期的市民意识的产物，而写实主义的成分则是'五四'的风暴过后觉得依然满眼是平凡灰色的迷惘心理的产物。"

许地山还以他的语言的平实、清丽，行文的自然、流畅，增强其作品的艺术魅力和感染力。

六、其他同期作家对人生的探讨

除以上作家以外，还有很多作家作品通过问题小说来提出和探讨人生的问题。孙浪工是值得一提的作家，他的《前途》《隔绝的世界》《家风》，都提出了比较尖锐的社会问题。茅盾在《中国新文学大系·小说一集·导言》中说："孙浪工抑住了主观的热情的呼号，努力想用理智的光来探索宇宙人生的'何故'。"在谈到孙浪工的作品《前途》的时候，茅盾又说："这一篇借火车开行前旅客们的忙乱、焦灼、拥挤，以及火车开行后旅客们的'到了么？''几时才到？''能不能平安无事的到？'种种期望的心情，来说明'人生的旅路'上那渺茫不可知的'前途'。"《隔绝的世界》写了一个马夫的悲惨遭遇。在腊月三十的晚上，在别人最快乐的夜晚，马夫的妻子忍受的"可是饥饿、寒冷、愁苦、困倦……种种不可幸免的苦痛打在伊的身上。"马夫五岁的儿子又饿又病，濒临死亡，马夫想在三十的晚上请假回去看看生病的儿子，也没被允许。在中国这传统的节日里，有产者花天酒地、打牌放鞭，无产者的儿子临死也没有见父亲一面。作者将两个世界的生活进行对照描写，对社会提出了质问。茅盾说："在《隔绝的世界》，他慨叹于梦想'美'的艺术家不知道'灵'的风景的背后有一幕悲剧。"孙浪工的《家风》提出了妇女解放问题。茅盾说："在《家风》里，他用了感伤的调子写那年老的节妇的心灵上的寂寞。"小说的主人公是一位七十多岁的老太太。她是一个节妇，十九岁时死了丈夫，本应再嫁的，但她有一个遗腹子，公公劝她留下，并对她说："你虽然是吃着人家所未曾吃过的苦，你的心却是可以不朽的！"

并许愿要为她建立一个石牌坊，"你的命运从此就永远陷在这个无底的悲哀的深坑里了"。然而这石牌坊的建立，跟她的命运一样艰难。第一次建立遇到公公去世，第二次建立遇到儿子儿媳得急病双双死去，第三次建立被堂侄骗去了积攒数十年的钱，第四次建立受到孙子的反对，并被孙子质问："非人道的节孝也有发扬的必要吗？"因为守节，老太太终生过着孤寂和悲哀的生活，而受尽千辛万苦的老妇人却并不觉悟，她仍然不允许她的孙女自由恋爱，坚持搞包办婚姻，压迫、摧残妇女的封建制度恰恰由受尽压迫和摧残的妇女维护着。这是一个值得深思的问题，妇女解放既要社会的解放，也要自身的解放。

朱自清的《笑的历史》描写了一个女子怎样由爱笑变得不笑，以至爱哭的过程，揭示旧家庭里女子地位的低下。小说的女主人公未婚时是一个特别爱笑的姑娘，结婚以后，因为爱笑，便受到婆家全家人的攻击，因为"男人笑是不妨的，女人笑是没规矩"，这媳妇从此便不敢笑了。因为丈夫不在家，这媳妇便受到全家人的轻视和虐待，想笑也笑不起来了，只是整天的哭。女人到了婆家真如同进了牢房，使她们"觉得那样地活着，还是死了的好"，这些"娜拉"如果不出走，也只有死路一条了。朱自清的《别》写了旧式家庭夫妻间的生疏，贫困又使刚刚熟悉的夫妻分离。

朴园的《两孝子》是茅盾称赞的"那时候比较成功的作品"。"《两孝子》的题材是当时流行的问题之'形式的虚伪的孝'。"作者用了很轻灵的笔触写出社会所认为"孝"的儿子只是形式的虚伪的，而社会所认为"不孝"的儿子却实在真懂得怎样去"孝"。作品运用对比的手法写了两个儿子如何尽孝的故事。张纯朴实诚、善良温和，父亲想出去散散心、割割草，他就让父亲去，于是便有人在背后议论他不孝。后来母亲病了，母亲要他去请师父下神，他却要请大夫治病。"谁知他母亲偏不长寿，就此死了"，于是，邻家越说他不孝。刘文是个谨小慎微的人，虽然父亲是个荡子，母亲好迷信破财，而刘文"对他父母十分恭敬逊顺，除早晨晚上，照例省视外，饭前饭后，乃至于尿壶马桶，他都顾得到。常常谨谨慎慎，低着头，微弯着腰，在他父母屋里站班"。他对于父母的命令，奉为"天经地义"，从来不敢加一些违拗。一次父亲感冒了，母亲要他去请师父下神，他立即去请师父在家里"酒天花地的闹了一天"，父亲出了一身汗，果然好了。于是受到了人们的夸奖。刘文家里大大小小的孩子都学刘文的孝顺，使刘文父母"一睁眼便是死板板的神气，不由受了暗示的压迫，便闷起来"。可见，刘文的父母并没有因为刘文的孝顺而快乐。作品没有议论谁是谁非，但通过生活中的偶然现象，将这一问题提得更加深刻、尖锐。

文学研究会作家的问题小说，虽然由"不开药方"转向"开药方"，回答了人生是什么，但他们的回答是不完美的，是不可能解决中国社会的现实问题的。无论是"爱"是"恨"，是"听天由命"，虽有一定的积极因素，但消极的影响也是很显然的。但通过他们的作品，留下了"五四"以后中国青年思考、追求的印记。

作为现实主义文学团体的文学研究会并不排斥浪漫主义，他们都不同程度、不同侧面地体现出受浪漫主义的影响。由此看出，创作方法与小说流派是有着复杂的交叉关系的。

第四节　成熟期与早期乡土小说

一、目标一致、风格各异的作家队伍

一九二四年前后，当人生派全盛期的问题小说开始渐次衰竭的时候，一些青年作家在鲁迅的影响下，开始了早期乡土小说的创作，显示出人生派文学不但没有因问题小说的衰歇而衰歇，而是以另一种形式使人生派的创作走向成熟。早期乡土小说的作者大多是文学研究会的成员或者是在《小说月报》《文学周报》《语丝》《莽原》《未名》等报刊上发表小说的青年作家。他们是潘漠华、王鲁彦、许钦文、蹇先艾、台静农、黎锦明、许杰、彭家煌、王任叔、徐玉诺、王思玷、叶圣陶等，他们写乡村的风俗，回忆童年的生活。并"隐现着乡愁"（鲁迅语），充分体现出中华民族的民风民情、风俗风貌和地方色彩。

对于问题小说与乡土小说之间的关系，严家炎在《中国现代小说流派史》中说："从问题小说到乡土文学，其间有没有某些内在的规律性可寻呢？回答是肯定的。问题小说与乡土文学都体现着'为人生'的文学主张。但前者是新文学运动初年的产物，它看重思想，较多地从思想观念出发，除了少数优秀的作品外，多数作品存在着'思想大于形象'这一类毛病，尚未摆脱实践'为人生'的主张时那种幼稚而有点蒙昧的状态，多少带有梁启超把小说当作工具的味道；后者则显示着新文学逐渐走向成熟的趋势，它吸收前者的长处而克服着前者的短处，更看重生活和艺术本身，作者较多地从生活经验出发，能够把现代意识与真切的生活感受结合起来，充分发挥着写自己最熟悉的题材这个优势。近代中国原是农业国，'五四'以后文艺青年大多来自农村，在这样的历史条件下，'为人生'派的文学从问题小说开头而走上乡土文学的道路，几乎是必然的。这种发展，不仅意味着小说艺术上获得的长足的进步，而且标志着小说观念上出现的健康的更新。"严家炎的这段话将早期乡土小说的来龙去脉、根源、条件，以及与问题小说的关系，在人生派的地位，讲述得清楚明白，为我们了解早期乡土小说的形成和发展指明了方向。

人生派之所以在它的成熟时期而出现乡土小说的大发展，是与人生派一贯的理论倡导、文学主张有关的。人生派的成员，特别是文学研究会的作家，在倡导文学为人生的同时，就倡导乡土文学，倡导文学的地方色彩。最重要的倡导者是周作人，他在《旧梦》中表示"对于乡土艺术很是爱重，我相信强烈的地方趣味也正是'世界的'文学的一个重大成分"。茅盾也竭力主张文学要表现农村生活和农民疾苦，并在《文学周报》上大声疾呼："希望中国也有农民文学家"，写出"乡村间农民穷人的生活"，并对鲁迅的乡土小说《故乡》《风波》给予很高的评价，说它们"把农民生活的全体作为创作的背景，把他们的思想强烈地表现出来"。还有郑振铎、胡愈之等都发表文章倡导乡土文学、农民文学。

历来的评论家都将"早期乡土小说"单独作为一个流派，笔者在这里将它归为"人生派"的一个时期，一个组成部分，其根据就是上面列举的：不论是乡土文学的理论倡导者还是乡土小说的作家，多来自文学研究会，来自倾向于"人生派"主张的作家群。乡土小说表现民间疾苦、描写农村生活，运用现实主义手法的创作特点，同样也是人生派的创作主张，早期乡土小说的出现，标志着人生派的成熟。

正像人生派是由鲁迅首先倡导的一样，鲁迅仍是乡土小说的源头。他在创作上为乡土文学树立了典范，不论是他的写农民的《故乡》《风波》《阿Q正传》《祝福》，还是没写农民的《孔乙己》《孤独者》《在酒楼上》，都以沉重的历史责任感和深沉的内心感受，描绘出停滞的中国乡土社会，塑造出"哀其不幸、怒其不争"的人物形象，表现出凝重的乡土精神。

鲁迅的乡土小说影响着一批青年乡土作者。许钦文在一九三一年写的《从〈故乡〉到〈一坛酒〉》中说："时常有人说到我的作品很多是受鲁迅先生的影响，当时关于创作的方法和理论委实太少可做参考的了，鲁迅先生的确是强有力的引导者，他在北京大学讲《中国小说史略》，每星期一小时，我是一定到的，因为他所讲的并非只是历史事实，而是重在批评，使我得到了许多关于描写的方式和原则。我在《晨报》副刊上发表一篇小说以后，往往由孙伏园氏传来他的评语。后来我同他熟识了，去访时他常把自己刚写成的文稿给我看，并且说给我听他的作意，又随时直接评论我的作品，这是我受他的影响最重要的地方。"鲁迅对许钦文的帮助，真可说是手把手！许钦文将他的第一个小说集命名为《故乡》，便显示出他的意图。鲁迅还在《中国新文学大系·小说二集·导言》中特别提到了许钦文的《故乡》："许钦文自命他的第一本短篇小说集为《故乡》，也就是在不知不觉中自招为乡土文学的作者，不过在未开手写乡土文学之前，他却已被故乡所放逐，生活驱他到异地去了。"鲁迅还亲自对许钦文的妹妹许羡苏说："你阿哥你扶持一下，他现在自己会走了。"鲁迅写的一篇小说《幸福的家庭》，副题是《拟许钦文》，许钦文说："所谓'拟'，无非是鲁迅先生的谦逊；实在是给青年作家做广告的罢！"可见鲁迅先生的良苦用心。

王任叔在《边风录·我和鲁迅的关涉》中也谈到鲁迅对他的影响："读到鲁迅的文章，大约是民国十年。那时候，在一个朋友的书案上，偶然翻翻合订本的《新青年》，于是给我发现了《狂人日记》这小说，首先给我的是一种深重的压力和清新的气息。……从此，我的生命，仿佛不能和鲁迅这两个字分离了。"

王鲁彦在一九三六年写的《活在人类的心里》一文中谈鲁迅的讲课："大家在听他的《中国小说史》的讲述，却仿佛听到了全人类的灵魂的历史，每一件事态的甚至是人心的重重叠叠的外套都给他连根撕掉了，于是教室里的人全笑了起来，笑声里混杂着欢乐和悲哀、爱恋与憎恨、羞惭与愤怒……于是大家的眼前浮露出来了一盏光耀的明灯，灯光下映出了一条宽阔无边的大道……大家抬起头来，见到了鲁迅先生的苍白冷静的面孔上浮动着慈祥亲切的光辉，像是严冬的太阳。"生动的描绘将鲁迅对他的影响形象地表现出来。

蹇先艾在他的《短篇小说选·后记》中将鲁迅对他的影响说得更加直接："我写短篇小说一开始就受到鲁迅先生的作品很大的影响。……我读鲁迅的小说时，如获至宝，我觉他揭露半封建半殖民地的旧社会特别深刻，有的作品写知识分子，有的写农民，既表现了上流社会的堕落，又反映了下层社会的不幸，爱国主义的思想跃然纸上。……他是现实主义的典范，这是举世公认的。……鲁迅的作品给我的启发更大，我师承他就更多一些。"塞先艾还在《我所理解的"乡土文学"》一文中说："事实告诉我们：二十年代和三十年代的作者，尤其是北京的青年们，多数是在鲁迅的扶植下，或者受了他的小说的熏陶才从事写作的。实际上鲁迅就是一位最早的乡土文学家。"

许杰、台静农、彭家煌、黎锦明都受到鲁迅的影响和教导。严家炎说："我们可以毫不夸张地说：乡土文学正是在周氏兄弟影响下以鲁迅的创作为示范而形成的一个小说流派。"

（一）"隐现着乡愁"的许钦文

许钦文曾以鲁迅的"私淑子弟"自命，并也在刻意师承鲁迅中接近了乡土文学。他把笔锋向着故乡的人和事，写了二十多篇乡土小说。许钦文从一九二二年十一月走上文坛，至一九二九年三月离开北京，我们称这段时间为他的乡土文学创作时期。当然许钦文这段时间也不仅仅写乡土小说，他还写了讽刺小说、抒情小说和寓言体式小说。在这几年中，他写了九十多篇短篇和三个中篇，短篇小说集《故乡》和中篇小说《鼻涕阿二》可算是他乡土文学的代表作。

在许钦文的乡土小说中，主要写了两部分内容。一部分反映许钦文家中的人和事，如《父亲的花园》《已往的姊妹们》《怀大桂》等，这些作品表达了作者对衰败的家庭的怀念和对亲人的依恋。作品有很强的纪实性，很少做艺术的提炼和概括，可以当作记叙散文来读。写得较好的有《父亲的花园》。鲁迅曾对《父亲的花园》做过分析，他说许钦文"在还未动手来写乡土文学之前，他却已被故乡所放逐，生活驱逐他们到异地去了，他只好忆《父亲的花园》，而且是已不存在的花园，因回忆故乡的已不存在的事物，是比之明明存在，而且有自己不能接触的事物较为舒适，也更能自慰的。"（《中国新文学大系·小说二集·导言》）

另一部分是揭露封建势力的黑暗和封建婚姻的弊病，反映故乡人民的苦难和不幸，特别是对社会底层妇女的命运表示深切的同情。同时，作品也表现了农村由于闭塞、隔膜、落后而形成的悲剧。作品有《石宕》《老泪》《鼻涕阿二》《疯妇》《元正的死》《模特儿》等。

《石宕》是他的代表作。鲁迅曾称赞道："他也能活泼地写出民间生活来。"《石宕》比许钦文的其他小说写得更为深刻，作品写石匠们不幸的遭遇和悲惨的生活。做石匠是很辛苦的，大多数的石匠都累成肺病，然后咯血而死，有的二十岁就累死了。《石宕》中写的不是石匠的累，而是突然而来的事故给石匠带来的灾难。石匠们长年地在石山的下边朝里面凿石，采取石板和石条，天长日久，石山越凿越深，而山的高处都一直保留在那里，好像一巴掌扇在空中张着。一天，上面的大石块掉下来了，有七个人被压在里面出不来。

但是半个月以后，"铎铎铎的用铁锤打击铁锥凿石的声音又从山的另一面起来"，虽然这里"并没有筹妥预防那种危险的方法"，但石匠们不得不为了生存而挑战死亡，因为饥饿对他们的威胁，远比死亡给他们带来的恐惧还强烈十倍、百倍，《石宕》的深刻之处就在于此。它揭示了有一种比石崩更为可怕的东西压在石匠们的头上，这就是沉重的生活负担。因此，尽管石崩的惨状还历历在目，死神随时会向他们招呼，但是他们还是不顾一切地冒险去干这一工作。这是多么可怕而可悲的命运啊！如果作者仅仅停留在对惨状的描绘上，而没有结尾这有力的一笔，就不可能达到这样的思想深度，这就是鲁迅称之为"开掘要深"。许钦文在这篇小说的题材选择上和主题深化上，都达到相当高的水平。《石宕》和《父亲的花园》都被鲁迅收入《中国新文学大系·小说二集》。

1. 真切地回顾，客观地描写

许钦文强调艺术的真实性，多采用客观写实的手法，简洁、自然，在他的一批回忆性的作品中，多具有这一特点。

在《父亲的花园》里，作者极力表现花园过去的繁茂，"红的，白的，牡丹，芍药，先先后后的都开了泛勃勃的美丽的花"，以象征家的盛况，"我能知道的，父亲在这一年可算最为高兴，家里的人也都很快乐，可是那时何尝明白，这是最快乐的时候了！"

作者接着用花园的衰败来象征家的衰败："走到阔别的花园，只有从前不注意的西湖柳和白石榴还是枝叶癫稀稀的存着，地上满是青草，盆中无非是枯枝。父亲最爱的素建兰、'反背荷花'等等，因为盆较讲究，母亲已把它们的盆收集在一起，连盆中的泥土也不见了。母亲所爱的在门口的玉荷花也只剩下几支枯枝。西湖柳和白石榴因不时有人来索去做药引，母亲持意保护，才得苟延残喘。断砖破盆，却成了六妹、八妹捕蟋蟀的特别场所。"不仅花园没了，连以前拍的花盛况的照片现已模糊难辨了。作者通过写花园而写家，通过写花园来表达对家庭、对家乡浓郁的思恋之情，并"隐现着乡愁"。

在《已往的姊妹们》中，这种乡愁更加浓重、凄凉。作品首先映入读者眼帘的就是"暗沉沉的"两块牌位，高而狭的是大哥的，低而阔的是三姊的。大哥死时是七岁，三姊死时只有四岁。母亲在每年的夏至、冬至或是春节祭祖的时候，必在退堂里专给大哥、三姊设一桌饭菜。七妹死的时候只有四个月，母亲快到冬至就为她裁糊纸衣，总是累得腰酸背痛。二姊芳云的死是最悲惨的，因为二姊死时已经二十四岁了，结婚才五个月。死之前非常清醒，她把首饰交给母亲，请母亲去换作经卷将来烧给她。她还沉痛地对丈夫斌斌说："我总算是对你不起，害你又要花钱了。"二姊活着的时候是很辛苦的。十三岁时许给沈家，第二年那个男孩就死于白喉；二姊十九岁又许给陈家，第二年的秋天她预备出嫁，马桶、脚盆都已漆好，鸳鸯枕也早做就，那个人突然又死了；第三次只得跟死了两次妻子的人订婚，这叫"命凶的对命凶的"，于是嫁给了大年纪的、死了两个老婆的、患有肺病的斌斌，二姊竟死在斌斌的前面。芳云的死是封建婚姻所害，是她多年来忧郁成疾所致。作者后来创作的小说《老泪》就是根据芳云的原型创作的。作者通过对芳云悲惨命运的描写，表现了旧社会妇女的普遍遭遇。在封建枷锁的桎梏下，在封建道德、封建思想的束缚下，妇女们逃不脱悲惨的不幸的命运。文章具有浓烈的感情色彩和抒情味。《上学去》写四妹到北京读书的事。《怀大桂》写父亲花园中的一株桂花树。《大水》写童年的一个记忆，记叙了一个亲戚家的女孩春霞，以及春霞在包办婚姻的束缚下的万般无奈。这些小说都有传记色彩，作品中的"我"多是"松哥"或"松少爷"，而且是童年的生活占据很大的位置。左拉在谈文学的真实性时说："童年时间的印象无疑是更强烈"，这正说明为什么早期乡土小说离开了乡村到了城市，仍然写故乡，而且写童年、少年时期的故乡，因为最强烈、最深刻的记忆是最真实的记忆。

2. 浙东的风俗民情，落后的国民惰性

许钦文在更多的作品中，是描写浙东绍兴的民情风俗，揭示落后愚昧的国民惰性。许钦文所描写的镇子是鲁镇，这是鲁迅笔下的小镇，如《凡生》《博物先生》，许钦文所写的村子是松村，作品中的村镇是中国农村的缩影。

《疯妇》中展现出浙江一带妇女的生活图画。"妇女们不做活的毋庸说，做活的唯一的是做布，就是把弹松的棉花卷成花条；由花条绩成棉纱，然后织成布。"然而这手艺只教儿媳不教女儿，认为女儿向外。教会她了，"好笋生在笆外面"，无非令人可惜。所以在这村里会织布的一定是太太们，这表现出农民的落后、保守思想。但自从"放纸船"摇到这村以后，年轻的太太和姑娘们都褙锡箔了，就是在纸上褙上锡片，迷信的人在祭祀时当作纸钱焚化。这比做布工资高一点，褙一捆，三千六百张，可得小洋一角。褙得快的两天可以褙完，这么廉价而劳累的工作，还算是报酬最丰厚的工作。

双喜十三岁时死了父亲，自己便到上洋的酒店当学徒。他二十八岁时，家里有了一个妻，妻每天从早晨七点钟到晚上十一点，都褙锡箔，两天一捆，一刻不停，可称得上是好媳妇了。妻想丈夫了就在河沿淘米时站着看去上洋的航船发呆。一次将淘箩掉进河里冲走了，婆婆知道了，是免不了被责骂的，她只希望应受的责罚早早到来，快快过去。可是她婆婆却只是到外面去说，让她在屋里恐惧地等。婆婆回来后，仍不责罚她，却放声大哭："还做什么人，讨得媳妇，连米淘箩也……"婆媳之间没有沟通，媳妇再也完不成两天一捆的褙锡箔了，媳妇在孤独、隔膜、恐惧的处境中，忧郁成疾，最后疯了，三个星期就死了。小小的一件事，却把媳妇逼死了。这一方面反映出乡人的惰性，国民的劣根性；一方面反映了农村人民的穷苦，一个淘箩也来之不易。这婆媳之间没有根本的利害冲突，从媳妇死后，婆婆坐在一堆新堆的土旁凄凉地哭泣的场景可以看出婆婆的悲痛，这是愚昧和贫穷造成的悲剧。

《老泪》是许钦文小说中情节最曲折动人的一篇。小说写了七十多岁的老太太彩云坎坷不平的一生。小说是以许钦文的二姊的生活为原始材料的，但作品没有停留在芳云的悲剧描写上，而是在真实故事的基础，进一步深化主题，不仅表现出封建礼教、封建迷信对妇女的摧残，而且表现出妇女因摆脱不了自身封建思想的束缚所受的更不幸的磨难。传宗接代的思想使彩云忙碌、劳累、感伤了一辈子。

许钦文在谈这篇小说时说："《鼻涕阿二》里写的一个女性的典型，是地位卑下的女性。

我在这里攻击的是养成鼻涕阿二的环境，并非她的本身。对于她的本身，这样可怜，又可笑，我是只有慨叹的。"从中，我们清楚地了解到许钦文写这篇小说的意图，他是要表现一个守旧、迷信、愚昧、落后的松村的典型环境，表现封建势力在这个环境中的猖獗和泛滥。

许钦文的乡土小说在风俗描写方面，很有特色。如《老泪》中写了一系列的说媒的习俗，如媒人不喝茶，只喝白开水；媒条必须写足十个字，表示"十喜如意"。像"朱老爷令郎十三岁大吉"，这"大吉"二字就是为了凑足十个数目；还有媒做好后，姑娘就不能出头露面了，所谓"男要凉，女要藏"，所以做了媒的彩云就八九年不能出大门半步。在《七妹》中，还将生孩子的习俗写得具体生动有趣。许钦文对习俗的描写，大都融入故事情节之中，这无疑是受到鲁迅的影响。

许钦文小说的乡土特色还表现在方言土语的运用上。如《疯妇》中的双喜母亲、《老泪》中的彩云婆婆的语言都是绍兴方言。许钦文特别善于运用绍兴民间俗语、谚语、口语，如"出门全利，不如家里""人家的金窠银窠，不如自家的草窠""好笋生在篱笆外"。

（二）从热情走向冷静的王鲁彦

在早期乡土小说作家群中，王鲁彦是很有功力的作家之一。王鲁彦原名王衡，一九〇一年生于浙江镇海农村的一个小有产家庭。他的童年和少年时代都是在农村中度过的，十七八岁时就开始了流浪生活，生活重担的压迫使他没有可能在任何一个地方安稳地住满三年，祖国的大半土地都留下他踯躅的足迹。十几年的乡村生活，在王鲁彦的一生中始终保留着充满诗意的印象，为他未来的创作提供了许多珍贵的素材。后来，王鲁彦流浪到北京半工半读，一边在北大门口摆饭摊，替北大学生洗衣、扫地，一边在北京大学旁听，还听了鲁迅讲的《中国小说史》。鲁迅先生的讲课，对年轻的王鲁彦产生了巨大影响，有一个时期，他在题材选择和艺术风格上很接近鲁迅，如他的《童年的悲哀》接近《故乡》，《李妈》类似《祝福》，《阿长贼骨头》就明显受了《阿Q正传》的影响，被人称为"鲁迅派"的作家。他也是鲁迅最早定为乡土文学的作家。鲁迅在《中国新文学大系·小说二集·导言》中说："看王鲁彦的一部分的作品题材和笔致，似乎也是乡土文学的作家。"当然王鲁彦还写其他小说，但写得最成功的是乡土小说。王鲁彦的创作始于一九二三年，于一九四四年去世，在二十二年的时间里，王鲁彦写下了《柚子》《黄金》《童年的悲哀》《小小的心》《屋顶下》《雀鼠集》《河边》《我们的喇叭》八个集子，此外还有中篇小说《乡下》和长篇小说《野火》。根据王鲁彦自己的意见，大体上将他的创作分为四个时期，第一个时期（一九二三年到一九二六年）为《柚子》时期；第二个时期（一九二六年底到一九三二年）为《黄金》时期；第三个时期（一九三二年底到一九三六年）为《野火》时期；第四个时期为抗战时期。

1.《柚子》时期

《柚子》集是王鲁彦的处女集，一九二六年出版。这十一篇作品，有的是散文，有的是小品文，真正称得上小说的只有五六篇。王鲁彦在《关于我的创作》中说："《柚子》

是我的处女作。写那些文章的时候，我的年纪还轻，所以特别来得热情，呼号、诅咒与讥嘲常常流露出来。"诅咒和讥嘲便是这个时期的基本特征。

湖南作家黎锦明在自己的作品《社交问题》里指责《柚子》是"满目的油腔调，把杀人的事描作滑稽派小说，真是玩世"。其实不然，作者通过残酷的杀人愤懑地揭露了反动当局的罪行，而通过"看客"们的议论，写出了民众的麻木、愚钝、残酷和卑劣。鲁迅先生在《中国新文学大系·小说二集·导言》中说："《柚子》一篇，虽为湘中的作者所不满，但在玩世的衣裳下，还闪露着地上的愤懑，在王鲁彦的作品里，我以为倒是最为热烈的了。"鲁迅对《柚子》的肯定，说明了王鲁彦与鲁迅思想的相通，《柚子》的主题与鲁迅《看客》的主题是相同的。"我"的玩世，并不等于作者的玩世，恰恰相反，更表现出作者的热情与愤懑，只是在写法上采用了"诙谐"和"讽刺"。正如茅盾在《王鲁彦论》中所说："作者的诙谐大都带有冷讽的气味，所以虽然只是些瘦瘠的诙谐，也还有咀嚼的余味。"

《柚子》集的大部分作品，王鲁彦没有采用诙谐与冷讽，而是更着重于对现实生活做客观描绘，很少有主观感受的抒发，具有较鲜明的叙事色彩。如《菊英的出嫁》《许是不至于罢》《阿卓呆子》《自立》等。

王鲁彦在这几篇作品里所反映的是他的故乡浙江宁波农村的生活故事，他善于根据具有浓厚的地方特色的生活来构思他的作品，同时也能够运用较为丰富的具有地方色彩的艺术细节来渲染作品的气氛，因此作者在我们面前展开的，常常是一幅幅地方色彩十分鲜明的风俗画。《菊英的出嫁》是这一方面最有代表性的作品，写浙东一带旧的民俗——冥婚。菊英八岁的时候就患白喉病而死去了，现在已经死了十年，这十年，菊英的母亲无时无刻不在惦记着菊英的成长，操心着菊英的婚事，因为母亲的心中始终保留着死后生存的原始信仰。她终于为菊英找到了婆家，她的"女婿"也是早已死了的，但从女婿在七八岁时照的一张相片可以看出他是个秀丽、聪明的孩子。他家里也有钱，一次就送来四百元的聘金。菊英的母亲非常满意这门亲事，为了办好这婚事，十年来，菊英的母亲省吃俭用，把菊英的父亲寄回来的钱全部用在菊英的嫁妆上，身体也因十年办嫁妆的劳累而一天不如一天，但仍不肯休息，她认为"尽她所有的力给菊英预备嫁妆，是她的责任，又是她的心愿"。终于到了办"喜事"的那一天，作品是这样描写菊英母亲的心情和菊英出嫁的场面：

她进进出出总是看见菊英一脸的笑容。"是的呀，喜期近了呢，我的心肝儿！"她暗暗地对菊英说。菊英的两颊上突然飞出来两朵红云。"是一个好看的郎君哩！聪明的郎君哩！你到他的家里去，做'他的人去！让你日日夜夜跟着他，守着他，让他日日夜夜陪着你，抱着你！"菊英羞得抱住了头想逃走了。"好好地服侍他，"她又庄重地训导菊英说，"依从他，不要使他不高兴。欢欢喜喜的明年就给他生一个儿子！对于公婆要孝顺，要周到。对于其他的长者要恭敬，幼者要和蔼。不要被人家说半句坏话，给娘争气，给自己争气，牢牢地记着！……"

音乐热闹地奏着，渐渐由远而近了。住在街上的人家都晓得菊英的轿子出了门。菊英的出嫁比别人要热闹，要阔绰，他们都知道。他们都预先扶老携幼地在街上等候着观看。

　　最先走过的是两个送嫂。她们的背上各斜披着一幅大红绫子，送嫂的过去有半里远近，队伍就到了。为首的是两盏红字的大灯笼。灯笼后八面旗子，八个吹手。随后便是一长排精制的、逼真的，各色纸童、纸婶、纸马、纸轿、纸桌、纸椅、纸箱、纸屋，以及许多纸做的器具。后面一顶鼓阁两杠纸铺陈，两杠真铺陈。铺陈后一顶香亭，香亭后才是菊英的轿子，这轿子与平常的花轿不同，不是红色，却是青色，四维着彩。轿后十几个人抬着一口十分沉重的棺材，这就是菊英的灵柩。棺材在一套呆大的格子架中，架上盖着红色的红毡，四面结着彩，后面跟送着两个坐轿的，和许多预备在中途折回的、步行的孩子。

　　看的人都说菊英的娘办得好，称赞她平日能吃苦耐劳。她们又谈到菊英的聪明和新郎生前的漂亮，都说配合得当。

　　这时，菊英的娘在家里哭得昏去了。

　　从菊英娘"看见菊英一脸的笑容"，到"菊英的娘在家里哭得昏去了"，我们看到的是一个残忍的冥婚风俗，母亲是冥婚的严重受害者，十年的日日夜夜，菊英的母亲悲苦交加，积劳成疾。作者形象地揭露了"死后生存"的迷信思想对人们精神的奴役，使人们在极端凄苦绝望的时候，从虚幻中求安慰，在盲目中找归宿，由此产生一种变态的心理和扭曲的行为。作者对菊英母亲的内心世界体察入微，而且采用高超的艺术技巧，先将这种迷信和滑稽的事的"底"掩藏起来，而将菊英的出嫁写得庄严而神圣，菊英的母亲好像在为一个活着的女儿办婚事，直到作品的后半部才揭示出这是一种"冥婚"，使人感到一种出于意料的震惊和沉重的悲哀。茅盾在《王鲁彦论》中说："在这里，真与幻想混成了不可分的一片，我们看见母亲意念中有真实的菊英在着。我们也几乎看见真实的菊英躲躲闪闪在纸面上等候出嫁。像这样的描写真与幻的混一，不能不说是可以惊叹的作品。"苏雪林也在《王鲁彦与许钦文》中说："我们未读到仪仗中的菊英的棺材而先读这些描写的，谁又不被作者巧妙的笔所欺蒙呢？"

　　另外，作品对冥婚仪式和出嫁的排场、规模的细致描写，真实而生动地展现出浙江宁波一带的陈规旧俗，为中国民风民俗画廊，增添了一幅色彩斑斓、动人心魄的风俗画。

　　《许是不至于罢》是被茅盾称赞为"思想技术都好的"作品。作品细腻地描写了财主王阿虞的恐惧和忧虑心理，为了财产，他谨慎小心，财产"使他不得不格外谦逊了"（茅盾语）。《自立》写兄弟间"窝里斗"的故事。斗的结果是两败俱伤，县官得利，充分表现出国民的劣根性。中国有句老话："兄弟唯愿兄弟无"，揭示出中国老百姓狭隘自私的心理。《阿卓呆子》则从另一个角度揭露了金钱的罪恶。金钱使少年英俊的阿卓成了一个任人侮辱的"呆子"。

　　王鲁彦贯穿在这些作品中的思想血液，是小资产阶级的人道主义精神。人道主义精神使王鲁彦去抗议旧社会的不人道和金钱的罪恶。人道主义的精神，在二十世纪二十年代初期，是有积极的进步意义的。巴金在一篇悼念王鲁彦的文章中写道："那种热烈的人道主义的气息，那种对于社会的不义的控诉，震撼了我的年轻的心，我无法否认我当时受到的激励，自然我不能说你给我指引了道路，不过我若说在那路上你曾经扶过我一把，那倒不是夸张的话。"

王鲁彦这时的小说创作，多以有产者为描写对象，着重描写他们在特定时期的心态变化和身世变迁，从而鞭挞社会的黑暗、人性的淡漠，如实地勾画出具有显明时代特色和民族特色的风俗画。

王鲁彦这时期的小说虽然采用现实主义的创作方法，但由于他注重心理描写，有着浓郁的抒情性，使作品笼罩着一层浪漫主义色彩。作者也比较注重故事的趣味性，常常用奇妙的手法描写带有浓重乡土色彩的故事。

王鲁彦初期创作的也有不足，如茅盾在《王鲁彦论》中指出的"教训主义色彩"，作者的倾向性往往采用"特别地说出"的方法，而不是让它自己从人物和情节中流露出来，这当然与生活的积累是否深厚、艺术修养是否丰富有关。最后笔者用鲁迅在《中国新文学大系·小说二集·序》中的一段话给王鲁彦这个时期的创作做个总结：

看王鲁彦的一部分的作品的题材和笔致，似乎也是乡土文学的作家，但那心情和许钦文是极其两样的。许钦文所苦恼的是失去了地上的"父亲的花园"，他所烦恼的却是离开了天上的自由的乐土。……作者是往往想以诙谐之笔出之的，但也因为太冷静了，就又往往化为冷话，失掉了人间的诙谐。

2.《黄金》时期

在这段时间里，王鲁彦出版了三个短篇小说集，即《黄金》《童年的悲哀》《小小的心》，共收录了十七篇作品。这时正是雨暴风急的大革命时期，王鲁彦也到了革命中心之一的武汉，参加了《民国日报》的编辑工作，但他的政治态度仍是小资产阶级的没有阶级观点的"正义感"。当反动当局拉他参加"书刊审查委员会"时，他毅然拒绝。他流浪到上海，靠翻译为生，翻译了不少东欧弱小民族的文学。波兰杰出的古典作家、伟大的现实主义者显克维支，对他创作的影响比较大，显克维支说："最早我从乡村生活和大自然得来的印象使我爱上了土地和人民。"这也使王鲁彦意识到自己身上也蕴蓄着童年农村生活的创作矿藏。另外，显克维支早期作品中所描写的波兰农民的生活和命运，以及所显示的人道主义精神也正好与王鲁彦的思想合拍。

在这段时期，茅盾给了他不少的鼓励。茅盾在一九二八年一月发表的《王鲁彦论》，特别赞扬了王鲁彦那些以乡村生活为题材的作品，茅盾说："王鲁彦小说里最可爱的人物，在我看来，是一些乡村的小资产阶级，例如《黄金》的主人公和《许是不至于罢》里的王阿虞财主。这乡村的小资产阶级，很明显的是现代的复杂中国社会内的一层，我以为在王鲁彦的小说里，有着一个两个的代表；作者大概并未自己意识到这一点，所以并未抓住了这一点用力地描写，但是或许因为自身经验的关系，他的作品中时或流露这色彩。"在茅盾的教导下，王鲁彦便"用力地描写"他所熟悉的农村生活。他在《我怎样创作》中说："此后我的年纪渐渐大了，热情也就渐渐有意无意地减少起来。《黄金》这一集子更代表了我那一时期的改变：其中一部分仍是带着热情写的，一部分是冷静地写的。""《童年的悲哀》这一集子，是继承着《黄金》那一集子的。《柚子》时期的热情到这时几乎完全没有了。"

在这个时期的三个集子里，以《黄金》《阿长贼骨头》《童年的悲哀》等作品的成就最大。

《黄金》是通过农村小有产者如史伯伯不幸的遭遇，揭露了陈四桥人的趋炎附势和弥漫于封建宗法制农村社会的国民惰性，描绘了一个在金钱的灵光笼罩下的炎凉世界。

《黄金》还从客观上说明了在旧中国小资产阶级的小康生活不是一个平静而不散的筵席。二十世纪二三十年代的中国，小资产阶级的绝大多数都是像风中残烛般摇摇欲灭。如史伯伯家道的衰落，证实了他们破产的必然，而他们圆满的愿望只有在梦中才能出现。茅盾在《王鲁彦论》中说《黄金》将"乡村的小资产阶级的心理，和乡村的原始式的冷酷。表现在这篇《黄金》里的，在现文坛上似乎尚不多见。作者的描写手腕，和敏锐的感觉，至少就《黄金》而言，是值得赞赏的"。范伯群的《王鲁彦论》却认为"作家王鲁彦将一切罪恶归咎在陈四桥他们的势利和'没有一点人心'之上，而没有到社会现实中去找出真正使如史伯伯困厄的原因，也没有进一步去追究人们所以会势利和没有人心的缘故，因此，他未能将矛头直指整个罪恶的旧制度，这就不能不减弱了作品的思想力量"。这个批评不是没有道理，但作为乡土小说作家的王鲁彦，他的矛头确实没有指向旧制度，却是指向旧习俗，是对冷漠世风、世态炎凉的针砭，是对自私、狭隘、趋势等国民的劣根性的深恶痛绝。由此，笔者认为这篇小说是有着深刻的典型意义的。

《童年的悲哀》也是王鲁彦优秀的作品之一，作品歌颂了一个"多才而又多艺的粗人"——农村中的雇工。作者用他饱蘸感情的笔，来描绘农村中朴实、正直、善良的劳动者的真实形象。主人公阿成哥拉得一手好胡琴，一支构造简单而且粗糙的胡琴，到了他的手里，"便发出很甜美的声音"，是阿成哥这个不识字的老师将"我"带进了美的音乐的世界，"我"还瞒着家人自己做了一把胡琴，经常同阿成哥一起拉唱，过着快乐的日子。但阿成哥突然被疯狗咬伤，痛苦地离开了人间，"从此我失去了阿成哥，也失去了一切……""我"的生活就像那把自制的胡琴一般，"怎样也拉不出快乐的调子"。

王鲁彦在这里尽情地歌颂了一个普通劳动者，虽然此时的王鲁彦还缺乏阶级观念。但现实主义的创作方法，使他塑造出成功的艺术形象。但是阿成哥因狗咬而死这个结局不能令人满意，因为狗咬纯属偶然，而劳动者的不幸命运却是必然的，他用偶然代替了必然，以疯狗代替了吃人的社会现实。没有更深刻地寻找阿成哥这类人悲剧的真正原因所在，从而减弱了作品的典型意义。

《阿长贼骨头》的主人公，是一个"天才的小偷"。他本来有一双能干的手，"他的手会掘地、会种菜、会耆谷、会舂米、会磨粉、会划船、会砍柴……"并且孝顺父母，疼爱妻子。但由于不良的家庭教育和病态社会的毒害，使他成为一个消极人物，使他的智慧不能得到正当发挥，只能将智慧通过歪曲的形态显出来：狡猾、说谎、偷窃、拐骗、调戏女人。他父亲干的坏事他都会干，他父亲不会干的他也会干，与他父亲相比，真是有过之而无不及，青出于蓝而胜于蓝。

王鲁彦对阿长的态度是同情有余批判不足。作者最后写道："新的更好的地方应该有的罢，找到它，在阿长总是可能的罢——给阿长祝福！"表达了作者对阿长的希望和祝愿。

这时期的王鲁彦，人道主义还是他的主调，由于接近了受苦大众，所以调子显得忧郁而苍凉。

3.《野火》时期

一九三二年十一月，王鲁彦颠沛流离又回到上海。在上海，左翼文艺界的进步气氛又促使王鲁彦对自己的生活和创作有了更为严肃的思考。他在一九三三年五月写的《我怎样创作》中说："我的作品，虽然是这样的难产，待写成了不久之后，我又常常不满意起来。我总觉得我的生活的体验还不够，还没有深刻地透彻进去。"于是，他一九三三年又一次回到他的久别的故乡，王鲁彦夫人覃英在《愤怒的乡村》后记中写道："一九三三年王鲁彦回到了离别多年的家乡——浙江镇海县乡下，他在家乡住了一个时期，认识了农村中各色各样的人物：有男女农民们，进步的农民青年，小学教师；也有地主兼商人的老板、乡长和乡长的狗腿子一流人。他感到封建统治的恶势力压迫的深重，他……对当时现实产生了强烈的恨和爱，因此他开始想要写一部以农民反抗统治阶级为主题的长篇小说，他计划用三部有连续性的长篇来完成它：第一部题为《野火》是取'野火烧不尽'来象征农民群众反抗的开始；第二部题为《春草》，是以'春风吹又生'来象征斗争的发展和人民力量的壮大；第三部题为《疾风》，是以'疾风知劲草'来象征在斗争的风暴中坚贞不屈的人民英雄。"王鲁彦回到了久别的故乡，他所看到的正是党所领导的或农民自发的斗争的景象。这时候，除完成长篇小说《野火》外，还写了一个中篇《乡下》，和近二十个短篇，结为《屋顶下》《雀鼠集》《河边》三个集子。

短篇小说《桥上》表现了有产者的相互倾轧、彼此对立的情景，表现了"工业文明打碎了乡村经济时应有的人们的心理状况"（茅盾语）。

这个时期王鲁彦的作品除了仍旧流露出人道主义思想外，还萌发了自发的阶级论的因素。一九三六年二月发表的中篇小说《乡下》是具备这种因素的重要作品之一。作品表现了三个纯朴农民阿毛、三品、阿利的悲惨遭遇，提出了对旧社会反动政权的控诉。它已不像《童年的悲哀》中的农村的那种田园牧歌式的恬静，也不像阿成哥那样死于偶然。这里已经透露了两个阶级的对立，并表现了农村的反抗和复仇，虽然是独军作战，寡不敌众，但毕竟有了斗争的萌芽。

长篇小说《野火》是在《乡下》基础上的发展，他们不再是单枪匹马的个人反抗，而是有组织的暴动了。

4. 抗战时期

王鲁彦的第四个时期是整个抗日战争时期，作品也几乎都与抗战有关，如《我们的喇叭》《伤兵旅馆》《杨连副》都是和抗战有关的题材，《陈老奶》《千家村》则是具有鲜明时代色彩的乡村题材小说，是王鲁彦的优秀作品。王鲁彦的过早去世，使日益壮大的创作突然中断，成了他个人的遗憾和文坛的损失，王鲁彦以反复、特别的手法来突出主题，形成了他独特的艺术风格。

（三）在诙谐中透着叹息的彭家煌

彭家煌是一个很有个性的作家，他的小说圆熟、机智而又风趣，可算是乡土文学中的佼佼者。

彭家煌是湖南人，从小生长在洞庭湖边的小镇上，他能用细腻而又简练的笔触，生动地反映湖南洞庭湖边闭塞、破败的农村，真实地描写活动在这个环境中各种各样的人物。乡土作家黎锦明在《纪念彭家煌君》一文中说："彭君那有特殊手腕的创制，较之欧洲各国有名的风土作家并无逊色""如果家煌生在犹太、保加利亚、新希腊等国，他一定是个被国民重视的作家"。

1. 闭塞而喧闹的"溪镇"

就像鲁迅常常写鲁镇一样，彭家煌的人物大多生活在溪镇，这给故事和人物都增加了一定的真实感。从初期的《怂恿》《陈四爹的牛》《喜期》到二十世纪三十年代的《喜讯》，都是发生在溪镇的故事。这就构成了彭家煌小说以溪镇为基点的浓郁的地方色彩，就像老舍能从北京的小溪里抓条活鲜鲜的鱼一样，彭家煌也能从溪镇的小溪里伸手就抓条鱼来。他把溪镇人的杀猪卖肉，溪镇人的闹鬼抓鬼，溪镇人的婚丧嫁娶，溪镇人的搭台唱戏，描写得地地道道，活灵活现；把溪镇人的愚昧无知，溪镇人的 5656 封建落后，溪镇人的奸猾吝啬，也描写得惟妙惟肖、入木三分。彭家煌所写的溪镇是个非常闭塞，但并不宁静的溪镇。通过对溪镇的描写，彭家煌把湖南的地方特色和湖南的人写活了、写绝了。

《美的戏剧》里写了一个很有特点、很有个性的湖南人——秋茄子。他费尽心机、百般表演就是为了吃一顿白食，为了吃黑头的一碗饭，我们没有细看黑头演的戏，倒看了一场秋茄子演的"美的戏剧"，其实是一场丑剧，看了一个天才演员的精彩表演。秋茄子的对话富有浓郁的湖南地方色彩，妙趣横生，生动有趣。

作者还在《怂恿》《活鬼》《喜期》《陈四爹的牛》等作品中，描写了这个闭塞而喧闹的溪镇、溪镇的闭塞而喧闹的人。

2. 或浓或淡的喜剧色彩

彭家煌的绝大多数作品具有或浓或淡的喜剧色彩，并且是悲喜剧，笑过之后，不免有些悲酸，因为看到的是百姓的愚昧和不幸，土财主的狡诈和自私。《怂恿》是这种风格的代表作。

茅盾在《中国新文学大系·小说一集·导言》中说："彭家煌的独特的作风在《怂恿》里就已经很圆熟，这时候他的态度是纯客观的。在这几乎称得是中篇的《怂恿》内，他写出朴质善良而无知的一对夫妇夹在'土财主'和'破靴党'之间，怎样被拨弄而串了一出悲喜剧。"

《怂恿》是一篇很有特色的乡土小说。茅盾评价说："浓厚的'地方色彩'，活泼的带着土音的'对话'，紧张的'动作'，多样的'人物'，错综的故事的发展，都使得这一篇小说成为那时候最好的农民小说之一。"

《活鬼》也是一篇富有喜剧性的小说。"在这一篇的诙谐的表面下，有作者对于宗教社会的不良习俗的讽刺"。主人公荷生的家庭，是一个"财旺丁不旺""阴盛阳衰"的家庭，于是放任女人偷汉。家里便由于祖孙三代的女人偷汉而在家里闹鬼，十三岁的荷生娶的一个比他大十岁的老婆也闹鬼。故事写得诙谐有趣，透过诙谐我们看到乡民的愚昧和荒唐。

3.结构精巧，天衣无缝

彭家煌的小说从标题到情节都经过精巧构思，并无斧凿痕迹。如《怂恿》两个字便将这篇小说的主题、情节、细节及由此反映出来的怂恿者的蛮横、狡诈、无聊和被怂恿者的愚昧、可怜、可笑都概括进来了。《活鬼》这两个字则表现出这"鬼"的独特性，这独特性就是"活"字。《美的戏剧》突出"美"字，取其反义，以丑为美，"戏剧"两字包括舞台戏剧与人生戏剧两个含义。《喜期》写的却是灾难和悲剧，这就构成强有力的反衬，用表面上的"喜"来反衬实质上的"悲"。《陈四爹的牛》从题目看，写的是牛，细看内容写的却是放牛倌猪三哈。陈四爹的牛死了，全村的人为之叹息，而放牛的猪三哈死了却没有人提起，牛倌猪三哈不如一头牛。

严谨的结构，辛辣的讽刺，幽默的手法，活泼的白描，使彭家煌成为优秀的乡土作家，被茅盾称为有"独特的作风"的作家。

（四）在"惨雾"里表现野蛮的许杰

许杰是浙江台州人，一九〇一年出生，一九二三年开始创作。茅盾称赞道："在那时候，他是成绩最多的描写农民生活的作家""他的题材多取自他的故乡"。主要作品有短篇小说粲《惨雾》《飘浮》《火山口》，中篇小说《马戏班》等。他的农村题材的作品，多表现农村愚昧、野蛮的现实。表现封建的陈规陋习给农村劳动者，特别是给农村妇女带来的灾难，表现帝国主义入侵给农村带来的思想意识的变化和生活的不幸。茅盾在《中国新文学大系·小说一集·导言》中说："他的农村生活的小说是一幅广大的背景，浓密地点缀着特殊的野蛮的习俗，如《惨雾》中的械斗，《赌徒吉顺》中的典妻，拥挤着许多农村中的典型的人物。"

《惨雾》写了村与村之间由于发生大规模的械斗而造成的悲剧。环溪村和玉湖庄是隔着始丰溪的邻村。溪水在两村中间流过，天然地画了一道界限，两村种植的田地也被天然地画了界限。两个村一直是友好邻邦，常有嫁娶之类的亲事来往。但时常的山洪奔涌，也使溪水改换了故道，并冲出一片沙渚。沙渚渐渐地涨大，有几处已可耕种，两村的人都想争这片地，于是，便展开了一场械斗，死伤数人。作者用血的事实控诉和批判了封建宗法观念，表现了愚昧狭隘的农民意识。

在《惨雾》中，作者还用细腻的笔触描绘美丽的乡村风情，与残酷、野蛮的械斗形成鲜明的对照，体现出作者的"反战"思想。如作者对两村生活的环境描写："溪流的后面，是一摊黄色的沙石，沙石的后面是一片草地，草地上面生长着丛密的柳树和许多芦苇。柳树长满了绿叶，直遮蔽了远山的山巅。与苍碧的青天相接。相离不远的隔岸的环溪村，已埋没在柳浪之中，找不到一个屋角了。"这样优美、宁静的风景描写，作品中比比皆是。作者还用较多的笔墨描写英姊和能弟之间的真挚感情，表达了作者反对交战、渴望纯朴友谊的愿望。

《台下的喜剧》写的是一出台下的悲剧。本村的金纱与戏班子里的小生相爱，但这对自由恋爱的恋人却遭到众乡亲的辱骂和鞭打。作者借用戏台下人们等着看戏的热闹场面，采用喜剧的笔调写出了封建宗法危害下的青年的悲剧。一方面表现了人们的保守、封建、无聊；一方面表现了金纱对小生忠贞、专一、强烈的爱情。

如果说《惨雾》《台下的喜剧》等作品揭示了封建宗法制对人们的危害，那么《赌徒吉顺》则显示了帝国主义入侵给人们带来的思想的变化。《赌徒吉顺》是现代文学史上最早写典妻制的作品（比柔石的《为奴隶的母亲》、罗淑的《生人妻》都要早），《赌徒吉顺》所揭露的这种典妻典子的制度的封建性我们暂且不说，这里最能引起我们深思的是吉顺典妻的直接起因——赌。正如茅盾在《中国新文学大系·小说一集·导言》中所说，吉顺落在赌的魔手中，一方面固然由于都市的罪恶伸展到农村，而另一方面也由于农村的衰败和不安引起了人心的迷惘苦闷，于是追求刺激，梦想发财的捷径了。堕落的吉顺，只奉一个上帝，就是金钱。他第一次拒绝了典妻，就因为他刚刚赢了钱；第二次他在"名誉"和"金钱"二者之间挣扎了片刻，终于还是金钱得胜，他决定要典妻了。吉顺因为赌博，把父亲遗下的老屋押给房族的大伯；因为赌博，他几个月不回家，妻儿饿得奄奄一息。他赢了钱就上馆子请客，大吃大喝，输了钱就典妻典子（在典妻期间生的儿子给典主，谓之典子）。茅盾说："假使我们说《惨雾》所表现的是一个原始性的宗法的农村（在这里，个人主义是被宗法思想压住的），那么，《赌徒吉顺》所表现的就是一个经济势力超于封建思想以上的变形期的乡镇，而这经济力却不是生产的，是消费的，破坏的。"赌徒吉顺确实是中国农村社会从封建沦为半封建半殖民地这个大转变过程的产物。

许杰的小说描写细腻生动，结构繁简得体，故事情节引人入胜，形成了自己独特的风格个性。

（五）用心血写辛酸的台静农

乡土小说作家除了文学研究会的成员外，未名社的台静农也是相当杰出的。他出生于安徽西部与河南交界的霍邱县（今六安市叶集区），作品多从民间取材，反映那一带乡间村镇上极端、闭塞、落后的生活。台静农创作成就最高的是他的短篇集《地之子》。他在《〈地之子〉后记》中说："人间的辛酸和凄楚，我耳边所听到的，目中所看见的，已经是不堪了；现在又将它用我的心血细细地写出，能说这不是不幸的事么？"

可见，台静农是用心血写他的小说，而且都是人间的辛酸和凄楚。《地之子》这本集子中十四篇小说，可以说篇篇揭示着长期封建制度所造成的惊人愚昧，倾吐着农村下层人民的辛酸血泪。台静农的乡土小说不仅仅表现对不幸人们的人道主义同情，而且从生活、思想、艺术三个方面去挖掘其深度。既揭露旧社会的黑暗，又表现民众的愚昧；既表现民众的疾苦，也描绘民间的风俗。使作品既朴实、自然，又创造出独特的耐人寻味的意境；既亲切、单纯，又深沉、凝练，是思想艺术都相当成熟的作品。鲁迅在《中国新文学大系 小说二集·序》中给予台静农的小说以很高的评价："在争写着恋爱的悲欢，都会的明暗的那时候，能将乡间的死生，泥土的气息，移在纸上的，也没有更多、更勤于这作者的了。"

《天二哥》是一篇很有特色的小说。作品塑造了一个很有个性的形象——天二哥。天二哥并不姓天，是因为几年前在王三饭店里推骨牌，遇着警察来查店，警察问他姓什么，他说"我姓天！"还打了警察两个耳光，跑了。从此人们就叫他"天二哥"。天二哥特别能喝酒，他活了三十多年，从没同酒离开过。他说，他爹会喝，他爹的爹也会喝，这酒瘾是从他娘胎里带下来的老瘾。他这几天身体不舒服，但他病了不吃药，只喝酒，他说："酒便是良药，可以治大小病，这是爹的爹传下来的。"这天他喝了四百文的烧酒，有些醉了，他的整个脸面以及他秃了顶的光头，都成了猪肝的颜色。天二哥坐在饭店门口看见卖花生的小柿子过来了，就要小柿子过来亲个嘴，小柿子不依，他过来打小柿子，反被小柿子在脊梁盖捶了两拳。虽然天二哥又醉又病，虚弱得很，但天二哥除了挨过县官的小板子，从来没有挨过别人的拳头，他觉得挨小柿子的打是耻辱。他发狂、他咆哮地赶着小柿子，但他却扑地一跤跌倒在地。他知道是醉了，他有个解酒的老法子——这也是他爹的爹传下来的，他用大白碗跑到尿池前连连舀喝了两大碗清尿。喝了清尿以后的天二哥果然将二十岁的小柿子按在地上，用了大力狠狠地在小柿子背上连三连四地捶，直到小柿子求饶。显过好身手的天二哥，很光荣很疲倦地坐在板凳上，突然精神不能支持，骤然跌倒了。第二天东方发白的时光，天二哥离开了人间。没有这两碗清尿，天二哥不会死；没有这两碗清尿，天二哥就不成为天二哥了。

《烛焰》也写了一种民间风俗，但是一种极其愚昧、落后的迷信习俗。翠儿是父母唯一的女儿，翠儿的未婚夫病了，婆家就要求翠儿立即嫁过去冲喜。当地的迷信习俗认为，冲喜可以治病。翠儿只得匆匆嫁了。翠儿的母亲总认为冲喜是不幸的事，"心里却好像有什么东西似的放不下"。翠儿家的香案上，点了两根红烛，翠儿走后，左边的烛焰竟黯然萎谢了，他们觉得这是不幸的预兆。果然女儿走后第四日，吴家派人送信来，新姑爷去世了。年轻的翠儿一过门就守寡，愚昧迷信葬送了翠儿的一生。

《拜堂》另有一番情韵，浓郁的乡土气息跃然纸上。汪二的哥哥死了，留下一个寡嫂，汪二同嫂子好了，决定拜堂结亲。因为嫂叔成婚被人认为是丢人的丑事，汪二去买香、烛、黄表纸都不说是给自己买，并在半夜三更的时候悄悄拜堂。虽然是悄悄的，但该讲的仪式也不能省，照样请了赵二嫂和田大娘做牵亲，净天烧香，拜天拜地，一切也做得很庄严。叔嫂成婚虽有违封建礼教，但穷人自有穷人的哲学："小家小户守什么？""肥水不落外人田"，因为连这么简单的拜堂，汪二都当去了小夹袄，他怎么可能有钱娶媳妇？穷人只有穷人的活法，就不管那三从四德了。

台静农的小说更多的是表现民间的疾苦。《新坟》是一部悲剧。四太太本生活在小康之家，四爷死后，四太太就守着一儿一女生活。兵变时，亲兄弟五爷只管自己跑，也不招呼他们一下，使得女儿被大兵奸死，儿子被大兵打死，四太太也急疯了。不管他们的五爷还骗走了红契。从此，四太太满街疯满街唱："哈哈，新郎看菜，招待不周，诸亲友多喝，一杯喜酒，——嘻嘻，恭喜，恭喜！" "哈哈，你不知道吗！小姐腊月腊八就出阁，这是她的衣裳料，你看，这是摹本缎，这是绫绸，这是官纱同杭纺。" "嘻嘻，我这一辈事算完了，儿女都安顿了。"这又病又疯的母亲后来将她儿子浮厝上的草燃着了，被烧死在儿子的棺材边。作品以乐景写哀，气氛烘托得越热闹，就越显出母亲的悲凉。《弃婴》中写了一个被人抛弃的不满一周岁的小孩，活活地被一群野狗撕吃的惨状，令人心碎，令人战栗。《为彼祈求》写了一个孤苦伶仃的流浪者陈四哥的悲惨遭遇。陈四哥七岁死了双亲，独自沿门乞讨，饥寒交迫过到了十二岁。后被一个种田户收留，但这家主人性情咆哮，陈四哥的头脸和腿，每天总有主人赐予的耳光与脚踢的痕迹。"有时候主人的耳光飞来了以后，头脸热燥起来，陈四哥还不知为了什么。"最使陈四哥不堪的，不是主人的手和脚，而是与乞讨时一样的饥饿，每天两顿粥还不让吃饱。一天他给主人端饭，打破了一个碗，换一顿毒打后被扔在牛屋里，主人说要饿死他，他感到饿死比其他死法都要难受，就破门逃跑了。陈四哥长大了，也有了女人，但连年的灾荒，陈四哥又带着女人逃荒，最后双双饿死。陈四哥悲惨的一生，是对旧社会、旧制度的血泪控诉。《蚯蚓们》里的李小，因为灾荒，妻子带着儿子另嫁他人。《负伤者》中的吴大郎，妻子被有钱人张二爷霸占了，自己还被张二爷砍伤了腿。警察不抓占妻打人的张二爷，却将吴大郎脚镣手铐押到县里。可见，旧社会是颠倒黑白、无法无天的黑暗的地狱。

台静农的小说将统治者的腐朽、地主阶级的残忍、穷人的苦难充分地展现出来，阶级观念极为分明；而且技巧精湛，描写细腻；既纯朴自然，又真切感人，称得上是早期乡土小说的佳品。

（六）"在贵州道上"攀登的蹇先艾

蹇先艾是被鲁迅先生评价为"写出了胸臆""隐现着乡愁"的乡土文学作者。蹇先艾一九〇六年生于贵州遵义。早期的作品多描写故乡的"乡曲的哀怨"，"我的短篇小说取材于贵州的故事，因为我对故乡的人民生活、语言、风土人情一般比较熟悉，……贵州是地方军阀和国民党反动派统治得最久的一个省份，官绅勾结，压迫剥削；军阀横行，抓兵派款，横征暴敛；民穷财尽，卖儿鬻女。新中国成立前劳动人民一直过着苦难重重的地狱生活，我既有耳闻，又有目睹，我在小说里总是想通过一些平凡的人物和生活的某些侧面，揭露统治阶级的反动本质和滔天罪行来发泄我的愤怒。"他的处女作《水葬》，质朴而真诚地写出民国以后边陲地区所施行的野蛮酷刑——水葬，即将人活活地沉入水中处死。骆毛本是地主周德高家的佃户，无故被周德高退了他的佃。他为了报复，去偷周家的东西被抓住，于是，周家要把他沉水。骆毛只有三十一岁，还有一个老母亲无人养，狠心的地主在光天化日将他用大石头捆着推下水去，"哪个叫你没有钱，又没有势呢？"作品不仅表现了地主的残忍，而且表现了乡民的麻木。面对这样的残酷暴行，乡民们竟都不辞劳苦地充当"看客"。作品是这样描写的：

"骆毛的后面还络绎地拖着一大群男女，各式各样的人都有，五花八门的服装，高高低低的身体，老少不同的年纪。……有好些都是村中的闲人和富户，他们完全为看热闹而来，这些人从来就是'十处打锣九处在'的。穿着比较整齐的，有钱人家的孩子们，薄片的嘴唇笑得合不拢来，两只手比着种种滑稽的姿势，他们好像觉得比四川来的'西洋景'还有趣的样子，拖着鞋子踢踢踏踏地跑，鞋带有时被人踩住了，立刻就有跌倒的危险，小朋友们尖起嗓子破口便骂，汗水在他们的头上像雨珠一般地滴下来。"

"妇女们，媳妇搀着婆婆、奶奶牵着小孙女、姑娘背着奶娃……有的抿着嘴直笑，有的皱着眉表示哀怜。有的冷起脸，口也不开，顶多呲一呲牙，老太婆们却呢呢喃喃地念起佛来了。他们中间有几位拐着小脚飞也似的紧跟着走，有时还超过大队的前面去了；然后她们又斯斯文文地悄悄地慢摇着八字步，显然和大家是不即不离的，被好奇心充满了的群众，此时顾不得汗的味道。在这肉阵中前前后后的挤进挤出。你撞着我的肩膀，我踩踏了你的脚跟。……便一分一秒钟也没有宁静过。"

这熙熙攘攘的人群，都是去观看残酷的水葬，他们将这野蛮的举动看作天经地义、理所当然的，并将此作为人间最有趣的事来争抢着观看。由此可见人们的冷漠和麻木，受害者骆毛也像阿Q一样自我安慰，提高嗓音说："再过几十年我不又是一条好汉吗？"虽然他因老母无人照顾而悲伤，却毫无办法地"狠心地把眼睛一闭"，沉落下去，没有乞求，也没有反抗。他知道一切行动都是无济于事的。作品最后写骆毛的老母孤苦伶仃地在黝黑的夜晚站在门口等她的儿子回家："毛儿，怎么你还不回来。"气氛的悲凉使人战栗。作者当时侨住北京，受到新思想的影响，对这种反文明、反人道的现象深恶痛绝，于是用冷峻的笔墨给予深刻的揭露。

《在贵州道上》《谜》等作品是蹇先艾自己比较满意的短篇，这些小说体现出蹇先艾小说的共同特点，这就是写出了贵州山区独特的地理环境和民风民情。首先，我们在他小说里都可以看到崎岖鸟道、悬崖绝壁的险恶。如《在贵州道上》写的："尤其是踏入贵州境界，触目都是奇异的高峰，往往三个山峰并峙，仿佛笔架；三峰之间有两条深沟，只能听见有水在沟内活活地流，却望不到半点水的影子。中间是一条两三尺宽的小路，恰好容得一乘轿子通过。有的山路曲折过于繁复了，远远便听得见大队驮马的过山铃在深谷中响动，始终不知道它们究竟来在何处。从这山到那山，看着就在眼前，但中间相距着几百丈宽的深壑，要经过很长的时间才能到达对面。"在《谜》中，险恶的山路更显得阴森可怕："月亮在灰白的云翳中射闪着，天空中疏星点点，好像嵌了些钻石似的。山谷中再也听不见得得的马蹄声，连行人都不容易遇到。天气已经快到秋凉了，习习的谷风吹得满山的杂树飒飒地乱响，树影一阵阵地晃摇。偶尔有一两声饿狼的嗥叫，从山涧发出来，在朦胧的月光和星光下，隽秀的山峰像几座黑塔排列着，悬岩下的田坎仿佛一个格子很大的像棋盘。""他们抬起头来，便看得见那个凹进去的深穴，在朦胧的夜色掩映之下，像一个妖怪张大了血盆似的巨口等候在那里，崖顶的乱草就像那个妖怪的头发。远远地有一团一团的，红绿色的磷火，正向着崖洞里滚跳过去。"塞先艾真实生动地展现了贵州山区的特征。

在这样险恶的山区，在只有两三尺宽的小路上，挑夫、轿夫都得负重行进。遇到天气不好，下雪下雨，行路就更是艰难。雨天道路非常泥滑，特别是在山路上，大小不等的青石块，高一块低一块的乱嵌在土里，晴天时就凹凸不平，脚很容易受伤；雨天更是泥塘深坑，时时有使人跌倒的危险……这崎岖、这险峻是富有贵州特点的。

其次，塞先艾小说的故事多发生在崎岖的山道上。因为贵州山路不能走车，所以这里人数极多的职业就是挑夫和轿夫，故事当然多是挑夫、轿夫的故事，而且也都是挑夫、轿夫讲挑夫、轿夫的故事，他们挑着担子，抬着轿子，喊着口令，边走边讲，边喊边讲。故事中穿插着轿夫的口令，很有职业特点和地方特色。

《谜》写的虽不是挑夫、轿夫，但也是写路途中的故事。那独特真实的贵州环境的描写，给读者以身临其境的感觉。

再次，小说结构严谨，构思精巧，故事多在出人意料之外，又在情理之中。作品结尾富有传奇色彩。如《在贵州道上》里的老赵被抓，《谜》中的保警兵被害，都含义深刻，使人回味无穷。

最后，他的小说多揭露社会的黑暗，贪官污吏胡作非为，财主恶霸气焰嚣张，平民百姓饥寒交迫，命在旦夕。《谜》中的保警兵张德桂与区长武蒀声一起连夜从县城回南乡丁家寨，从县城到丁家寨要走二十多里的山路，并都是鬼叫狼嚎的险道。武区长与张德桂是同一个村子长大的，但武区长平时很傲慢，从不把张德桂放在眼里。这天的境地，和往常大不相同，"是在深山悬崖之间"。武区长时时担心着张德桂会将他推下山崖，"他的心突突地跳着，两种恐怖——鬼崖洞的景象和保警兵的威逼袭击着他"，这时，他不仅再不敢傲慢，而且尽量与张德桂套近乎，与张德桂称兄道兄，还许愿一定提拔他。张德桂是个老实农民出身，根本就没有打算将武区长怎么样，只是出于好奇心，想知道武区长是怎么发财的，怎么当区长的，今天既然武区长跟他这么亲热，也就想向武区长打听打听。武区长由于心怯，不敢不说真话，便如实地告诉了他发财升官的手段。武区长也在张德桂的保护下，走完了这段险道，回到了丁家寨。安全地回到了丁家寨以后，武区长就后悔不该将自己的丑恶勾当告诉张德桂。第二天，在本区的会议席上，武区长当着全区的保长对张德桂赞不绝口，决定提拔他，并要把他介绍给县长当差。于是张德桂带着武区长的介绍信和五元纸币的奖赏，进城去了。张德桂也就在这一天失踪了，第五天，有人在鬼崖洞发现了他的尸首，脖子上系着一条很粗的麻绳，身上什么东西也没有遗失，包括那五元纸币。张德桂成为一个解不开的"谜"。由此我们看到了武区长这贪官的狠毒。《在贵州道上》的赵洪顺深夜被抓，使我们看到保长黄荣发的霸道和残忍。在暗无天日的旧中国，穷人随时都可能成为刀下鬼、阶下囚。

（七）在荒原上发现火种的黎锦明

黎锦明是湖南湘潭人，曾为鲁迅所称赞的"湘中作家"。他"五四"前夕到北京，受到新文学的熏陶，并遵循着文学研究会"为人生"的主张，创作了约百万字的作品。这些作品有反映农村生活、农民斗争的乡土小说，也有反映市民生活的小资产阶级知识分子题材的小说。他的乡土小说的代表作品是《出阁》。《出阁》以风趣、清新的笔调描绘了一幅江南山村的婚俗画，生动地表现了几个青年男女纯洁的感情，又揭露了旧社会"父母之命，媒妁之言"给青年男女婚姻带来的戕害。陈四姑娘要出阁了，使钟情于她的少年"感到一种创伤的痛楚"和"灰心"。作者用一种风趣、轻松、优美的笔调，写出了青年男女内心的痛苦和对包办婚姻的不满，并绘出了一幅山川美景、风土人情交相掩映的民俗画卷。鲁迅说他是"将乡间的死生，泥土的气息，移在纸上"。

黎锦明还在一些作品中写出农民的疾苦、地主的贪婪，以及民众的反抗。如《人间》表现了天灾和人祸给人民带来的灾难。飞蝗使农民颗粒无收，尸骨遍地，农民只得在奄奄待毙之时，向地主借粮，却被地主打死在墙根。《冯九先生的谷》中的冯九先生在终夏不下雨的荒年有着七百亩田的丰收，但他极端的吝啬。不但不借谷给穷人，连穷人想贱价替他工作几日，换两斗毛谷都办不到，冯九先生宁可从外镇雇请游工，也不雇本村的田夫。冯九先生将今年、去年、前年、大前年的谷都堆在仓里，也不卖一粒给村民，只等待城里的粮贩子。村民终于造反了，他们来要钱，来抓人，还使冯九先生失去了两只耳朵。《复仇》是直接描写了农民的反抗和复仇。三十年前地主七王爷的爷爷把方板桥一家杀害了，只有怀孕的板桥娘子逃脱了，三十年后这遗腹子便将七王爷一家化为灰烬。

黎锦明在创作这些作品时，政治观点虽然不十分明朗，但带有朴素的阶级意识，作品中表现出对有产者的憎恨，对无产者的同情。他于一九二七年"四一二"政变后写的中篇小说《尘影》，是新文学创作中第一篇较为全面地反映党领导下的农民运动的作品，写了农民由自发的无组织的反抗，发展为有组织、有领导、自觉的革命斗争的过程，显示出黎锦明思想与艺术的成就。

除了以上的作家作品外，叶圣陶的《遗腹子》、王任叔的《疲惫者》、潘漠华的《乡心》、徐玉诺的《一只破鞋》《祖父的故事》、王思玷的《偏枯》《瘟疫》，都是优秀的乡土文学作品。

二、描绘风俗、抒发乡情的创作风格

（一）描绘色彩斑斓的地方风情

早期乡土作家在他们的作品中展现出一幅幅多姿多彩的风俗画，表现出情调各异的地方风情，浙江作家许杰、王鲁彦、许钦文、潘漠华，描写了江浙近海地区的生活习俗。一方面是千百年的封建落后习俗的残余，如《菊英的出嫁》，既写出了"冥婚"的形态内容，介绍了一种民间文化，又写出"冥婚"给人民带来的痛苦，一方面又表现了沿海一带资本主义文化对封建文化的侵蚀和影响，及由此带来的人们思想的变化。如王鲁彦的《黄金》、许杰的《赌徒吉顺》、许钦文的《疯妇》等都反映了金钱万能的现象和乡民人情人性的丧失。潘漠华的《乡心》反映农民走出乡村来到城市的生活经历和心理状态。资本主义文化的入侵，生活的贫困难熬，迫使农民离开土地，进城寻求生存的希望，青年农民阿贵是这批农民的代表，抱着莫大的希望来到都市的阿贵，得到的是莫大的失望。帝国主义的入侵，给农民带来的是生活和精神的双重痛苦和失望。

内地的作家表现了各自故乡的独特风情。湖南的彭家煌用湖南的语言讲述着湖南的风俗，《活鬼》里表现出小孩子娶大媳妇的习俗，以及由这习俗引起的一系列弊病与趣闻。湖南的黎锦明在《出阁》中将少女婚前大哭的习俗写得淋漓尽致。然而这"哭"又将包办婚姻的不满情绪发泄出来。安徽的台静农在《拜堂》中描写的叔嫂成婚，很有泥土的芳香。《红灯》写了农村粘纸衣，请道士为死人超度的习俗，还写了七月十五鬼节放红灯的盛况："当天晚上便是阴灵的盛节。市上为了将放河灯，都是异常轰动，与市邻近的乡人都赶到了，恰似春灯时节的光景。大家都聚集在河的两岸，人声嘈杂……都是兴高采烈，他们已经将这鬼灵的享受当作人游戏的事了。"人们在安慰死人时，重在安慰自己。作者揭示愚昧落后的国民惰性。

乡土小说作家在描绘地方色彩、风俗民情的同时，也将愚昧落后的国民的惰性揭示出来。如许杰的《惨雾》里的自相残杀；《台下的喜剧》的封建礼教对纯真爱情的扼杀；王鲁彦的《黄金》里的落井下石；《柚子》里国民的淡漠无情的"看客"本性；彭家煌的《怂恿》、王鲁彦的《自立》表现了唯恐天下不乱的惰性心理和国民的劣根性；许钦文的《疯妇》《元正的死》《鼻涕阿二》都表现了人与人之间的隔膜所带来的悲剧；台静农的《天二哥》充分表现了天二哥的迷信和愚昧。

杨义说："由于宗法制社会长期停滞，人们处于孤陋荒僻的闭塞环境之中，很少与近代科学和民主的思潮相接触，他们在风俗习惯、宗教仪式、生活成规和心理信仰等方面，都或多或少地保留了千百年传袭下来的古朴因素和历史陈迹。"这历史遗留下来的国民惰性的陈迹是人民思想解放、革命事业成功、国家发展壮大的最大障碍和绊脚石。鲁迅在他的作品里反复地揭露和批判了国民的劣根性，为的是引起疗救的注意。这些乡土作家正是继承和发扬鲁迅精神，将教育民众、改造民众为己任。

（二）批判残酷、野蛮的民族习俗

在揭示愚昧落后的国民惰性的基础上，乡土作家进一步批判民族习俗的残酷和野蛮。蹇先艾的《水葬》将活人绑上石头沉入水中的习俗是何等残酷、野蛮；台静农的《烛焰》里给病入膏肓的未婚夫"冲喜"，残酷地使妇女未婚先寡，痛苦一辈子；《赌徒吉顺》里典妻典子的习俗，将妇女当成货物任买任卖，表现了封建社会的冷酷。还有《惨雾》里的相互残杀，《遗腹子》里为儿子而自杀，都是封建社会留下的野蛮残酷的风习。作者通过对这些残酷、野蛮习俗的客观描写，达到揭露和批判的目的。

（三）抒发感伤忧郁的怀乡情绪

"隐现着乡愁"是鲁迅对早期乡土小说的评价。这些乡土作家大都为生活所迫离开故乡，流落异地，在北京、上海等都市生活，鲁迅说他们"是侨寓文学的作者"，而"侨寓的只是作者自己"，怀乡是他们的共同情绪，他们的作品多表现他们对童年的故乡生活的怀念，加上社会的黑暗，故乡的衰败，这怀念的情绪又多是伤感、苦闷和悲愤的。许钦文的《父亲的花园》《已往的姊妹们》表现出对逝去的故乡生活深深的眷恋和感伤；王鲁彦的《童年的悲哀》表达了他对良师益友的深切怀念；特别是徐玉诺的《祖父的故事》《一只破鞋》将对已故亲人的怀念之情写得生动感人。茅盾在《中国新文学大系·小说一集·导言》里说："徐玉诺是一个有才能的作者，然而他在尚未发展之前，就从文坛上退隐了。……然而从这少数的篇幅中我们看见他有向更高阶段发展的基本的美质。这在《一只破鞋》和《祖父的故事》中很觉明显。第一，他的对话是活生生的口语；第二，他的人物描写全没有观念的抽象的毛病；第三，他写'动作'是紧张的，但亦自然，并且他也不是不能够描写心灵上的轻淡的可是发自深处的波动。（例如《祖父的故事》）"茅盾对徐玉诺的评价是极其中肯的。徐玉诺正是用生动的口语、感人的情节故事、轻淡的心灵描写来抒发他感伤忧郁的怀乡情绪。"那时我也许还要小些，在夏天的夜间，我常常搬一块小木板，靠近父亲的床，在路边的树下睡觉。离这地不远，就是我们的牛房；那屋的里间，仅有三块砖竖起的小窗孔透着外边的，便是我祖父的卧房。在冬天和秋天，父亲总收些干草进去，一则教祖父取暖，再则以备喂牛不时之用。现在什么也没有了，那里只留着潮湿的黑暗；我们要一猛地进去，那些朽木细菌及干草的泡酵气味，立时会窜进你的鼻孔来，窒住着你的呼吸。"作品中透着一股浓郁的感伤气息。

祖父和祖母都是吃苦耐劳、性格刚强的人，他们有着艰苦的创业史。祖母本来出生在有钱人家，她的三个妹妹都嫁给了有钱人。祖母嫁过来的时候，家里一贫如洗，但祖母并不因此难受，她是个血性的女子，觉得白手起家更有意义，决定靠自己的双手创建起一份家业。祖父看准了有一块一百多亩的大荒地，因为全被水淹着，所以不曾有人种植，祖父认为那地之所以有水，是因为四周没有河沟的缘故，他想如果在边上掘条小河，再筑起堤来，一定会成为好地。于是，祖父买了两头大壮牛，预备开辟那块荒地。祖父不分白天黑夜地犁地，祖母送饭。在炎热的夏天，祖父住在荒地里犁，累死了两头牛，又买了两头牛，整整开了四年，第五年全种上了高粱。高粱虽有一半被水淹了，另一半也长得不好，但也收了五车高粱。但是，财主夺去了这五车高粱，财主说这荒地是他的，"你没看四外都是我的地！"祖父和祖母的奋斗全落空了，祖父由此累垮了身体，祖母也由此变得脾气很坏。祖父祖母的悲剧，正是吃人的财主造成的。作品最后通过祖父讲的一个神秘的故事，象征性地表明这个社会的吃人本质。

《一只破鞋》是作者对他的亲叔叔的怀念。一方面表达出自己对海叔叔的歉意，因为海叔叔是来给他送钱才送命的；一方面表达了对军阀混战的深恶痛绝，是战争夺去了海叔叔年轻的生命，海叔叔那"和蔼而喜祥"的面孔永远印在"我"的心中。徐玉诺的创作深沉、凝重，充满了神秘色彩和悲剧气氛，有着很强的感染力。

（四）悲叹衰败穷苦的农村生活

在作者抒发感伤忧郁的怀乡情绪的同时，也悲叹了农村生活的衰败与穷苦。

蹇先艾的《盐巴客》写出了故乡卖苦力的盐巴客的艰辛和危险。盐巴客比挑夫、轿夫还要苦，还要累，累死累活一天才挣几角钱，"我们上路，真是左右做人难，背上背着百多斤重的东西，压得你气都缓不过来，在路上碰见什么人，都叫我们让路。你想一想，哪个该躲哪个？哪个的东西重点？有山，我们自然可以靠着山坡歇口气，让他们过去；没有山，难道我们往悬崖底下跳不成？背子比不得轿子那样轻巧，随便在哪儿一放下来就行了。我们躲得慢一点，他们就会张口骂人，骂我们什么'几辈人都背盐巴'"。小说的主人公就是因为遇到队伍过路，没有躲得开，被他们推下崖去，将腿骨头全跌断了，从此不能背盐了，而"家里头好几口人都等着我的钱吃饭呢！"旧社会多少劳动者走投无路。王任叔（巴人）的《疲惫者》通过对运秧一生的描写，表明这个社会没有厚道、正直的穷人的立足之地。运秧一生靠打工过日子，老了不能做工了就只好饿肚子。他饿着肚子也从不偷人一个萝卜吃，也不乞讨，他穷，穷得骨头硬。就是这样一个硬骨头人，却被阿三诬告他偷了两元钱，运秧不服，乔崇先生又诬告他犯过十件重大的窃案，运秧由此坐了一年牢，诬告者由此而升做侦探。运秧从牢狱里出来就变了，他不再挨饿，而走上乞讨这条路。作者最后写道："现在的运秧可说是寻到一条生路了，我深深地为他祝福。"作者还通过运秧的遭遇和变化，提出了对旧社会的控诉，作者通过运秧的疑问，表达出自己的疑问："我自从七八岁上起，便和人家看牛工作，一直到现在有四十光景了，……我也不曾娶个把老婆，生个把儿子，化过去一百二百。……我横忖竖忖，我终应有二三百积蓄。但我现在竟一些没有，连一条被也只剩有一些破絮。我为什么要到这步田地？我的钱，老实说关帝是不曾偷过的，周仓关平也不曾拿过的。至于我的好朋友老鼠，他也断不来损害我一丝一毫的东西的，可决其不曾偷。……还请你查一个究竟，让我死了也好闭得上眼睛。……"这真是"天问"，问天天不应，叫地地无声。王思玷的小说，绝大多数是描写村民疾苦的。他的《偏枯》写刘四得了半身不遂症，妻子和三个儿子都饥饿难熬，为了活命，只得将大儿送去当和尚，三儿送人，妻子去当奶妈，小说细腻地描写了刘四一家生离的惨状。

天灾人祸所造成的故乡农村卖儿卖女、尸横遍野的生活惨状，牵动着每一个乡土作家的心。

以文学研究会成员为主的早期乡土小说的出现，不仅标志着"人生派"走向成熟，而且为未来的乡土文学的发展开辟了道路。

第五节　转向期与人生派的分化

人生派对于现实主义在中国现代文学的发展立下了汗马功劳。不论在创作队伍的培养方面，还是在作品的创作成就方面，都是不能低估的。但人生派毕竟是以民主主义、人道主义为主要思想核心，"为人生"的文学观存在着资产阶级的局限性。用马克思主义的文艺观来代替资产阶级的文艺观，是人生派文学发展的必然。人生派的转向就是人生派的发展。但人生派的转向并不是单一的。人生派在"五卅"以后经历了一次深刻的分化，"分化"体现了"人生派"内部对转向的三种不同的态度。茅盾等先进分子是人生派的主流，他逐步地用马克思主义观点来改造和充实"为人生"的内涵，并用辩证唯物主义来分析社会现象，解释文学与人生的关系。伟大的"五卅"运动使人生派中的先进分子在文学观上从资产阶级到无产阶级，产生了从量变到质变的飞跃。这个转向代表了人生派主流的流向，是人生派发展的必然趋势。

第二类是一批民主主义者，他们虽然没有立即接受马克思主义的世界观和文学观，也没有直接参加革命的实际工作，但是他们站在进步的民主的立场上，不满于反动统治的暴政，同情革命，在创作中始终坚持了"五四"新文学运动的方向，始终是时代潮流的追随者。他们是人生派小说创作的中坚力量，如叶圣陶、冰心、杨振声、王统照、许地山、许钦文、黎锦明等。

第三类是周作人这样的人。他是封建旧文化的叛逆者，又从"叛逆者"蜕变成隐士，又从隐士堕落为汉奸，走向了"为人生"的反面。

转向期的小说创作主要体现在第二类人方面。叶圣陶的《夜》是转向期的代表作，作者不再在灰色人物中徘徊，不再在"美"与"爱"的幻想中生活，而是直面惨淡的人生，揭露了国民党的血腥屠杀。长篇小说《倪焕之》是他为青年指出的革命的出路。冰心从她的"花"中、"光"中、"爱"中走出，感受到时代脉搏的跳动，看到了压迫、歧视、折磨、痛楚充斥着生活的每一个角落，作品《分》是冰心转向期思想的分水岭。王统照"五卅"以后的作品是"现实的剧变"的产物。他从"微笑"的梦中惊醒，看到了现实的狰狞面目。许地山从《在费总理的客厅里》就开始了他的转向。他从前期的人道主义思想中解脱出来，开始对黑暗的社会进行无情的揭露和讽刺。"五四"以后的杨振声打破温情脉脉和从容不迫的人生探求，转向了以严峻、深沉的思考来关注社会的发展和民族的命运。他的小说的理想色彩淡化了，现实内容带着更加凝重的色调进入他的创作。杨振声一九二五年二月出版的《玉君》还带着浓郁的抒情格调和理想色彩。将自己的美学热情放在知识分子的恋爱婚姻与妇女解放的议题上来探讨人生，虽写了主人公玉君的觉醒和反抗，但人物形象仍带有较重的理想色彩。而发表于一九二六年"三•一八"惨案后的《阿兰的母亲》《济南城上》等作品，情形就完全不同了。《阿兰的母亲》通过一个小家庭的悲剧，艺术地概括了"民国以来最黑暗的一天"（鲁迅语），写一个与女儿相依为命的母亲，正怀着欢欣的心情期待着女儿放学回家，而等到的是女儿"像一只怯弱的小绵羊，竟被屠杀了"的消息；《济南城上》写日本的侵略给中国人带来的灾难。作品中的兄弟俩分别走上了西城、南城的战场，走上了死亡。作者成功地塑造了两个为保卫家乡而浴血奋战的英雄形象。作者以一种沉郁、激昂的气势，表现了强烈的民主主义思想与爱国主义精神。

早期乡土小说作家也创作了一批"转向"的作品。如许钦文面对白色恐怖笼罩着的黑暗现实，创作了揭露国民党杀害无辜青年、枪杀革命者的罪行的作品。如《在湖边》《姊姊的挨骂》《魇》《鬼白》《伏中日记》《欢聚》等。其中最突出的是《鬼白》，小说通过被冤屈鬼魂的独白来直截痛快地揭露反动当局的罪行。黎锦明一九二七年写的中篇小说《尘影》则将"转向期"的创作推向一个新的局面。作品成功地塑造了革命知识分子熊履堂的形象。他爱憎分明，立场坚定，抗拒腐蚀，体察民情，临危不惧，可算新文学人物画廊里第一次出现的革命者形象。反面人物也写得很成功，如革命队伍中的政客、流氓、贪官韩秉猷，狡猾阴险的土豪劣绅刘万发都写得入木三分。作品虽然艺术上比较粗糙，但反映了革命阵营内部错综复杂的矛盾和尖锐激烈的斗争，并描绘了大革命失败的原因，在现代文学史上有着重要的意义。

一九二八年无产阶级革命文学运动的兴起，标志着以文学研究会为代表的人生派已经完成了自己的历史使命。

第三章　强调主观抒发　推崇艺术至上——
论艺术派小说

　　艺术派是紧随人生派出现的一个很有影响的流派。广义的指那些主张"为艺术而艺术"的作家和团体；狭义的仅指创造社。我们采取广义的说法，论述以创造社为中心的艺术派。

　　创造社成立于一九二一年，成员有郭沫若、郁达夫、成仿吾、郑伯奇、张资平、陶晶孙等，大都是赴日留学生。而艺术派的酝酿却早在一九一八年就开始了。郑伯奇在《中国新文学大系小说三集·导言》中，谈到了郭沫若在《创造十年》中所谈的创造社成立的详细经过："他写一九一八年夏天，在日本福冈的海岸上碰见了张资平。他们是高等学校预科的同学，……那时正是"五四"运动的时代，他们自然又多谈到国内的文化界。他能感觉到国内没有纯文学的刊物。"于是郭沫若与张资平商议"我们找几个人来出一种纯粹的文学杂志，采取同人杂志的形式，专门收集文学上的作品。不用文言，用白话"，他们想到郁达夫、成仿吾，"资平很赞成这个办法，决定每人从每月的官费里面抽出四五块钱来做印刷费这可说是创造社的受胎期"。他们先在上海出版丛书，次年起又先后办了《创造季刊》《创造周报》《创造日》《洪水》《创造月刊》《文化批判》等刊物。一九二九年被国民党当局查封。艺术派以它独特的姿态和独特的影响屹立在中国。

第一节　"为艺术而艺术"的文学主张

　　"艺术派"的名称本来是不科学的，"为艺术而艺术"就更不能说是艺术派的文艺思想创作主张了。但是艺术派的同人如郭沫若、郁达夫、成仿吾又确实提出过"为艺术而艺术"的文学主张，对于这个问题，成仿吾在《新文学之使命》所表明的观点是最有代表性的："我今要进而一说文学本身的使命了。不论什么东西，除了对于外界的使命外，总有一种使命对于自己。文学也是这样，而且有不少的人把这种对于自己的使命看得特别要紧，所谓艺术的艺术便是这般。它们以为文学自有它内在意义，不能只把它放在功利主义的算盘里，它的对象不论是美的追求，或是高端的享乐。我专诚去追从它，总不是叫我们后悔无益之事……"

　　艺术派的主张不必皆对，然而至少总有一部分的真理。不是对于艺术有兴趣的人，绝不能理解为什么一个画家肯在严寒酷热里工作，为什么一个诗人肯废寝忘食去冥想。我们对于艺术派不能理解，也许与一般对于艺术没有兴趣的人不能理解艺术家一样。

"至少我觉得除去一切功利的打算，专求文章的全 Perfection 与美 Beauty 有值得我们终身从事的价值之可能性。"

郭沫若在《文艺之社会使命》中强调了艺术的无功利、无目的性。"假使作家纯以功利主义为前提从事创作，上之想借文艺为宣传的利器，下之想借文艺为糊口的饭碗，这个我敢断定一句，都是文艺的堕落，隔离文艺的精神太远了……"

郑伯奇在《中国新文学大系·小说三集·导言》中也做过解释：

"创造社的倾向，从来是被看作和文学会研究会所代表了人生派相对立的艺术派。这样的分别是含混的。因为人生派和艺术派这两个名称的含义就不很明确，若说创造社就是艺术至上主义的一群那更是不对。固然郁达夫在他的《文艺私见》中曾有过：'文艺是天才的创造物，不可以规矩来测量的'这样的语句。郭沫若、成仿吾诸人也常用'艺术之神'这样的字眼，其实这不过是平日的说话，并不足以决定他们是自称天才，或者自诩为'艺术之神'的宠儿。真正的艺术至上者是忘却了一切时代的社会的关心而笼居在'象牙之塔'里面，从事艺术生活的人们。创造社的作家，谁都没有这样的倾向。郭沫若的诗、郁达夫的小说、成仿吾的批评及其他诸人的作品都显示出他们对时代和社会的热烈的关心。所谓'象牙之塔'一点没有给他们准备着。他们依然是在社会的桎梏下呻吟着的'时代儿'。"

艺术派的创作与他们的主张确实有很大的差距。这种理论与实践的矛盾，客观上反映出他们思想观念的矛盾，他们既宣传文艺的无功利目的论，又强调文艺的社会价值；既强调文学表现自己内心的要求，崇"天才"重"神会"，讲求文学的"全"与"美"，又重视文艺的社会使命。应该说，他们在反对"文以载道"的时候，反对文艺的功利目的的时候，他们往往用"为艺术而艺术"的思想武器。而当涉及文艺与人类进步事业的关系时，他们又往往承认文艺的社会功利目的。另外。他们打出"为艺术而艺术"的旗帜，也是针对文学研究会的"为人主的艺术"的。"不过是不满于粗制滥造'而发出的一种高调"（郑伯奇语）。从根本性质上应当说是一种积极的倾向却以消极的形式反映出来。当他们将"为艺术而艺术"的旗帜打出时，就发现了与自己进步的思想要求的矛盾。所以郭沫若后来曾多次表示他的文学是"为人生"的，并不是"为艺术而艺术"的。

在他们的创作中确实表现出来的是文艺"为人生"的倾向。他们一方面通过主观色彩很浓的抒情小说，抒发内心的苦闷和忧郁的情绪，并说明这情绪的产生是由于祖国的不富强和社会的黑暗引起的。如郁达夫的《沉沦》《茑萝行》《茫茫夜》、郭沫若的《歧路》、成仿吾的《一个流浪人的新年》、张资平的《小兄妹》《寒流》《冰河时代》；另一方面还通过客观和写实的作品揭露社会的黑暗，达到批判的目的。如郁达夫的《春风沉醉的晚上》《薄奠》《她是一个弱女子》《唯命论者》、郭沫若的《牧羊哀话》。这里所指的客观和写实与人生派文学研究会的作家的客观与写实不同，只是与他们的纯主观抒情的小说相比，写实的色彩多一点，故事性强一点罢了。郑伯奇称郭沫若的这种小说为寄托小说，

"寄托古人或异域的事情来发抒自己的情感的"。

第二节　个性主义的风格特征

郭沫若在《编辑余谈》中说："我们的主义，我们的思想，并不相同，也并不必强求相同。我们所同的，只是本着我们内心的要求，从事于文艺的活动罢了。"郭沫若还在《创造者》的诗中写道：

吹，吹，秋风！

挥，挥，我的笔锋！

我知道神会到了，我要努力创造！

我要高赞这最初的婴儿我要高赞这开辟鸿荒的大我。

他还在《创造工程之第七日》中写道：

上帝，我们是不甘于这样缺陷充满的人生，

我们是要重新创造我们的自我。

我们自我创造的工程，

便从你贪懒好闲的第七天做起。

成仿吾在《新文学之使命》中说："文学上的创作，本来是出自内心的要求，原不必有什么预定的目的。……如果我们把内心的要求作一切文学上创造的原动力，那么艺术与人生便两方都可能干涉我们，而我们的创作便可以不至为它们的奴隶。"

这里所说的"内心的要求"，实际上就是站在个性主义立场上做自我表现，是浪漫主义的思想基础。创造社的成员直接受到欧洲浪漫主义文艺思潮的影响，充分肯定人和人的精神世界的价值。追求个性解放、精神解放和自由发展，把主观自我置于客观现实社会之上。把个人的理想、愿望和要求作为向周围社会挑战的武器。表现在文学创作中便是对自我的尊崇、个性的描绘和人的主观情感的表达。这是他们对封建社会的长期禁锢的一种反抗，是他们从个人主观感受、个人的痛苦和挫折出发，向整个不合理的社会现实提出的控诉和抗议。

这种自我的个性主义观念的传达，正是艺术作家的民主主义意识的表现。郭沫若认为，爆发无产阶级的精神的时候，也要像江河那样流出自我。郁达夫的《沉沦》系列小说所表现的对社会环境的厌恶，反抗否定的情绪，是由自我的苦难幻化而成的，将社会的黑暗所造成的社会的苦难化为自我的苦闷表现出来，从而显示出艺术派在坚持个性主义自我意识方面的执着。郑伯奇称这类小说为"身边小说"，有人也叫它"自我小说"，成仿吾的《一个流浪人的新年》通过对主人公"他"一个流浪人在过新年时的孤独痛苦的处境的描写，表达自己孤独苦闷的情绪，同时表现了黑暗的社会现实。王以仁的小说是典型的自叙传，全都通过书信的形式抒发自己的不幸遭遇，表达不满现实的愤世嫉俗的感情。《落魄》是他在重阳节的那一天写给朋友径三的一封信，在这样良辰美景的佳节，正是人家快乐的时候，而他却独自一人在荒漠的马路上徘徊踯躅。在信中，他告诉朋友径三，他已经在上海失业一个多月了。"这一个月的飘零生活，使我瘦弱的身体更加瘦弱，"住的是狭窄阴暗的贫民窟，蚊的光顾使他害了一次疟疾。"未搬到这里以前，还在外面露宿了几夜，一个人忍饥忍冻的卧在弄堂门口的铁门脚，真是人家的鸡犬不如的人了。"没有吃的，没有穿的，甚至连写信的纸也没有，这次是用了一本旧书的空白地方写信，饥寒交迫的生活使他没有办法活下去，于是，他坐上轮船准备跳海自杀，但终又没有勇气，他在狂风中喊道："我真不该这样懦怯，连死都不敢去死哟！"他的《流浪》也是给径三的信。写他在上海实在没法活了，因为他已经"连接着挨了两三天的饥饿了"。径三写信要他来杭州。于是他坐了猪圈一般的四等车来到杭州，当他找到朋友径三的住处，径三却因接了家中的电报回台州了。这样他就无处安身了。既没吃的，又没住处，只得硬着头皮住进一个旅馆，一觉睡醒才知道这里一晚上须付一元二角大洋，他既没有钱付，又没有值钱的东西可当，只得逃跑了。他写道："径三，我回想当日脱险的情形，至死也要觉得这是我一生最大的污点啊！任教地球有破裂的一日，我那奇异而不可磨灭的羞辱至终还要保存着，不容洗雪，今日我在这张信内向你忏悔，径三，我诚恐我忏悔了我的罪恶呢！"从旅馆跑出来，无处安身的他，只得睡在四面通风的古亭中，"光阴随着西去的太阳一天短似一天、侵人的寒意也随着漫漫的黑夜一天一天的增加起来。""身上循环着的血液也差不多在血管中凝结起来，呼吸都已屏息得和死人一样的了，"处在这样一种濒临死亡境地的他，只有对月长啸："我不知道像我这样的没有职业可就，究竟是社会的罪恶，还是我自己的学问不好而应得的结果？"然而他却是受过高等教育的知识分子，连知识分子都失业的国家实在是最愚昧的国家。王以仁的小说确实是他生活的真实写照。他终于在二十五岁那一年失踪了，有人说他是在轮船上跳海自杀的。王以仁在《孤雁·代序》中说："我的几篇不成材的小说便是我们幻想被现实打碎以后飞下来的水点。……《孤雁》的事实。你猜说是我自己的事迹，我就承认是我自己的事迹吧。在前年暑假出来的时候，我实在是穷得这般利害的。……假如我的命运到了最恶劣的地步。我的幻想的结局，怕就是我真正的结局了！"他所幻想的结局就是跳海自杀的结局。他所著的《孤雁》一书共收录六个短篇，都是以书信写成的，并都是写给径三的。《落魄》和《流浪》就是其中的两篇。全书各篇独立成篇，合拢来则前后衔接，脉络相通，成为一个完整的中篇。他死后友人收集其遗作编成一册，还记叙了王以仁的为人及恋爱、自杀的经过，题为《王以仁的幻灭》由上海明日书店出版。

郭沫若的《歧路》也是通过对自我不幸遭遇的抒发，表达出对社会的诅咒。这篇小说也算是郭沫若的"自叙传"了。他带着日本的妻子和三个儿子从日本留学回来，回国之后"他"却没法养育妻子，妻子只得带三个儿子回日本去。孤独、悲凉、怨愤的情绪充溢全篇。

艺术派的作家就是通过自我的个性主义观念传达出对社会的批判意识。

艺术派的这种自我的个性主义观念的传达主要体现在求爱心上，在婚姻问题占据了新文学的中心位置的时候，艺术派的作品已越过了自由、自主的解放要求阶段，进入了真正的个性要求阶段。个性的要求是在解放要求的基础上，肯定自我对于爱从内心追求的正当性。创造社的作家的"身边小说"，充分表现了爱的追求。郭沫若的《残春》《叶罗提之墓》《喀尔美萝姑娘》都表现了对爱的追求、表现了婚姻与爱的区别、表现了灵与肉的冲突。郁达夫曾表示对于类似郭沫若所写的"婚外之爱"的肯定。《残春》中的主人公爱牟先生，在日本留学时，他带着妻儿住在博多湾，一天白羊来说同学贺君病了想见他，他便告别妻儿到门司去看贺君，在医院里他认识了护士 S 姑娘。当晚做了一个梦，梦见和 S 姑娘登上山顶，坐在茶亭之中，相对默默。后来 S 姑娘说她有肺病，要爱牟先生给她诊察一下，"便缓缓袒出她的上半身来，走到我的身畔。她的肉体就像大理石的雕像，她耸着的两肩，就好像一颗剥了壳的荔枝。胸上的两个乳房微微向上，就好像两朵未开苞的蔷薇花蕾。……我擦暖我的两手，正要去诊察她的肺尖，白羊君气喘吁吁地跑来……"白羊告诉他你的夫人把你两个孩儿杀了！爱牟先生立即坐车回家，看见两个儿子倒在血泊中，妻子还一边骂一边把手中血淋淋的短刀向他投来……惊醒转来，爱牟浑身都是汗水。回家以后，"我把昨夜的梦境告诉我女人听时，她笑着，说是我自己虚了心。她这个批评连我自己也不能否定"。梦中的妻杀子表明了爱牟与妻子的矛盾冲突，而这冲突正是婚姻与爱情的冲突。妻子是他寻求爱情的最大的障碍。《喀尔美萝姑娘》中的主人公"我"，也是一个已婚男。他对他妻子，就像对圣母玛利亚一样，没有爱，只有崇拜，"我对于她是只有礼赞的念头，就如像我礼赞圣母玛利亚一样，但是要我做她的丈夫，我是太卑下了啊！太卑下了！……我在她的面前总觉得痛苦，我的自我意识使我愈加目击着我和她之间的远不可及的距离。朋友，我和她的结婚，要算是另一种意义的一出悲剧呢。"因为有了这种不爱的婚姻，主人公就爱上了一个卖糖饼的十六七岁的喀尔美萝姑娘，这是一种完完全全的单相思。主人公这时已二十六七岁，为了能见这位姑娘，他就每天去买他最不爱吃的糖饼。一次他发现姑娘要坐电车出去，他也立即买了票上车，只跟到他没有钱再买车票才下车。他还做梦梦见与姑娘深夜在崖头上幽会，相互表达着爱慕，后来，"她又抱着我的颈子亲了一吻，把手撒开了，'你不要忘记我'。说着便一翻身从崖头向深不可测的黑海里跳去！——'啊'我惊叫了一声，急忙伸手去抱她——我抱住了，但是，是我同床的瑞华！……啊，我怎么不死在梦里呢？"后来他忧郁成疾，他病后妻子瑞华对他精心照料，但"她愈尽心愈使我苦恼。我觉得她和女儿是束缚着我的枷锁"。后来他竟跳海自杀，被渔船救起。听说喀尔美萝姑娘去东京嫁了人后，"我随身带的有一瓶息氨酸，和一管手枪，我到东京去要杀人——至少要杀我自己！"主人公对婚外女人的爱恋愈强烈就表明他的婚姻愈痛苦，愈不幸，他生活在灵与肉的分裂中。

冯沅君也是个性主义意识很强的作家，她是创造社的后起之秀，她的身边小说、自我小说也是很突出的。冯沅君的小说并不多，一九二三年开始创作，陆续写出了《隔绝》《旅行》《慈母》《隔绝之后》四篇短篇小说，以"淦女士"的笔名发表在上海创造社的刊物上。冯沅君的四篇小说，虽然各自独立成篇，但内容上、思想上却彼此息息相通，有着内在的一致性：抵抗家长的包办婚姻、追求恋爱自由和婚姻自主，是它们的共同主题；母爱与爱情一直是小说中主人公精神苦恼的一对矛盾，主人公既爱母亲，又爱情人，两者却不能并存共处。她爱母亲，但母亲却要包办她的婚姻，要她嫁给她不愿嫁的人，并将她骗回家锁在家里，与她的爱人隔绝起来。她因为爱母亲，担心母亲真生病，所以跑回家被母亲幽禁了。但为了爱人她又不得不违抗母命。要么逃跑，要么自杀。《隔绝》是她被幽禁之后写给爱人的信，表现出很强的个性主义和反抗精神，"生命可以牺牲，意志自由不可以牺牲，不得自由我宁死。人们要不知道争恋爱自由，则所有的一切都不必提了。……我的爱情是绝对的、无限的，万一我们不能抵抗外来的阻力时，我们就同走去看海去"。《隔绝之后》是《隔绝》的续篇，在《隔绝》中反抗的第一步是逃走，谁知晚上她的母亲闹病，一家未睡，她未得逃脱，就将带在身边的毒药吃了，走了她反抗的第二步。她服毒之后，给母亲写了一封信，并希望叫爱人士轸来见最后一面，士轸来了，在她的身边也服毒自杀了。《旅行》写一对恋人十天的旅行生活，写了这对恋人真挚热烈的爱情。那大胆坦率、真切委婉的爱情描写，在女作家中实在不多见。《慈母》写了母爱，"我已经在北京整整住了六年，……我常说北京仿佛是我的情人，故乡仿佛是我的慈母，我便是为了两性的爱，忘记了母女的爱的放荡青年"。她六年不回故乡的原因就是逃避包办婚姻，"固然我自认我这种行为是旧婚制压迫的反动，但同时我也不能否认，我这种行为是保护爱情的尊严的"。对于冯沅君的这四篇小说，鲁迅曾给予了肯定的评价。鲁迅在《中国新文学大系·小说二集·序》中评价这些小说和'为艺术而艺术'的作品中的主角，或夸耀其颓唐，或炫鬻其才绪，是截然两样的。"《卷葹》在一九二八年再版时，作者增收《误点》《写于母亲走后》两篇，仍表现了母爱与性爱相冲突的主题。

一九二四年又写了《劫灰》《贞妇》《缘法》等作品，后收进《劫灰》的集子。这时，沅君的兴致文笔都有了变化，不再一律用第一人称的自叙体，反映的也不限于争取自由恋爱的主题了。但却不如《隔绝》等篇写得自然、真切。虽然也有对旧礼教的控诉，如《贞妇》，而抗争精神却减弱了。一九二七年写成中篇小说《春痕》，是由五十封书信组成的，记录了她与陆侃如的恋爱故事，是地地道道的自叙传小说。

艺术派这种个性主义的自我意识的强调，也时时表现出自我扩张的倾向。郁达夫在一九二三年发表的《Max Stirner 的生涯及其哲学》一文中说："'自我就是一切，一切就是自我'个性强烈的我们现代青年，哪一个没有这种自我扩张的信念？"正是这种自我扩张的信念，构成了创造社作家创作的特殊色调。同时艺术派作品中主人公的内心苦闷和伤感，又表现出他们个性主义的软弱性。

第三节　浪漫主义的创作方法

浪漫主义的创作方法是艺术派作家一致的创作倾向。郑伯奇在《中国新文学大系·小说三集·导言》中说：创造社的作家倾向到浪漫主义和这一系统的思想并不是没有缘故的。

第一，他们都是在外国住得很久，对于外国的（资本主义的）缺点和中国的（次殖民地）的病痛都看得比较清楚，他们感到双重失望、双重痛苦，对现实社会产生厌倦和憎恶。而国内国外所加给他们的重重压迫坚定了他们反抗的心情。第二，因为他们在外国住得很久，对于祖国便常生起一种怀乡病；而回国以后的种种失望，更使他感到空虚。未回国以前，他们是悲哀怀念；回国以后，他们又变成悲愤激越。第三，因为他们在外国住得长久，当时外国流行的思想自然会影响到他们。哲学上，理想主义的破产；文学上，自然主义的失败，这也是他们走上反理想主义的浪漫主义的道路上的原因。

除了以上的原因，"五四"运动的影响也是一个很重要的社会原因，然而，"当时所标榜的种种改革社会的纲领到处都是碰壁。青年的知识分子不出于绝望逃避，便得反抗斗争。""创造社几个作家的作品和行动正适合这些青年的要求"。郑伯奇还说："创造社的倾向虽然包含了世纪末的种种流派的夹杂物，但它的浪漫主义始终富于反抗的精神和破坏情绪。"艺术派的浪漫主义，既受到西欧浪漫主义的影响，但又不同于西欧浪漫主义。他们缺乏西欧浪漫主义那种崇高的形象、奇特的情节。他们有的是主观性、抒情性和心理性的特点。

一、主观性

艺术派的作家特别重视主观意识的表现。在他们的作品中，我们捕捉不到完整的故事情节，概括不出明晰的主题思想。一切客观的东西，在这里都经过主观这个过滤器，带着作者主观的色彩和情绪表现出来。郁达夫在他的《小说论》中说过："小说家在小说上写下来的人物，大抵不是完全直接被他观察过，或间接听人家说或在书报上读过的人物。而是一种被他的想象所改造过的性格，所以作家对于人物的性格心理的知识，仍是由他自家的性格心理中产生出来的。"

倪贻德的小说富有浓厚的主观色彩，郑伯奇说他的小说有点像郁达夫，"富于感伤情调"。他的《花影》写了一对十三四岁的姑舅表兄妹相亲相爱的故事。他们两小无猜，在一起谈心，说心里话，一会儿哭，一会儿笑，有时因为一个伤心的故事，而湿透了两人的衣襟。然而这好好的一对，却被活生生地分开了，从妹妹写给表哥的信就可看出他们的思念和痛苦："自君去后，我就觉得怅惘无聊，不知怎样才好，无论做什么事情都不感趣味。今天接你来信，更使我无限感激，使我涕下，使我忆到旧日的欢情，啊，三哥，我这一生一世里，永远不会忘你的。我无论到什么地方，我的心里总只有你一个人——你也不会忘记我吗？……我的亲事确在今春定了。我那时恐怕伤了你的心，所以始终未曾提及。你既知道了，也是没法，可是那家的家世怎样？那……那个鬼是怎样？我却全然不知道。我当时也想反抗，然而我这柔弱无能的人，又怎有力量来反抗呢？我只有随着命运走去吧！这件事请你也不要怪我，我们只有怪自己的命运了！……哎，我深恨我不能同你做一家人呢！在爱而幽静的家庭里，我同你作画、读书，这是何等的清闲幸福！可是现在，哎，这种希望早已等于水中的月镜中的花了……"妹妹终于嫁了，哥哥孤独一人唱着哀婉的歌："流水落花春去也……"整篇小说没有多少客观描写，甚至极少风景描写，贯穿小说始终的就是对话、通信和自我独白。通过这种主观思想的表达，表现作者对封建的包办婚姻的控诉。

陈翔鹤的《西风吹到了枕边》通过对一次梦境的描写表达自己的主观思想。主人公的母亲包办了儿子的婚姻，当已经衰老不堪的、白发苍苍的母亲站在一个高的方凳上，给儿子布置新房黏糊窗纱时，旁边的儿子一想到要在这华贵的新房里和一个陌生女人住在一起他就恐惧，他痛苦地拒绝这桩婚事，他对母亲说："母亲，我不能这样，我宁肯死，也不愿受这长期的酷刑。"但母亲却说："一切都可以，只要不再更改今晚的日期。"他于是啜泣，后来睡着了。梦见早晨醒来，有一个比他还老的瘦女人在给他整理书房，那女人把不同类的书籍按照颜色相同而放在一起，把历史书与小说放在一起，把中国书和外国书放在一起，因为它们都是红色或都是蓝色。这使他又懊恼又好笑。他对这女子说："你不该来。"女子告诉他，她也不想来，是叔父要她来的。原来她也是痛苦的，"此时，我真觉得自己千回百转的，莫可自解了。我知道她很是不幸，她虽是比我老，而且不很漂亮""我激动而且热情地、反复地向她说。随后将两手张开了倾向着她，预备叫她投入我的怀抱里来，但她仍是用她那双眼睛来盯望我，一动不动，于是我觉得我是伤心地哭了，仿佛是反将我自身投入了她的怀里。这样哀哀地痛哭着"。通过对这场梦的描述充分表现了主人公对这不幸婚姻的恐惧，对心理感情的叙述，惟妙惟肖。

在艺术派小说的极少的景物描写中，也带有主人公的主观情绪，如郁达夫的《还乡记》里的写景：

城外一带杨柳，桑树上的鸣禅，叫得可怜。它们的哀吟，一声声沁入了我的心脾，我如同海上的浮尸，把我的情感，全部托付了蝉声，尽做梦似的站在丛残的城楼上看那西北的浮云和暮天的激情，一种淡淡的悲哀，把我的全身溶化了。……

这种景物描写，其实是心理描写。那"可怜的蝉声"，就是主人公"淡淡的悲哀"的心绪的外化。

在王以仁的《流浪》中，主人公流浪到西湖，西湖美是众所周知的，而主人公眼前的西湖是怎样的呢？"西湖终究和我理想中的西湖一样幻美。……欲圆未圆的月亮寂沉沉地照在路上，几颗星像女子的黑眼睛一般地在欲坠，道旁的树影凄清地在月下和电灯光下婆娑地舞动。使我在静夜中觉得有无限的阴森森的鬼气。"这是主人公主观意识的西湖，在这西湖的景物中折射出主人公的孤独、悲凉的心境。

艺术派这种主观意识的表现，正如人生派的精细的客观描写形成对比。郁达夫在《五六年来创作生活的回顾》中写道："客观的态度，客观的描写，无论你客观到怎么样一个地步，若真的纯客观的态度，纯客观的描写是可能的话，那艺术家的才气可以不要，艺术家存在的理由也就消失了。左拉的文章，若是纯客观地描写标本，那么他著的小说上，何必要署左拉的名呢？他的弟子做的文章，岂不是同他一样的么？他的弟子的弟子做的文章，又岂不是和他一样的吗？所以我说，作家的个性，是无论如何，总须在他的作品里头保留着的。"他们的这种主观意识，内心情绪的宣泄，是非理性的、无意识的、不自觉的宣泄，是依照自己的主观意识，写出自己的情绪、情结、想象、联想的。

二、抒情性

艺术派的作家特别重视真情的渲泄，重视小说的感情作用，严家炎说："从审美角度看，郁达夫和创造社的浪漫主义带来了一种新的小说，就是情调小说。"郁达夫曾在《我承认是"失败"了》一文中说："历来我持以批评作品的好坏的标准，是'情调'两字。只教一篇作品，能够酿出一种'情调'来，使读者受了这'情调'的感染，能够很切实地感受着这作品的'氛围气'的时候，那么不管它的文字美不美，前后的意思连续不连续，我就承认这是一个好的作品。"郁达夫还在《忏余独白》中说："写《沉沦》的时候，在感情上是一点儿也没有勉强的影子映着的；我只觉得不得不写，又觉得只能照那么写，什么技巧不技巧，词句不词句，都一概不管，正如人感到了痛苦的时候，不得不叫一声一样，又哪能顾得了这叫出来的一声，是低音还是高音？或者和那些在旁吹打着的乐器之音和洽不和洽呢？"所以，在他们的作品中都洋溢着一种抒情格调，这种情调既激动着作者，也感染着读者。如郁达夫的《离散之前》中的离愁别绪有溢出作品的感觉。作品一开头就写道："户外的萧索的秋雨，愈下愈大了。檐漏的滴声，好像送葬者的眼泪，尽在嗒啦嗒啦地滴。壁上的挂钟在一刻前，虽已经敲了九下，但这间一楼一底的屋内的空气，还同黎明时一样，黝黑得闷人。时有一阵凉风吹来；后面窗外的一株梧桐树，被风摇撼，就淅淅沥沥地震下一阵枝上积雨的水滴来。"作者在这里描写的是一种悲寂的情绪、萧索的氛围。郁达夫要与好友邝海如、曾季生、霍斯敬别离了，他们都是先后在日本留学时候的同学。都好义轻财，又倾心于文艺，所以一起办了各种丛书刊物。"然而社会上的势利，真如草上之风，他们拼命奋斗的结果，不值得有钱有势的人一拳打。"他们连住的地方也成问题了，只好停刊，各往各的故乡奔。四人喝酒展拜，拜完之后，"一大堆的丛书季刊周报都在天井里烧毁了。有几片纸灰，飞上了空中，直达到屋檐上去。在火堆的四面默默站着的他们四个，只听见霍的火焰在那里响。"悲凉、凄楚的抒情，使作品有着强烈的感染力。这种浓郁的抒情性充溢于艺术派的每篇小说中。如郁达夫的《烟影》抒的是"一层冷漠的情怀和一种沉闷的氛围，重重地压上他的心来了"的沉郁之情。《迷羊》抒的是"就同一片青烟似的不自觉着自己的存在，悠悠的浮在空中"的迷惘之情。成仿吾的《一个流浪人的新年》《灰色的鸟》抒的是"冬天去了，又是春天；夏天去了，少不得又是秋天"的寂寞凄凉之情。王以仁的《流浪》《落魄》抒的是"一个人忍饥忍冻的卧在弄堂门口的铁门脚，真是人家的鸡犬不如人"的贫苦之情。抒情就是他们小说的情节，抒情就是他们小说的故事，通过强烈的抒情，将小说主人公，也是作者自己的气质、心境、精神状态，以及寂寞、苦闷、追求、幻灭的心灵历程全都表达出来，既能使自己一吐为快，也能感染读者。

三、心理性

艺术派重心理剖析、心理分析，重内省，他们从不隐讳自己的弱点和创伤，表现出一种直率的作风。以真为美，这不是客观现实的真实，而是审美主体的主观情感的真实，是对自身一切弱点和创伤剖析的真实。郁达夫小说的这种直率的内省作风是最突出的。正如鲁迅在《中国新文学大系小说二集·序》中说的："在挖掘自己的魂灵，要发现心里的眼睛和喉舌，来凝视这世界，将真与美歌唱给寂寞的人们。"郭沫若的《残春》《喀尔美萝姑娘》同样是"挖掘自己的魂灵"，将心中的爱与苦闷歌唱给人们。创造社的所有作家都具有这一特点。

创造社的后来者叶灵凤说："现代小说着重于内心分析。"叶灵凤的小说创作，在心理剖析方面显出独特的个性。叶灵凤因其创作始终如一地守在爱情婚姻的领域，而引起了当时文学界同人和公众读者的关注。他特别关心爱情婚姻领域中的人心和人情的种种反应，剖析男女情人在对待婚姻恋爱问题中的心灵动态。叶灵凤笔下的男女不是沉溺于性本能肉欲的满足，而是视爱情高于名誉和生命，看重精神的相投、灵的融洽。他不像张资平那样过分强调"处女之宝""男子童贞"，他在《菊子夫人》中公开宣布："爱原是超越一切束缚和规约的。有了丈夫的女子的爱情，与处女是一样的可贵。爱与贞操是无关的。"所以，叶灵凤有很多作品写已婚男女的婚外恋，《女娲氏之遗孽》是这方面的代表作。郑伯奇说："《女娲氏之遗孽》是写一个已婚的中年妇人与青年男子的爱恋生活。他把妇人诱惑男子的步骤和周围对于他们的侧目都一步步地精细地描写出来。"郑伯奇在这里用了"诱惑"二字，笔者认为不妥，因为他们确实是男女双方的相爱。这篇小说是一位女性的日记，记录了一个已婚妇女与一个十八岁的青年恋爱的心理动态。由主人公青年少妇蕙心理感受的多侧面抒发表达，支撑起了整篇作品的结构和内容。她反复的内心斗争和内疚自省，将这已婚之妇进行婚外恋的心灵隐秘暴露无遗。已婚之妇"我"瞒着自己的丈夫敬生，瞒着莓箴的家人与十八岁的莓箴恋爱三年。在莓箴离家去上学的那一天，"我"记下了别离的思念和苦闷。

我早知道他今日便走，我真懊悔昨晚的一举了！我近日因莓箴校里就要开学，心中常是不乐，昨晚敬生忽然要我出去看戏，说是看我近来太沉闷了，要我借此散心，我当时因怕他窥破了我心中的隐事，所以不敢回却。只得立时答应，然不料我们在楼上房中这样轻轻地对语，竟使他在楼下也闻见了。我们出门时，我行过天井，回头从厢房玻璃窗中望去，只见他伏在案上不动，大约又是哭了，我要进去劝慰，却又因敬生同行，为免他疑心起见，我不好停留，只得随着出门去了。他每见我与敬生同行，总是常要伤感，我虽极力劝他解脱，告他这是无论如何不可免的事。然他终无以自宽，因此我便不常轻易同敬生出去，然有时又为情势所迫，势不能不一同行走，便如这次的事，我在这种情势之下，实不能不敷衍敬生一行。然却又惹了他的伤感了。我既瞥见他在房中痛哭，我虽走到影戏园里，我的心却留在家中。我和敬生并肩坐在一排椅上，黑暗中我耳边只有嘤嘤的哭声，眼里只见莓箴耸动的双肩和一副苦闷的面目。我想起全是因我这个不祥之身才使他一个活泼的青年，忽变到如此消沉。我的心里真止不住一阵怆痛，我只得在前面的椅上，用口紧噙着我的食指，以期减灭这不可遏止的悲哀……

呵！我真罪过！我此时虽并不懊悔和他有这段历史，然我终害他了，终辜负他了。我这一株已萎的残葩，真不配再蒙园丁的培植。呵！我要……天呀！我要怎样做？我为了不要使他再系恋我，我为了不要使一个有望的青年再沦陷于绝望的悲哀里，我要忍痛割爱了！

这段文字将这妇人的欲爱不能、欲丢不忍矛盾痛苦的微妙心理真实、细腻地剖析出来。

作品还将妇人发现莓箴的家人和自己的丈夫察觉他们的恋情以后，为了保全莓箴，决定牺牲自我，以及当她与莓箴的爱情的结晶——孩子出生以后的苦与乐、悲与喜的矛盾心情生动地描绘出来。

我不知死对于我们的事可有助益？假若我死后能使敬生因我已死不相迫诘，莓箴也能从此断念，我倒是一死为上。这事只好待几日再说。设若事情真至无可挽救，我只好实行此策。——我这样做，并非我畏死，实因我深知若一旦长殒，这消息传到莓箴耳中后，他也无心人世的。

孩子之来，虽不是我所希望，虽益足增加我对爱情的惭愧，然他既来了，我总抑不住我为母的心情，我总忍不住要爱他，他实是我们痛苦的关系中悲哀与欢乐的汇合！

他们爱情的结局如何，并不可知，然她对爱情的不顾一切的精神，确实感人至深。

《未完的忏悔录》写了一个风流倜傥的青年绅士韩斐君与交际花陈艳珠之间的爱情。作品主人公仍是重精神的高尚，轻形式的贞洁。所以当小报上说韩斐君是陈艳珠的第十三个爱人时，韩斐君在日记中写道："看了觉得好笑，我并不是需要一位圣处女，我需要的是一个聪明美丽、能了解爱的女性。即使过去有一百二十个爱人，也不能动摇我目前对于她的倾爱。我要的是她的人，她的心，她的以后，我不过问她的过去。"小说的大部分是通过日记叙述的，日记最有利于剖析人物内心的隐秘，作品便将韩斐君与陈艳珠既热烈又猜忌的恋爱纠葛如实地表现出来。

《姊嫁之夜》以人物的梦中意念作为作品的结构框架，通过弟弟舜华的梦，将他在雯姊结婚那天对雯姊的感情表现出来，将弟弟舜华的心灵状态表现得淋漓尽致。他梦见姐姐曾是他的爱人："呵！姐姐！言犹在耳，誓墨未干，你竟负了心吗？你不是伏在我的胸前，哀求我不要自杀，说只要此身长健，何事不能做么？休问你我是姐弟，休问你我是一姓。只要奋斗到底，什么愿望都可以成功，恋爱不应有一点的顾忌，这不是你讲的话吗？但是你现在是怎样了呢？你曾说与他订婚并不要紧，只要不正式结婚，于实质并无妨碍；坚持着不允同他订婚，反使家里人启生疑窦；到必要时再声请解除婚约，实不为迟，也并不碍事；这是你我对讲的话。但是你今天怎跑到这里来了？"通过这梦幻，表现了舜华对姐姐虽未说出但却真挚热烈的爱，这爱埋藏在心灵深处，连舜华自己也未曾意识到："他怎么也想不出他竟会做出了这样的一个梦来。他今晚会见了很多的少女，关于他姐姐的事他仅想过一点，他今晚不做一个旖旎的春梦却做了这样一个惨梦，实是他想不透之事。"

《浪淘沙》表现了西琼对表姊淑华的爱情，这爱慕之心完全通过心灵独白进行叙述，真实感人。

叶灵凤的小说所描写的多是悲伤的情爱、性爱故事，伤感和悲哀的情调始终贯穿在他笔下人物的心态中。造成这种伤感悲哀心态的致命伤，首先是他们把性爱视作生命的唯一的恋爱哲学。他们把"爱"从人生价值构成的丰富意义中割裂出来，片面地提升到至高无上的境地。这种狭小的生活目的，使他们无从实现生命在更完善、更充实层次上的发展。

其次，他们在深层心理结构中积淀着的封建传统文化意识也是伤感悲哀心态形成的一个原因。如《未完的忏悔录》中的韩斐君、《女娲氏之遗孽》中的妇人、《浪淘沙》中的西琼，他们一方面在追求个性解放，一方面又背负着封建传统道德造成的沉重的心理负担，而这传统道德的束缚也是他们自己未曾意识到的。传统的性爱观念时时挤压着他们的灵魂，使他们难以真正把握和实现爱情的自我价值。艺术派的作家都擅长这种细腻的心理刻画。

第四节　现代主义的表现手法

创造社的创作方法是驳杂不纯的，特别是弗洛伊德的精神分析学对创造社的创作有着直接的影响。

写梦写潜意识是创造社作家有意识地运用弗洛伊德精神分析学的特征之一。郭沫若的《残春》是这方面的代表作，它表现主人公爱牟的潜意识。郭沫若在《批评与梦》一文中曾经谈过写此篇小说的动机："我听见精神分析家说过，精神分析的研究最好是从梦的分析着手。……此派学者对于梦的解释，是说'梦是昼间被抑制在潜意识下的欲望或感情强烈的观念之复合体，现于睡眠时监视弛缓了的意识中的假装行列'。更借句简单的话来说，便是我们俗语所说的'日有所思，夜有所梦'……主人公爱牟对于 S 姑娘是隐隐生了一种爱恋的，但他是有妻的人，他的爱情当然不能实现，所以他在无形无影之间把它按在潜意识之下去了。——这便是构成梦境的主要动机。梦中爱牟与 S 姑娘会于笔立山上，这是他在昼间所不能满足的欲望，而在梦中表现了。""白羊匆匆走来报难。这是爱牟在昼间隐隐感觉着白羊是自己的障碍，故入梦中来拆散他们。妻杀二儿而发狂，是昼间无意识中所感受到的最大的障碍，在梦中消除了的表现。"可见，郭沫若完全按弗洛伊德对梦的解释来写梦，按精神分析学来写梦，把梦作为潜意识的一种形式表现出来。《喀尔美萝姑娘》也是将"我"对喀尔美萝姑娘的爱通过梦表现出来的。另外还有郁达夫的《空虚》、陈翔鹤的《西风吹到了枕边》、叶灵凤的《姊嫁之夜》《处女的梦》，这些作品写梦，都符合精神分析学的原理。不像以前的小说写梦，都带有迷信色彩，将梦作为人与鬼交流的桥梁。精神分析学对梦的解释是科学的，认为梦是人们思维的正常表现。

变态性心理描写，是创造社运用弗洛伊德精神分析学的特征之二。郁达夫作品中写变态性心理的代表作是《沉沦》。郭沫若的《叶罗提之墓》也是写变态性心理。七岁的叶罗提爱上新婚的堂嫂，一直到十几年以后，这种爱还保持着，而且嫂嫂也爱他。后来，他将嫂嫂戴在手上的顶针要去做纪念。一天，他收到堂兄的一封信，说嫂嫂在产褥中死了！"死的临时还在思念着他。"他悲痛欲绝，只得喝酒解愁，喝醉之后，将嫂嫂的顶针吞下死了。

叶罗提为了纯洁而变态的爱献出了生命。

陶晶孙的《木犀》也是写一个早熟少年变态的性爱心理。陶晶孙是一个很有才华的人，创作也很有个性。郑伯奇在《中国新文学大系小说三集·导言》中说："他没有沫若、仿吾那样的热情，也没有达夫那样的忧郁。在初期，他有点艺术至上的倾向，也保持着超然自得的态度。"《木犀》写了一个优美的爱情故事。主人公素威上中学时，有一天迟到了，怕被名叫"老虎"的体操先生骂，不敢去上学。学校里的英文女教师就送他去学校。他很感谢女先生，放学后就去看这位女先生，女先生很高兴，叫他以后经常来玩。从此，他放了学必去女先生那儿玩，去了后女先生就抱着他亲他。女先生屋里有一种特殊的香味，是木犀香。所有人都知道了素威与女先生的情谊，并且说他们在恋爱，虽然女先生要比他大十岁。他与女先生的感情是日日加深，见面就拥抱亲吻。素威说："我只想永远是个小孩子。"女先生也说："长大起来，真是讨厌的呢。"素威说："就长大了，我同先生也永远是朋友罢。"他们的友谊在继续着。一天，有人送来女先生的信，说是回乡去了，要住到圣诞节。后来又来信说病了，圣诞节不能回，最后接到电报，女先生没等到圣诞节就死了。素威还活着，保持着对女先生美好的回忆。《木犀》原文是日文，郭沫若很欣赏此篇，鼓励陶晶孙译成中文，并将原文的标题《相信命运》改为《木犀》。

艺术派除接受弗洛伊德学说以外，还接受了德国表现主义的文学主张，强调小说创作是表现作者的主观个性，认为作品不是根据客观世界的实际来进行描述，而是凭自己的灵魂来表现。郁达夫、郭沫若从理论到创作，都体现出表现主义的影响。文艺复兴时代的画家达·芬奇强调艺术家要效法自然，不要效法别人的作品，说："艺术家应该做自然的儿子，不应该做自然的孙子。"郭沫若在《自然与艺术——对于表现派的共感》一文中指出："艺术家不应该做自然的孙子，也不应该做自然的儿子，是应该做自然的老子！"可以看出郭沫若的创造自然、表现自然的文艺观。

成仿吾的《深林的月夜》被郑伯奇称为新浪漫派小说。中印度摩揭陀王宫的宴会上，群臣正在狂欢，庆祝战争的胜利，国王却独自跑出了王宫，被一种无形的东西追赶着来到了一片森林，他吓得毛发直竖，拼命向前飞奔，头碰在一棵树上，死了。利西的弟子们却在森林里愉快、平静生活。作者说："国王之死，也许是不大自然，但是国王与利西的对照、王宫与森林的对照，国王的恐怖与利西的享乐的对照，都是很好的材料，……国王的恐怖，虽然可笑，然而他的态度是很诚实的。……这是短篇创作最初的动机……"

叶灵凤的《鸠绿媚》《摩伽的试探》《落雁》有点荒诞派的特征，描写了一批奇谲而怪诞、乖谬而很有兴趣意味的性爱故事。

艺术派小说跳跃式的文字、意识流的写法，使他们的小说具有崭新的艺术效果，并为后来的现代派小说开了先河。

第五节　郁达夫与感伤小说

一、浓厚的自叙传色彩

　　郁达夫是艺术派小说创作的代表作家，浓厚的自叙传色彩是他的创作的突出特点。郁达夫在《五六年来创作生活的回顾》中说："文学作品都是作家的自叙传。"从这个观点出发，郁达夫创作了大量的自叙传小说。对于这个问题，严家炎先生有不同的看法，他在《中国现代小说流派史》中说："我们不要被他说的'文学作品都是作家的自叙传'这句话所欺蒙，以为郁达夫真是那么忠实地照着自己的模样在写人物。他写了那么多主人公自杀和变相自杀故事，他自己并没有自杀过一次。作者在实际生活中的地位，比作品中的人物的命运毕竟好得多。"所谓的自叙传，并不是说一分一秒、一点一滴、一举一动都是按作者的身世去描写，那就不叫小说而叫传记了。小说创作，当然要经过艺术的提炼和概括，但小说主人公的身世、经历、性格、心态、情绪等要与作者本人相近相似，特别是感情、感受要相通，作者本人通过作品人物表达自己的情感。当然这个情感也必须代表那个时代大多数青年的情感。这就是郁达夫小说的典型意义，也是郁达夫的小说为什么在当时能够受到青年人欢迎的原因。因为大多数青年都能在郁达夫的作品中找到自己，郁达夫表达了青年心里所想而笔下所无的情绪。

　　至于说郁达夫作品中的主人公有很多自杀的，而郁达夫并不曾自杀这个问题，也是可以得到解释的。因为郁达夫是浪漫主义作家，他最常用的手法是想象和夸张，郁达夫自己也说，"在常人感受到五分痛苦的地方"，他们"所感到的痛苦，非增加到十分或二十分不可"。这是合理的夸张。自杀是作者根据主人公的情绪发展做的合理想象。再说，郁达夫也确实有过自杀的念头，他曾在《写完了〈茑萝集〉的最后一篇》一文中说："我抱了虚无的观念，在扬子江边，徘徊求死的事情也有过。但是柔顺无智的我的女人，劝我终止了。清明节那一天送女人回了浙江，我想于月明之夜，吃一个醉饱，图一个痛快的自杀，但是几个朋友，又互相牵连的教我等一等。我等了半年，现在的心里，还是苦闷得和半年前一样。……七月中旬我抱了一个悲痛的决心回家了一次。我的母亲、女人、小孩，都不使我实行我的决心。但是彻底的讲来，这不过是我诿卸责任之辞，根本上还是我的决心不坚的缘故吧。以死压人，是可羞的事。不死而以死作为招牌，更是可羞。然而我的心境是如此，我若要辞绝虚伪的罪恶，我只好赤裸裸的把我的心境写出来。"由此可见，郁达夫让作品中的"我"走了自己想走而没有勇气走的路，那些自杀的结局，确实是人物性格发展的必然。郁达夫之所以没有自杀，原因也是多方面的。另外，郁达夫往往将自己所想的写成自己想做的。郭沫若曾多次谈到郁达夫的为人，认为他特别的坦诚，特别的直率，而且这坦诚是经过夸张的坦诚，使得他将一刹那的想法也写成了行动，甚至是一个梦也要暴露出来。他在散文《海上通信》中就曾向郭沫若、成仿吾报告了他做的一个梦："我梦见了一个十五六的少女和我同舱，我硬要求她和我亲嘴的时候，她回复我说：

你若要宝石，我可以给你君王的金刚钻，

你若要王冠，我可以给你世上最大的国家，

但是这绯红的嘴唇，这未开的蔷薇花瓣，

我要保留着等世上最美的人来！

我用了武力，捉住了她，结果竟做了一个'风月宝鉴'里的迷梦，所以今天头昏得很，什么也想不出来。"就是这样的梦，在小说中就成为他的行动了。

郑伯奇在《中国新文学大系小说三集·导言》中也说："到了北京，他便开始写狭邪小说了。这些小说的主人公大概是作者自己。他赤裸裸地将自己暴露出来，有时还要加上一点'伪恶者'的面目。他的大胆的描写，在当时作者中，是一个惊异。"郭沫若还在《论郁达夫》中说："他的清新的笔调，在中国的枯槁的社会里面好像吹来了一股春风，立刻吹醒了当时的无数青年的心。他那大胆的自我暴露，对于深藏在千年万年的背甲里面的士大夫的虚伪，完全是一种暴风雨式的闪击，把一些假道学、假才子们震惊得至于狂怒了。"

鲁迅曾经谈到郁达夫，说他是一个"稳健和平"的人，所以他的作品中的"我"的所作所为，大多数只是他所梦所想的，生活中的郁达夫是一个很拘谨的人。

因为是郁达夫的自叙传，郁达夫的小说中第一人称出现得最多，四十四篇小说，第一人称的作品有二十多篇。另外，"伊人""于质夫"也出现多次，完全可以当作"我"来看待的。

在郁达夫的这些作品中，首先是主人公与作者的经历相同或相似。《沉沦》是郁达夫的成名作和代表作，《沉沦》中所描写的"他"的经历，基本上是郁达夫的经历。"他"的故乡正是郁达夫的故乡："是富春江上的一个小市，去杭州水程不过八九十里。这一条江水，发源安徽，贯流全浙，江形曲折，风景常新，……他的书斋的小窗，是朝着江面的。虽则这书斋结构不大，然而风雨晦明，春秋朝夕的风景，也还抵得过滕王高阁。在这小小的书斋里过了十几个春秋，他才跟了他的哥哥到日本来留学。""他"的身世正是郁达夫的身世："他三岁的时候就丧了父亲，那时候他家里困苦得不堪，好容易他长兄在日本的大学毕了业，回到北京，考了一个进士，分发在法部当差，不上两年，武昌的革命起来了。那时候他已经在县立小学堂卒了业，正在那里换来换去的换中学堂。……府中学停学之后，他依旧只能回到他那小小的书斋里来。……正在这个时候，他的长兄也在北京被人排斥了。原来他的长兄为人正直得很，在部里办事铁面无私，并且比一般部内的人物也多了一些学识，所以部内上下，都忌惮他。有一天某次长的私人，来问他要一个位置，他执意不肯，因此次长就同他闹起意见来，过了几天他就辞了部里的职，改到司法界去做司法官去了。"他后来跟长兄去了日本。"到了日本后，……模模糊糊地过了半载，他就考入了东京另一高等学校。这正是他十九岁的秋天。"

这里所说的长兄，就是郁达夫的大哥郁曼陀，在政法部门工作，后又做了司法官，因为为人正直，疾恶如仇，被日本人暗杀。他是中国司法界为民族解放战争牺牲的第一人。

《茑萝行》是郁达夫一九二三年写的小说，是一封写给他妻子孙荃的忏悔信。孙荃是郁达夫包办婚姻的结发妻子。郁达夫因为不满这包办婚姻，所以订婚以后就去了日本，八年不回家。作品写道："我八年间不回国来的事实，就是我对旧式的，父母主张的婚约的反抗呀""后来看到了我们乡间的风习的牢不可破，离婚的事情的万不可能，……我才勉强应承了与你结婚"。郁达夫在作品中是这样形容他的妻子的，"在穷乡僻壤生长的你，自幼也不曾进过学校，也不曾呼吸过通都大邑的空气，提了一双纤细缠小了的足，抱了一箱家塾里念过的《列女传》《女四书》等旧籍，到了我的家里。既不知女人的妖媚是如何装作，又不知时样的衣裳是如何剪裁，你只奉了柔顺两字，作了你的行动的规范。"就是这样一个旧式的女子，郁达夫称她："我的女人！我的不能爱而又不得不爱的女人！"因为没有爱情，郁达夫结婚几天就离开了家。"母亲因为我久住上海不回家来的原因，在那里发脾气骂你。"于是，郁达夫不得不将妻子带在身边。郁达夫在外地教书，始终不如意，在社会上受的虐待、欺凌、侮辱都要一一回家来向妻子发泄的。"可怜你自从去年十月以来，竟变了一只无罪的羔羊，日日在那里替社会赎罪，作了供我这无能的暴君的牺牲。我在外面受了气回来，不是说你做的菜不好吃，就骂你是害我吃苦的原因。我一想到了将来失业的时候的苦况，神经激动起来的时候每骂着说：'你去死！你死了我方有出头的日子。……只知道在家里坐食的你这行尸，你究竟是为了什么目的生存在这世上的呀？……"在郁达夫的虐待和漫骂下，妻子跳江自杀，被人救起。郁达夫虽然不爱妻子，但又觉得对不起妻子。

于是写了这篇小说，表达他对妻子的忏悔之情。"我平时虽则常常虐待你，但我的心中却在哀怜你的，却在疼爱你的。"作者在表达内心感情的同时，也鞭挞了封建的包办婚姻和冷酷无情的黑暗社会。郁达夫终因这无爱的婚姻再次离家，后来就一去不复返，留下几个孩子由妻子孙荃一人抚养成人。

作品《十一月初三》是郁达夫二十八岁生日那一天写的，"我忽想起了今天是我的诞生日子！"作者描写了他生日这一天的极端无聊、孤冷的心情。

在郁达夫的作品中，他多次描写主人公的性苦闷，以及由性苦闷而导致的性变态，还有主人公入妓院、上咖啡馆的情景，也并非完全虚构，但确实是经过了艺术的夸张。他在《五六年来创作生活的回顾》中写道："写《沉沦》各篇的时候，我已在东京的帝大经济学部里了，那时候生活程度很低，学校的功课很宽，每天于读小说之暇，大半就在咖啡馆里找女孩子喝酒，谁也不愿意用功，谁也想不到将来会以小说吃饭。"这里可见一斑。郁达夫还在《茑萝行·自序》中说："人家都骂我是颓废派，是享乐主义者，然而他们哪里知道我何以要去追求酒色的原因？唉，清夜酒醒，看看我胸前睡着的被金钱买来的肉体，我的哀愁，我的悲痛，比自称道德家的人，还要沉痛数倍。"由此可见，郁达夫小说中的性苦闷和性行为的描写，都是有一定的生活依据和生活体验的。

其次，主人公的感情情绪、性格气质与作者相似。

郁达夫性格的早熟。他在《自传之二》中就提到，六七岁的时候，就经常"一个人站在门口，看有淡云浮着的春天，突然就莫名其妙地起了一种渴望与愁思。"《自传之三》中谈到只有十一二岁的郁达夫居然有起老成人的样子来了，《自传之四》中写他十三四岁的时候，"在心的底里，忽儿又感到了一点极淡极淡，同水一样的春愁"。郁达夫的早熟与父亲的早逝、家道的衰落有直接关系。

郁达夫的早熟性情，在他的作品中得到充分的表现。如《沉沦》中写道："他的早熟的性情，竟把他挤到了与世人绝不相容的境地去，世人与他的中间介在的那一道屏障，愈筑愈高了。"

早熟也导致了他性情的孤独。他在《自传之六·孤独者》中，专门谈了他的孤独，"在学校里既然成了一个不入伙的孤独的游离分子，我的情感，我的时间与精力，当然只有钻向书本子去的一条出路"。

郁达夫在写给郭沫若的信中说："沫若，我觉得人生一切都是虚幻，真真实在的，只有你说的'凄切的孤单'，倒是我们人类从生到死味觉到的唯一的一道实味。……简单点说，就说生存竞争吧——依我看来，都是由这'孤单'的感觉催发出来的。人生的实际，既不外乎这'孤单'的感觉，那么表现人生的艺术，当然也不外乎此。因此，我近来对艺术的意见和评价，都和从前不同了。我觉得艺术并没有十分可以推崇的地方，她和人生的一切，也没有什么特异有区别的地方，努力于艺术，献身于艺术，也不须有特别的表现，牢牢捉住了这'孤单'的感觉，细细地玩味。由他写成诗歌小说也好，制成音乐美术品也好，或者竟不写在纸上，不画在布上壁上，不雕在白石上，不奏在乐器上，什么也不表现出来，只教他能够细细地玩味这'孤单'的感觉，便是绝好最美的'创造'"。(《北国的微音》)

在郁达夫的四十多篇小说中，孤独的情绪是贯穿始终的。在日本留学的时候，弱国子民的遭遇，举目无亲的处境，使他感到深深的孤独。《银灰色的死》中的主人公"他"是一个孤独的化身。"他觉得自家一个人孤冷得很，好像同遇着了风浪后的船夫，一个人在北极的雪世界里漂泊着的样子。背靠着了铁栏杆，他尽在那里看月亮"。

《沉沦》中的主人公也是一个孤独的人。他近来觉得孤冷得可怜，"上课的时候，他虽然坐在全班学生的中间，然而总觉得孤独得很；在稠人广众之中，感得的这种孤独，倒比一个人在冷清的地方，感得的那种孤独，还更难受"。

在《茫茫夜》《怀乡病者》《秋柳》中的主人公"于质夫"，孤独的情绪愈来愈烈。回国以后的郁达夫孤苦伶仃，饥寒交迫的生活，使这种孤独性格继续发展。《茫茫夜》中的于质夫，为了生计，不得不辞了朋友，四处漂泊。在新的学校里，他被孤独缠绕着，百无聊赖："他从座位里站了起来，在房里走了几圈，又坐了一会，又站起来走了几圈，觉得他的兽性，终究压不下去。换了一套中国衣服，他便悄悄地从大门走了出去。"在《怀乡病者》中，孤独感使于质夫陷入朦胧的混沌状态："当日光与夜阴接触的时候，在茫茫的荒野中间，头向着了混沌宽广的天空，一步一步地走去，既不知道他自家是什么，又不知道他应该做什么，也不知道他是向什么地方去的，只觉得他的两脚不得不一步一步地放出去，——这就是于质夫目下的心理状态。"《秋柳》是《茫茫夜》的续篇，郁达夫由于受孤独的压迫，只得到妓院去消磨时光，在妓院里，他仍感到孤独和不如意，于是，这孤独就引发出无尽的伤感。

伤感忧郁的情绪，是郁达夫的主要性格基调，他在《忏余独白》中说："人生在十八九到二十余，总要经过一个浪漫的抒情时代的……我的这抒情时代，是在那荒淫残酷、军阀专权的岛国里过的。眼看到的故国的陆沉，身受到的异乡的屈辱，与夫所感所思，所经所历的一切，概括起来没有一点不是失望，没有一处不是忧伤，同初丧了夫主的少妇一般，奄无气力，毫无勇毅，哀哀切切，悲鸣出来的，就是那一卷当时很惹起了许多非难的《沉沦》。"可见，文学作品正是作家感情、情绪的折射。

除了经历、感情之外，作品主人公的长相也是郁达夫自己的肖像描写，如那"左右高出的颧骨"和"深深陷入的眼窝"。还有那患有神经衰弱症、胃病、肺病的多病的身体，也是郁达夫的身体。所以笔者认为郁达夫的作品，多是他的自叙传。

二、忧郁感伤的情感

郑伯奇说郁达夫"非常富于伤感的情调"，这情调以一种病症的形式——忧郁症，出现在郁达夫的作品中。因为作品中的人物有了这种病症，任何一件客观事物的出现，都会引起一阵感情的波澜，而这客观事物不分大小，不分巨细，一触即发。《沉沦》的主人公散步时听到"不知从何处飞来的一声两声的远吠声……他的眼睛里就涌出了两行清泪来"，因为学校的教科书味同嚼蜡，他的忧郁症和感伤情绪便"一天一天的增加起来"，遇见日本的女同学没有跟他说话，"他那火热的颊上忽然滚了几颗冰冷的眼泪下来"，并"伤心到极点了"。在正常人认为是极平常的事情，对于"他"都会成为一种令他绝望的刺激。

《青烟》中的"我"，不经过任何触发，也会生出无尽的感伤："寂静的夏夜的空气里闲坐着的我，脑中不知有多少愁思，在这里汹涌。看看这同绿水似的由蓝纱罩里透出来的电灯光，听听窗外从静安寺路上传过来的同倦了似的汽车鸣声，我觉得自家又回到了青年忧郁病时代去的样子，我的比女人还不值钱的眼泪，又映在我的颊上了。……只觉得一味凄凉寂寞的感觉，浸透了我的全身，我也不知道这忧郁究竟是从什么地方来的。"

郁达夫的忧郁、感伤情绪产生的原因是：社会的黑暗、祖国的不富强、生活的贫穷和封建婚姻的束缚。

郁达夫生活的那个时代，是一个特殊的历史阶段。一方面，是一个经过了"五四"以后的苏醒、解放的时代，一方面又是集中数千年历史最黑暗的阶段之一。封建的僵尸腐烂发臭却没有入殓；外国的入侵所带来的政治、经济、精神的奴役；国内政府腐败、军阀混战造成的灾难。中国人民真可谓在水深火热之中，正如作者在《茫茫夜》里写道的："中国的空气是同癞医院的空气一样，渐渐的使人腐烂下去。""五四"的号角已将人们吹醒，苏醒之后发现仍囚禁在漆黑的铁屋子里，他们"呐喊"，并举起了拳头捶着那铁房子，他们只将铁房子锤开了一条缝，透进了一线光明，却未能从铁房子中解放出来。当他们窥视到光明以后，更感到了对铁房子的恐惧和难以忍受。怎样才能改变眼前的处境，前途一片渺茫。正如闻一多说的：""五四"之后的中国青年，他们的烦恼悲哀真像火一样烧着，潮一样涌着，他们觉得这'冷酷如铁''黑暗如漆''腥秽如血'的宇宙真一秒钟也羁留不得了。他们厌这世界，也厌他们自己。于是急躁者归于自杀，忍耐者力图革新，革新者又觉得意志总敌不住冲动，则抖擞起来又跌倒下去。……他们的心里只塞满了叫不出的苦，喊不尽的哀。"

留学国外的青年，更有一种因祖国不富强而带来的屈辱，忧郁和感伤就更加强烈。于是他们由精神的痛苦造成身体的疾病，如《胃病》中："我这几天来愁闷极了，中国的国事，糟得同乱麻一样。中国人的心里，都不能不抱一种哀想。"于是，"腹中忽然一阵一阵的发起剧痛来。……我觉得我的面同死神的面已经贴着了。"悲哀和感伤到了极点。

《蜃楼》里的逸群，遇到了德国少女冶妮。冶妮是一个独生女，她要继承父亲给她的几千万的财产，冶妮的全家都选中了中国留学生逸群做女婿，但逸群"想起了千疮百孔，还终不能和欧美列强处于对等地位的祖国"，他拒绝了爱情和金钱的诱惑，"高尚纯洁地在岸边各分了手"。从此，逸群陷入了深深的苦闷之中，忧郁成疾而吐血住院。

《茫茫夜》里的于质夫也因为祖国不富强而忧郁，又忧郁而产生性变态。他"觉得将亡未亡的中国，将灭未灭的人类，茫茫的长夜，耿耿的秋星，都是伤心的种子……我要灭这一层烦恼，我只有自杀"。在万般无奈的情景中，他产生了性变态，他到一个杂货店里，向一个售货的女人买来用过的缝衣针和旧手帕……他"把那两件宝物掩在自家的口鼻上深深地闻了一回香气。……他就狠命地把针子向颊上刺了一针"。本来为了兴奋，"面上忽然滚出了一滴同玛瑙珠似的血来。……闻闻那旧手帕和针子的香味，想想那手帕的主人公的态度，他觉得一种快感，把他的全身都浸遍了"。像这样的祖国不富强引起的忧郁并产生的性变态，在《沉沦》中也出现了"他"在呼喊了"中国呀中国！你怎么不富强起来，我不能再隐忍过去了"之后，又发出了对爱的乞求的呼声："知识我也不要，名誉我也不要，我只要一颗安慰我的体谅我的'心'。"然而这颗"心"也得不到，性变态便产生了，发生了偷看旅馆主人的女儿洗澡和偷听别人的调情的变态行为。由此可见，黑暗的社会是怎样把一个正常的人逼向畸形的。同时也看到，主人公将生的苦闷、时代的苦闷、心里的苦闷转化为性苦闷，性苦闷成为一切苦闷的喷火口、突破口。当人生的每条道路上都挂了"此路不通"的牌子时，性爱便是最令人渴望、陶醉的了，一切郁积都会涌向这个最脆薄之处。在郁达夫的四十四篇小说里，竟有三十一篇描写了性心理。我们从郁达夫小说的性描写中不难发现其深刻的社会意义，它同样是对黑暗社会的彻底揭露和有力控诉。由于作者贯穿始终的严肃的人道主义精神，使他的性描写丝毫没有海淫的基调。

贫困，是造成郁达夫忧郁苦闷的另一个原因。郁达夫经常囊中羞涩，为生计发愁。他反复说道："贫苦是最大的灾星"，"经济上不充裕，想买的书不能买，所感到的痛苦，比肉体上的饥寒，还要难受"。

在《离散之前》中写了几个留日同学因为都倾心文艺，在一起"他们用了死力，振臂狂呼，想挽回颓风于万一"，然而贫穷使他们"连住的地方也成问题了"，"他们三人受了衣食住的节缩，身体都渐渐地衰弱起来。到了无可奈何的现在，他们只好各往各的故乡奔”。

郁达夫还在《血泪》《落日》《茑萝行》等作品中诉说了失业的痛苦，以及由此产生的感伤和忧郁。

郁达夫还在贫困中看到了阶级的对立，找到了人们贫穷的根源。他在《清贫慰语》《芜城日记》等文章中一再强调：“是富者都是恶人，善人没有一个不穷的人。因为弄成了我们的穷，然后所以致他的富。”“世界的劳动本来是一定的。有一部分人不作工，专在那里贪逸乐，所以我们不得不于自己应作之工而外，更替他们作他们所应做的工。这一部分人是什么人呢？第一就是做官的，带兵的，做各团体的代表的，妇人之专事淫靡的，和那些整日在游戏场里过日子的人。把这些人杀尽了，我们中国人民就不至于苦到这步田地。大同世界就可以出现了。”郁达夫的忧郁和感伤的原因，就是没有找到通向“大同世界”的出路。

封建的包办婚姻的束缚，也是郁达夫忧郁感伤的一个方面。他与孙荃的包办婚姻造成了他终身的痛苦。然而，旧社会受到包办婚姻束缚的并不仅仅郁达夫一个，而郁达夫却只产生了一个。这就是郁达夫的独特性。郁达夫的创作不仅有别于他同时代的其他流派的作家，而且有别于同一社团同一流派的其他作家。既不同于富有理想主义激情的郭沫若，又不同于情爱小说专家张资平，他的骨髓里浸润着沉郁的忧愤与浓重的感伤，他把整个人生看得太阴冷、灰暗了。他说：“我们觉得生而为人，已是绝大的不幸。生而为中国现代之人，更是不幸中之不幸。”在他的作品中都是在这个不幸人生中扭曲的灵魂，在无边的苦海中挣扎沉沦的身影。

郁达夫同时也是个理想主义者。当他对理想的渴求愈迫切，就会因为理想的破灭而愈失望，这种过度的对人生的失望，便使他有了颓废的嫌疑，因为他在作品中不断地唱出感伤、绝望的歌。然而，我们从他绝望的感伤的歌里，仍听到祈盼黎明的心声。如他在《青烟》的最后写道：“远远的鸡鸣声和不知从何处来的汽笛声，断断续续地传到我的耳膜上来，我的脑筋就联想到天明上去。……啊啊，这明蓝的天色，是黎明期了！啊呀，但是我又在窗下听见了许多洗便桶的声音。这是一种象征，这是一种象征。我们中国的所谓黎明者，便是秽浊的手势戏的开场呀！”这确实是希望与绝望的混合体，甚至有某些浪费情调，但绝不是颓废派。为此，他也做过反复的解释和申辩，他在《写完了〈茑萝集〉的最后一篇》中说：“世人若骂我意志薄弱，我也肯承认的，骂我无耻，骂我发牢骚，都不要紧，我只求世人不说我对自家的思想取虚伪的态度就对了，我只求世人能够了解我的内心的苦闷就对了。”我们如果理解了郁达夫的苦闷，也就能理解他的某些颓废情调。

郑伯奇在《中国新文学大系小说三集·导言》中说：“郁达夫给人的印象是‘颓废派’，其实不过是浪漫主义涂上了‘世纪末’的色彩罢了。他仍然有一颗强烈的罗曼蒂克的心，他在重压下的呻吟之中寄寓着反抗。”

三、多种创作方法的运用

作为艺术派的代表作家郁达夫，他的浪漫主义创作方法是毫无疑问的，虽然他的浪漫主义与郭沫若的浪漫主义有很大的区别，但他的主观意识的表现、感伤情绪的抒发以及细腻的心理写真，将浪漫主义的手法运用得极其纯熟自然、别开生面。

郁达夫不仅仅运用浪漫主义的创作方法，在创作中还采用了现代主义和现实主义的手法，使他的作品更加成熟。

郁达夫的现代主义手法的运用。首先表现在对弗洛伊德学说的接受和运用，如写潜意识、写变态心理以及意识流的表现手法。

如《蜃楼》里的主人公逸群自从情人诒孙成了别人的妻子以后，就经常将别的女人看成了诒孙，并且"被她迷住了""一直等到她和那男子，起来从他的桌子前头经过，……他的幻梦方才惊醒"。这就是潜意识的作用。

郁达夫的作品多次出现变态心理与性变态描写，如《沉沦》《茫茫夜》《银灰色的死》都是性变态和变态行为描写的代表作。

《迷羊》中的主人公王先生，因为迷恋唱戏的谢月英而变态，工作也辞了，家也不要了，为了谢月英到处漂荡。"我的神经系统，完全呈出一种怪现象来了。晚上睡觉，非要紧紧地把她抱着，同怀胎的母亲似的把她整个儿的搂在怀中，不能合眼；一合眼去，就要梦见她弃我而奔，或被奇怪的兽类，挟着在那里奸玩。"他的变态的溺爱，使谢月英终于离他而去。从此，他就像一只迷路的羊，乱跑乱窜，直至筋疲力尽，住进了医院。

意识流手法的运用，在郁达夫小说中很普遍。如《十一月初三》写他二十八岁生日这一天的感情情绪的心灵历程。想到哪儿写到哪儿，笔墨随着意识的流动而流动。因为是远离了家远离了妻子过生日，加上生活贫寒，所以情绪低落，感情忧郁。于是浮想联翩……想到自己的孤单，想到无聊的人生。意识流的手法将郁达夫杂乱的感伤情绪表达得淋漓尽致。

其次，表现在对德国表现派手法的运用。如《青烟》就采用了具有表现派特征的"分身法"，作品中的主人公漂泊在外，怀念家乡，于是在淡紫的云雾里身体一分为二："呆呆地对这层云雾凝视着，我的身子好像是缩小了投乘在这淡紫的云雾中间。这层轻淡的云雾，一飘一飏的荡了开去，我的身体便化而为二，一个缩小的身子在这层雾里飘荡，一个原身仍坐在电灯的绿光下远远的守望着那青烟里的我。"这个青烟中的"我"走到自己的家门口，看见了自己的妻子。然而妻子并不认识他，"他就赶上一步，轻轻地问那女人说：'嫂嫂，这一家是姓于的人么？'"从妻子的回答中，他得知家道衰落，房子已卖给了姓陆的，妻子在帮陆家烧饭，"我"离开了妻子，投入了江心。这一个"我"看着那一个"我"自杀了。作者借用这分身法展开想象，表达内心的忧伤、挂念之情。

郁达夫的有些作品，还成功地运用了现实主义的表现手法。如受到众人称赞的《春风沉醉的晚上》和《薄奠》，都是成功的现实主义作品。在这里，"我"已经退居第二位，成为工人形象的陪衬；写作手法也从主观抒发趋向客观描写。还有《秋河》《微雪的早晨》都是现实主义的作品。

一九三二年完成的中篇小说《她是一个弱女子》，是一篇深刻揭露黑暗现实的作品。郁达夫在《后叙》中说："写到了如今的小说，其间也有十几年的历史了，我觉得比这一次写这篇小说时的心境更恶劣的时候，还不曾有过。因此，这一篇小说，大约也将变作我作品之中的最恶劣的一篇。"心境之所以恶劣，是因为作品描写的是大革命前后的惨不忍睹的现实。据郁达夫自己说，这篇小说"在造出三个意识志趣不同的女性来，如实地描写出她们所走的路径和所有的结果。好叫读者自己选择应该走那一条路。"郁达夫企图通过三个典型的知识女性的道路，来表现在革命战争的风暴面前，知识青年的正确选择。作品展开的生活非常广阔，表现出郁达夫思想艺术的转向。

《迟桂花》是郁达夫在艺术运用上十分成熟的短篇小说。作品中忧郁伤感的情绪减少了。虽然作品中还流露出"落得随随便便的过去"的消极人生观，但却显示出一种乐观的精神。作品通过山中散发着浓郁香气的迟桂花，象征了三个中年人美好的生活前景："桂花开得愈迟愈好，因为开得迟，所以经得日子久。"作品最后以"但愿得我们都是迟桂花"来表达作者对美好生活的向往，可算一篇纯熟的现实主义作品。

一九三五年写的中篇小说《出奔》，是郁达夫的最后一篇小说。作品以革命时代为背景，描写一个青年革命干部钱时英，被地主阶级拉拢、利用，最后觉醒的全过程。钱时英最后放了一把复仇的火，出奔而去。

郁达夫终于由软弱走向坚强，由迷惘走向清醒，由感伤走向乐观，最后为祖国献出了生命，走完了他曲折、不幸、短暂的一生。

第六节　张资平与性爱小说

张资平是一个充满矛盾的作家，这矛盾既源于他生涯的复杂，又源于他创作的复杂。他曾把自己比作一颗星。他确实曾经是一颗星，作为新文学社团创造社的创始人之一，他放射了耀眼的光芒。但他随后又变成了一颗脱了轨道的星球，堕落成一个汉奸文人。张资平是一多产的小说家，拥有众多的读者，然而他在众多的喝彩声之后丢失了审美主体意识，滑向了庸俗，成为一个性爱小说专家。所以，他的作品良莠并存，人们对之毁誉并加。他的作品大体分为两类：一类是带有人道主义倾向的作品，描写底层人民，特别是妇女的悲惨生活；另一类是描写两性恋爱的作品。

一、人道主义的思想倾向

张资平虽然是创造社的创始人之一，美学兴趣和创作倾向与创造社同人，如郭沫若、郁达夫、成仿吾等人具有某些一致性特征，但是"张资平的作风，和沫若、达夫迥不相同。

他们两人都偏于主观，资平的写作态度是相当客观的。因此便有人称他是写实主义作家"。张资平的写实主义与文学研究会的叶圣陶等人的写实主义不同，因为"他所写的'实'只是表面的现象，不曾接触事实的核心"。张资平的文学与创造社文学的差距基本上表现在情绪的浓度上。张资平的早期小说创作，既在创造社式的"冲动"驱使下，从自我对人生的情感体验探入那一时代知识分子的精神世界，将生的苦闷化为性的苦闷，又从性的苦闷推及生的苦闷，显示出与创造社作家大体一致的表现自我情绪的倾向，但又没有把情绪的冲动、性情表现的要求当作主要或唯一的创作动力和创作目标，而是使这种情绪的冲动有所保留、有所节制，运用他擅长的写实笔法，将他的冲动和情绪通过一事一物、一举一动表现出来。所以，我们即使在张资平那些情绪表现倾向非常明显的作品里，也很难找到创造社作家惯用的呼天抢地、涕泪俱下的抒情方式。

张资平一九二二年出版的长篇小说《冲积期化石》，就表现出他的创作个性。他是新文学作家中写作长篇小说较早的一位作家。在《冲积期化石》里，自叙传式的抒写把人生旅途的艰辛、孤独、寂寞、迷茫与青春期性苦闷调和在一起，更增加了情感表现的厚度和力度。小说还对辛亥革命前后的教育界、政治界有所针砭，表现出作者的民主主义倾向。"有好政府、有良好社会、有良好教育制度，一般的国民教育，也要做父兄的——自己经手么？这是我们村里人民的不幸，也是我中国人的不幸——我们比别村的人还要不幸。因为支配我们地方的政府，像循周期律似的，经过一定年数，就要推纲倒常地变动一回。所以他们办事的人，也像住旅馆似的，匆匆地跑来，匆匆地跑去，没有一定的方针。他们说前政府是不良政府，所行的都是虐政，所以要推倒他。但他们接手之后，再分不出前政府所行的哪一种是善政，哪一种是虐政，总之要剥民脂吮民血的时候，就是前时自己攻击前政府不应行的虐的，也'前据……照准此令'一纸空（公）文地承袭下去。……天厂晓得政府靠不住，社会靠不住，国家的法度也靠不住。他受了政府的虐待，社会的虐待，和国家法度的束缚，所以他不愿再看他的儿子和学童蹈了他的覆辙"。作品还通过璋儿的悲惨遭遇对宗教的伪善和家长专制进行了批判。璋儿的父亲是一个牧师，为了金钱，地方官府大爷的公子马公子在教会医院住院的时候，申牧师让不满二十岁的女儿璋儿去引诱马公子，而马公子正是个多情的种，"十五六岁的时候，糟蹋了衙门里几个丫头，诱惑了贫民的几个处女……他今年二十三岁了，过去七年间，他经手过的女人真数不尽了"。所以，牧师的目的很快就达到了，"马公子出了院半个月之后，申牧师对一班朋友宣言说，他的璋儿在这几天内要动身赴上海，进什么女子医学专门学校"。璋儿在香港游玩了两个月，广州住了一个月，到上海来也快满三个月了。酒也喝够了，戏也听够了，汽车也乘厌了，麻雀牌也讨厌了，而马公子也对她厌倦了，十晚有九晚不回来了。后来被马公子抛弃了，璋儿只得又回到自己家里，还带回一个没有父亲的孩子。当璋儿在礼拜堂忏悔自己的过失时，虚伪的申牧师撕下了平日的假面具，露出了赤裸裸的本性，对璋儿大发雷霆："天下也有这么蠢的东西！自己做过的坏事，她当真的可以一五一十告诉人么？忏悔，忏悔！也不怕人笑掉了牙！"这里对申牧师的描写可算是入木三分了。既然没有马公子替璋儿满足申牧师的金钱欲，当然申牧师也不再把她当作女儿了。因为璋儿确实不是他的女儿，所以他就开始尽情地辱骂、毒打，致使璋儿受不了申牧师的虐待，跳海自杀。璋儿的死，是对黑暗的社会、封建的家庭、伪善的宗教的强烈控诉。作品还通过铁牛对鹤鸣的虐待，表现地主阶级的残酷狠毒。鹤鸣的父亲天厂在外谋生，母亲带着鹤鸣在家过活。鹤鸣七八岁的时候母亲病死，天厂就只得把儿子托给他族中一位堂兄铁牛，鹤鸣本来有外祖父母可以代养，但铁牛的势力大，他要养鹤鸣，天厂就不敢违背。铁牛从此不但每月收到天厂寄回的养育费，还得了一个不付工钱的长工。鹤鸣不但每天给这伯父放牛，还得挨打受气饿肚子。他还"负担了铁牛的儿子所犯的一切罪过"，过着牛马不如的生活。这都说明作者在自我情绪表现中并未忘记应有的社会批判。

张资平在日本留学时，写了很多关于留学生生活的作品。作品表现了人道主义的倾向，有代表性的作品有《她怅望着祖国的天野》《木马》。

《她怅望着祖国的天野》写了秋儿的不幸命运。秋儿有一个日本的母亲，却有一个中国的父亲，她父亲寿山在中国有妻子和三个男子五个女儿，在日本又与秋儿的母亲林妈生了五个儿子一个女儿秋儿。秋儿最小，寿山被家庭儿女所累。父亲死时，秋儿只有四个月，为生活所迫，林妈就带着秋儿嫁给了一个牧师。秋儿十四岁那年，就决定出门谋生。进了东京近郊一个工场当女工。幼小的秋儿在这里被人强奸又被人抛弃，胎儿也流产了，为了活命她不得不去当妓女。她爱上了一个中国留学生，因为她身上流着中国人的血液。可她又被这留学生抛弃。秋儿虽然没有去过家乡——中国，甚至连梦中也不曾梦见过，但她常常怅望着祖国的天野，幻想她的故乡。作品表现了一定的故国之思。《木马》则表达了对不幸的美兰以及她的母亲瑞枝的同情。两岁的美兰始终不知道父亲是谁，她跟着母亲和外公，生活上异常艰难贫苦，精神上还受别人的欺辱，说她是私生子，别的孩子能够得到的吃的和玩的美兰都不能得到。作品中的留学生，看着美兰可怜，有时也买点小玩具给她，但美兰很想要一个木马，留学生却买不起。最后，美兰失踪了，"一天，两天，一星期，两星期，一个月，两个月，三个月，半年，一年，还不见美兰回来……""听见瑞枝哭美兰时，留学生便后悔不该没有把大木马买给美兰"。作者在这里渲染了一种烦恼、哀愁的情绪，用写实手法，传达出平凡人生的无限忧郁。张资平这种情绪表达，虽疏淡却不乏沉郁、凝重，虽平缓但更见其悠远深长。

郑伯奇在《中国新文学大系·小说三集·导言》中说："回国以后，他最先找到职业，但因为他的负担太重，也不免对生活发起诅咒。他的身边小说，便是这时期写出的。我们看见主人公被家庭拖累，受了不少的气，发了不少的牢骚。这里，他虽然也还用客观的手法去写，可是主观的情感不时爆发。"回国以后的贫寒、孤独、冷漠、落魄的生活，使他的小说融入更多的社会心态和社会生活，在"表现"的因素里添入更多"再现"的成分，并增大了小说的情感容量和社会容量。在《小兄妹》《冰河时代》《寒流》《兵荒》等作品中表现了军阀混战、政局动荡、学校欠薪、夫妻反目、儿女饥病等社会现实。随着作家自我情绪的渲染，他向人们展示出那个时代知识分子穷困潦倒的生活状况和心理状况。《小兄妹》里的主人公是一个大学教授 J，每月说起来也有两三百元的工资，但实际发下来的只有十分之一，而且这十分之一还要拖欠，J 每天晚上准备好第二天的课以后，还得写点文章得点稿费，但一家三口仍然吃了上餐没下餐。妻子又要生孩子了，J 日夜奔走才借了二十八元钱作为接生的费用。营养不良、劳累过度的妻子又得了产褥炎，高烧不退，J 只得卖掉全家值钱的衣服去请医生。妻子要住院，小女儿要请奶妈，J 正为没钱发愁，房东又来要房租了。《寒流》中的 C 因为时局不稳和学校无薪可领造成夫妇间的矛盾，C 决定把夫人和两个孩子送回岭南的乡下去，大孩子两岁，小孩子才七个月。因为贫穷，使 C 成为家里的一个暴君。"C 夫人在 W 市的一年间，可以说是自结婚至今——除了受丈夫的精神和肉体的虐待以外，绝无幸福可言。"C 夫人带着两个孩子回乡下，路上要转几次车，C 也不送，C 夫人是流着眼泪走的。妻儿走后，C 流着泪"紧握着拳向自己头上痛击了几次，痛击了后就伏在书案上狂哭。大概他是敌不住良心的苛责"。最后母子三人消失在路途中，"他焦望了一星期，两星期，三星期……还不见 C 夫人有信寄来"。经济恐慌像一道寒流冲击着每一个无产者的家庭，使无数个家庭妻离子散，家破人亡。《冰河时代》通过知识分子 V 一家度日如年的贫困的描写，揭露这个社会像冰河一样冷酷黑暗。V 已经失业半年了，想翻译一本书，又遇到了难译的一段，译不下去，想写小说，又写不出来，"在这两三年间因为编讲义、写小说，实在把头脑弄伤了，失业之后心绪更加散乱"，"没有创作的心绪"。贫穷失业使他的情绪越来越坏，夫妇俩经常为一点小事吵闹。心烦意乱的 V 只得独自一人跑出门，"只好无目的地向街口跑。他一面走还一面留心去听小孩子的哭音有没有停止"。他无意识地走进一个住贫民窟中的友人 R 的门。V 看到的是更凄惨的场面，R 患风湿病多年，不能行动，R 一家四口人的日常生活全靠替街下的小商人和工人们讼词禀帖来维持。V 觉得"妻的境遇比 R 夫人好得多了，但还敢嫌丈夫穷，真是死不足惜了！"回家后又为照相的事与妻发生冲突，因为小儿吃包子把油滴到妻子唯一能穿出去的素锻夹衣上。V 不得已又跑出门去，一个人在街路里踽踽独行，在寒冷的深夜听见过街的音乐师拉出的胡琴音异常得凄楚，无端地产生了一种哀愁。他想到与妻子不和的原因是"不能使妻子得到普通人应有的物质生活"，"这个责任妻固不能负，只有自己负！但是，事实自己为社会已尽了相当的义务了，自己在社会上的经济地位还是这样卑微。这个责任又归谁负呢？！"作者在这里通过主人公的口，发出了他自己对生活的疑问，对社会的控诉。这些小说把人物置身于多方位的生活重压和精神折磨之中，突出表现了作者对社会现实的极端失望与愤慨之情。这正是自我色彩非常强烈的知识分子穷困潦倒的生活苦酸和百事不遂的悲哀情绪。张资平把自我融于广大的社会空间，使心灵更加贴近现实人生，用自我对人生悲苦生活的真切体验，致力于人生悲哀情绪的表现，从多方面写出处在内外交困境地的主人公的精神压抑和心灵哀伤。

《公债委员》则通过对公债委员陈仲章经历的描写，深刻而真实地揭露了一个尔虞我诈的社会现实。公债委员陈仲章用五百元钱买了一个公债委员的差事，与梁委员一起瞒上欺下，诈取钱财。有了钱的陈委员就去抽大烟，还在城里养了一个妾阿欢，而他自己的妻女却在乡下贫病交加。然而就是这个骗人的陈委员也被梁委员算计了，搞得他失了业。他因为心情不好对阿欢发脾气，使阿欢深夜在雪地里冻病了，最后惨死在医院里。"过街的寒风在哀号，雪的天空更灰暗了。"这种严格的写实手法，真实的客观描绘，悲哀苦酸的情绪，是这类小说创作的突出特色。

二、性爱描写的创作特点

郑伯奇在《中国新文学大系·小说三集·导言》中说："描写两性间的纠葛是他最擅长的地方。在初期，他描写两性关系的小说，还反映一些社会问题，或者写义理和情爱的冲突，或者写因社会地位而引起的恋爱悲剧。《梅岭之春》是这种倾向中最好的作品。"对于张资平的性描写小说，一直是否定多于肯定。笔者认为不能全盘否定，要区别对待具体作品，要看到它有价值的一面。文学既然是人学，性既然在人类的生命繁衍、生存状态和心理世界中占有重要地位，作为人类生活审美描述形态之一的小说，把性作为自己的表现内容和审美对象，则是理所当然的。"五四"作家以现代意识肯定人的自然天性，肯定性的客观存在和价值，从而对压抑、扭曲、蔑视人的封建伦理道德做出大胆彻底的反叛。郁达夫凭借惊世骇俗的率真和勇气，正面剖露青年人的性苦闷和性变态，从而达到了批判现实、揭露黑暗的目的。张资平早期描写性爱的小说，也提出了一些社会问题，具有反对封建礼教、封建婚姻的意义，依然有体现了时代精神的倾向。《梅岭之春》虽然写的是堂叔与侄女之间的性爱，但确有一定的反封建性。主人公保瑛的父亲是个老而且穷的秀才。保瑛一周岁时，母亲又给她生了一个弟弟。因请不起奶妈，就将她送到农村来，嫁给了一个三岁多的丈夫，成了魏家的童养媳。"魏妈在田里工作时，他们一对小夫妻的鼻孔门首都垂着两条青的鼻涕坐在田堤上耍。"到保瑛七岁那年，保瑛的父母段翁夫妇才接她回城进小学。魏妈对保瑛的进学是始终不赞成的，无奈段翁的义务教育的大道理，她只得叫她的童养媳回娘家去了。但魏妈提了个条件，就是保瑛到十六岁时要回来和她的儿子泰安成亲。保瑛十四岁那年毕业了，家里不打算让她再升中学，因为十六岁要回魏家去，中学也念不完。保瑛的堂叔——吉叔，在教会的男女中学兼课，堂叔母希望瑛儿能到她家住一年半年。日间可以上学，晚上代她看小孩子。于是保瑛到了吉叔家里，在吉叔家里生活了一段时间，她觉得"有一种怪力——叔父有一种怪力吸着我不肯放松"。但保瑛立即又想到订了婚的丈夫："明年就要回山村去了，回去和那目不识丁的牧童作伴侣了。我算是和那牧童结了婚的——生下来一周年后和他结了婚的。我是负着有和他组织家庭的义务了。社会都承认我是他的妻了，礼教也不许我有不满的嗟叹，我敢对现代社会为叛逆者么？不，不，不敢……除非我和他离开这野蛮的黑暗的社会到异域去。"保瑛每念到既联姻而未成亲的丈夫，便感到一种痛苦。

就在这年秋天，叔母因流产而死，保瑛承担了叔父的所有家务，并早晚看顾无母之儿，保瑛不想再回小村去了。从此，保瑛与叔父完全是夫妇生活了，保瑛并有了孕。不久，保瑛要回乡下去了，叔父并没有留她。因为叔父怕丢掉教会学校教师的工作。保瑛认为，她和叔父的相爱，照理是很自然而神圣的，不过叔父太卑怯了。但她又认为：他和她的分离完全是因为受了社会习俗的束缚和礼教的限制。她写信告诉叔父说，她回到小村中的第二天早上，发现那牧童睡在她身旁时，她的五脏六腑差不多要碎裂了。保瑛在乡下生下了和叔父的孩子，并在丈夫和婆婆的冷讥热讽中度过了自己的一生。作品对包办婚姻和教会虚伪都进行了批判。

《爱之焦点》也通过对N姐与Q先生的爱情悲剧的描写，揭示了封建世俗观念对人们的束缚。N与Q是同姓，同出自一个族，所以他们的相爱遇到了障碍。M与她是姨表兄妹，这一年也来跟他们同住同上学。M与她有很近的血缘关系，但因为不同姓，家人和外人都认为他们是最合适的一对。最后，她终于没有抵过世俗的观念，与姨表兄M结为夫妇。虽然Q先生多次写信给她，她不愿对不起丈夫而只给了他"一封比嚼棉花还要无味的信"。而当她的丈夫死后三个月，她再去找他，他说他的血早冷息了。封建世俗的观念最终导致他们悲惨的结局。《苔莉》中的女主人公为无爱的婚姻，堕落的丈夫所苦，遂与表弟相爱。表弟在神圣的爱与世俗偏见之间备受精神的痛苦、矛盾的折磨。两人最后宁可蹈海殉情，也不愿向无爱的婚姻屈服。但在这些小说中，男女之间源于本能的性吸引被置于相当突出的地位，性感的美、肉身的诱惑、性的要求成为男女互相取悦、爱慕的重要条件。这种描写是与张资平的文艺观一致的。他曾在《文艺史概要》中写道："自然派之人物描写决不是依据随便的想象，粗略地描写人情就算了事。要进而探究其心理，即取心理学者般的态度。描写要达到可以据心理学证明其确实的境地。更进一步，单描写心理仍不能满足，要加描写生理。心和体有相互的有机的关系，描写心理不能不并及生理。人类是一种生物，其思想行为多受生理状况支配。所以观察人类先要由生理的方面描写。"张资平在《苔莉》中公然宣称："纯洁的恋爱是骗中学生的话。所谓恋爱是由两方的相互的同情和肉感构成的。"郑伯奇在《中国新文学大系·小说三集·导言》中说到了郭沫若在《创造十年》中曾记述着和张资平在福冈初次会面时的一段逸话："进了他的住房，六铺的草席上连矮桌也没有。只是有一条藤手箧，在手箧旁边散着几册书本。我顺手拿了一册来看时，是当时以淫书驰名的《留东外史》。'你怎么在看这样的书呢？' '怎么，不好吗？我觉得他那写实手腕很不坏啦！'"这句话就限定了他的艺术观。至少可以看出他的这种写实的倾向是很早的。后面又有一段谈话可做证明。

"我们在研究自然科学，"我一面走着，一面这样说，"只是在教我们观察外界的自然，我是想由我们的内部发生些什么出来，创作些什么出来。"

"要创作，不也还是先要观察吗？"

"资平这样回答我，我当时觉得他似乎没有懂得我的话，但到现在想来，这两句话正是两人当时的态度不同的地方。资平是倾向于自然主义的，所以他说要创作先要观察，我是倾向于浪漫主义的，所以要全凭直觉来自己创作。资平所说的'观察'，为一个文学家诚然必要。但文学家所要表现的人生社会，不比自然科学，光凭观察是不能够理解的。这一点似乎他当时还没有觉得罢。"

"后来，进了郭沫若的寓所，沫若把他的夫人介绍了。他才知道沫若是娶日本女子的。他回头用中国话对沫若说：'你把材料提供给我罢，老郭，我好写一部《留东外史》的续篇。'"

这段逸话也足见张资平的文学观，以及他所创造社会人的区别了。张资平的观点和描写与弗洛伊德的学说是一致的，即把生的本能看作性欲、性冲动，把性视为人的一切创造活动的根本内驱力的性论学说。在他的小说里确实是把人物的性感觉、性骚动、性冲动作为生命力的体现来加以肯定的，如《苔莉》《蔻拉梭》《爱之焦点》《梅岭之春》《最后的幸福》等作品。男女之间在这种性爱里实现了互相肯定、互相确立，性爱作为一种生命本体力量的外化，既外化了形象，也外化了主体，并且表现出一种对超功利的自由境界的向往和追求。

张资平的艺术才华与艺术个性在性爱领域里充分发挥的同时，从二十世纪二十年代末期开始趋于滥用。张资平渐渐地成了一个性的屈服者，性趣味使他丧失了创作意识而沉湎于游戏写作之渊。因而我们在张资平的小说创作中看到了某种下坠的加速度效应。异常的多产、不知疲倦的创作，在张资平身上表现为越来越大的惰力，使他越来越快地丧失了审美意义上的自我，越来越快地远离了新文学创作的轨道。把所体验的、所观察到的人生当作某种趣味赏玩的对象，仅仅凭借自己的趣味，仅仅依靠已有的艺术手段来进行创作。三角、四角、多角的两性恋爱层出不穷，在这里，对生命的体验和探求意识没有了，只有一个模式制作出来的性爱故事的成品。

导致张资平创作滑坡的，是一种媚世主义倾向。为了使作品畅销，他消极地迁就，甚至追随文学接受低层次的世俗化、趣味化。在表现男女性爱的领域里形成了一种心理惰性，随着审美创造中性意识的淡化以至消失，人的动物性、生理性的要求几乎被抬高到压倒一切的位置。在张资平后期的小说里，肉欲的气息越来越浓，性感官享乐的内容越来越多。《上帝的儿女们》《爱力圈外》可算是这方面的代表作。

第四章　新感觉派与心理分析小说

在中国现代小说史上，第一个具有现代主义成分的流派是创造社。它的成员受德国表现派的影响，强调"艺术是表现，不是再现"，并按照弗洛伊德精神分析学来写潜意识、性心理和变态心理，创作了《叶罗提之墓》《喀尔美萝姑娘》《青烟》《木樨》等短篇小说。在一部分作品（如《残春》《阳春别》）中，还片段地运用了意识流手法。虽然如此，创造社主要还是一个浪漫主义的流派，它的现代主义成分仍然依附于浪漫主义而存在。真正在小说创作领域把现代主义方法向前推进并且构成了独立的小说流派的，是二十世纪二十年代末期到三十年代初期的刘呐鸥、施蛰存、穆时英等人——这就是当时所称的"新感觉派"。

第一节　中国新感觉派的形成

新感觉派崛起于二十世纪二十年代的日本。它同以德国为中心的表现派、以法国为中心的超现实派、以意大利为中心的未来派、以英美为中心的意识流文学，都属于二十世纪西方现代派文学的范畴。所谓新感觉派，这是日本文艺评论家千叶龟雄给日本《文艺时代》杂志周围那批作家（横光利一、川端康成、中河与一、片冈铁兵等）起的名称，同这些作家最初在创作实践上、随后在理论主张上追求的一种新的艺术倾向有直接关系。日本新感觉派受欧洲现代派文学的影响，与传统的写实主义相对立。川端康成在《新进作家的新倾向解说》中曾说："表现主义的认识论，达达主义的思想表达方法，就是新感觉派表现的理论根据""也可以把表现主义称作我们之父，把达达派称作我们之母"。这些作家不愿意单纯描写外部现实，而是强调直觉，强调主观感受，力图把主观的感觉印象投进客体，以创造对事物的新的感受方法，创造所谓由智力构成的"新现实"。横光利一的短篇《头与腹》、长篇《上海》，川端康成的《伊豆的舞女》，便代表了这种作风。因此，有人把这种主张叫作"主客观合一主义"。横光利一那篇《新感觉论》，就提倡新的文学要以快速的节奏和特殊的表现为基础，从理想的感觉出发进行创作，把自然主义或现实主义作为过时的墓碑加以抛弃。所谓"特殊的表现"，就是从直觉、主观感觉出发来革新小说的技巧，包括革新表达方式和语言辞藻等。横光利一的短篇小说《日轮》中，就有这样的文字："他捡起一块小石头，扔进森林。森林把月光从几片柏树叶子上掸掉，喃喃地自言自语。"

采用这种写法，力图使描写对象获得生命并显示出作者的个性。片冈铁兵曾说："要使作者的生命活在物质之中，活在状态之中，最直接、最现实的联系电源就是感觉。"可见他们把追求新奇的感觉当作创作的关键。他们的杂志《文艺时代》寿命很短：从一九二四年创刊，到一九二七年就停刊了。成员随即也发生了分化：片冈铁兵向左转，加入日本无产阶级文学运动中去；而横光利一、川端康成等自一九三〇年起又走上新心理主义的路，更多地接受了英美意识流文学的影响，写出了《机械》《时间》《水晶幻想》等小说，后来又或早或晚地回到传统文学的道路上。

中国新感觉派小说是在日本的影响下发展起来的。它的酝酿，应该从一九二八年九月刘呐鸥创办的《无轨列车》半月刊算起。最早的尝试者就是刘呐鸥。《无轨列车》发表的稿件，内容倾向于进步，艺术形式上则追求创新。经常撰稿人除刘呐鸥外，有写着现代诗并热衷于介绍法国文学的戴望舒，有外国文学的翻译家徐霞村，有正在尝试写多种形式的小说的施蛰存，还有译、作兼擅的杜衡、林徽因等人（冯雪峰在革命文学论争期间为鲁迅辩护的著名论文《革命与知识阶级》，也是发表在这个刊物上的）。当时，对日本新感觉派有较大影响的法国作家保尔·穆杭恰好来华，《无轨列车》第四期译载了《保尔·穆杭论》，介绍了他的生平和创作的印象主义、感觉主义的特点，还翻译了他的两篇很短的作品。编后记中说："《无轨列车》这一期可算是穆杭的一小专号。穆杭在中国虽然很少有人知道，可是他现在不但是法国文坛的宠儿，而且是万人注目的一个世界新兴艺术的先驱者。"（其实，穆杭也还只是法国一个二三流通俗作家，虽然他的《夜开着》《夜闭着》颇有名。）《无轨列车》共出八期，到一九二八年底就被国民党政府封闭，但从发表的诗和小说来看，已初步显示出现代主义倾向。

《无轨列车》停刊以后，一九二九年九月，施蛰存、徐霞村、刘呐鸥、戴望舒又组合在一起，共同创办了《新文艺》月刊（四人均任编委）。在冯雪峰的推动下，《新文艺》政治上支持成立"左联"，第五期《编辑的话》说："一九三〇年的文坛终于将让普罗文学抬头起来，同人等不愿自己和读者都萎靡着永远做一个苟安偷乐的读书人，所以对于本刊第二卷起的编辑方针也决定改换一种精神。"确实，一卷六期以后的《新文艺》，无产阶级文学的色彩更浓了起来。但同时，创作上的新感觉主义倾向也有了发展。刘呐鸥写了八篇用感觉主义和意识流方法表现现代都市生活的小说，不久编集为《都市风景线》正式出版。他还翻译印行了日本作家横光利一、片冈铁兵、池谷信三郎等的一部短篇小说选集《色情文化》，书前的《译者题记》说："文艺是时代的反映，好的作品总要把时代的彩色和空气描出来的。在这时期里能够把日本的时代色彩描给我们看的也只有新'感觉派'一派的作品。这儿所选的片冈、横光、池谷等三人都是这一派的健将。他们都是描写着现代日本资本主义社会的腐烂期的不健全的生活，而在作品中表露着这些对于明日的社会，将来的新途径的暗示。"可见，刘呐鸥对日本的新感觉派评价很高。另一部横光利一的短篇小说集《新郎的感想》，这时也由郭建英翻译过来。而施蛰存，在早年写的抒情味很重的短篇小说集《上元灯》出版以后，创作方向也转到自觉地运用弗洛伊德学说来分析、表现人物的心理，这就有了《鸠摩罗什》《将军底头》等小说，开始显示出另一种特色。到一九三〇年春天，穆时英的小说《咱们的世界》也发表在《新文艺》第六期上。尽管穆时英最初发表的几篇小说（后收入《南北极》集）与新感觉特点并无干系，但他毕竟已经和这个流派的骨干刘呐鸥、施蛰存等人取得了联系，为后来进入这个流派准备了条件。《新文艺》出到一九三〇年初夏，又被国民党政府封闭，他们的尝试再次搁浅，有时写些作品，只好在《小说月报》《文艺月刊》等其他刊物上发表。

一九三二年五月，《现代》杂志创刊，标志着这些作家作为一个流派已经集结在一起。尽管《现代》杂志在《创刊宣言》中声称："本志并不预备造成任何一种文学上的思潮、主义或党派。"但实际上，编者施蛰存对穆时英、刘呐鸥的作品给予了很高的评价。如创刊号将穆时英小说《公墓》发在首篇，《编辑座谈》曾提到，尤其穆时英先生，自从他的处女创作集《南北极》出版了之后，他的创作有了更进一步的提高，他将自本期所刊载的《公墓》为始，在同一个作风下，创造他的永久的文学生命，这是值得为读者报告的。二卷一期发表穆时英《上海的狐步舞》、刘呐鸥《赤道下》，编者施蛰存写的《社中日记》说，穆时英的《上海的狐步舞》是他从去年起就计划着的一个长篇中的一个断片，所以是没有故事的。但是，据我个人的私见看来，就是论技巧、论章法，也已经是一篇很可看的东西了。他还说："我觉得在目下的文艺界中，穆时英君和刘呐鸥君以圆熟的技巧给予人的新鲜的文艺味是很可珍贵的。"杜衡在一卷六期答复舒月的批评时也说过，时英的创作，与其说是用了旧的技巧，不如说是用了新的技巧，而且确实是在这新技巧的尝试上取得成功的。可见，他们对穆、刘二人的作品都是高度赞赏并积极鼓吹的。穆时英具有流派特点的那些代表作，如《夜总会里的五个人》《街景》《上海的狐步舞》等，都发表在《现代》杂志上，先后共有十几篇之多，有一段时间几乎达到每期一篇的程度。在这前后，施蛰存那些按弗洛伊德学说写的心理分析小说也扩大了影响。《现代》上就有《将军底头》这本集子的评论和赞誉。《梅雨之夕》集里的作品发表后也引起种种反响，其中如《四喜子的生意》，在取材、写法、语言等方面，都受了穆时英的影响。此外，《现代》杂志还介绍了更多外国现代派小说作家，如英国的詹姆斯·乔伊斯，美国的福克纳，法国的阿保里奈尔，日本的横光利一、池谷信三郎等。所以，我们尽管不能说《现代》杂志是一个现代主义流派的刊物，但我们却可以说：《现代》杂志里确实存在一个现代主义小说流派——新感觉派。这样说是符合实际的。

第二节　新感觉派主要作家

中国新感觉派主要有三名作家：刘呐鸥、施蛰存、穆时英。对于他们的情况，过去的文学史中很少提到，一般读者不免生疏。第一节已针对他们的作品做过阐述，这里就作者的创作背景和思想做简单介绍。

一、刘呐鸥

刘呐鸥，原名刘灿波，笔名洛生。中国新感觉派小说代表人物之一。

刘呐鸥年轻时在东京青山学院专攻文学，日本庆应大学文科毕业，日文、英文都很好。回国后，二十世纪二十年代中期又在上海震旦大学法文特别班攻读法文，并在那里结识了班内同学杜衡、施蛰存、戴望舒。因此，刘呐鸥对日本文学、法国文学都有一定的认识。一九二八年，他先创办第一线书店；被查封后，第二年又经营水沫书店，出版了许多进步书刊，其中值得特别重视的是《马克思主义文艺论丛》（后改名《科学的艺术论丛书》）。刘呐鸥也翻译过进步书籍（如苏联弗里契的《艺术社会学》）以及日本新感觉派小说集。水沫书店当时是左翼文学的大本营。它还造就了一些新进作家，像戴望舒、杜衡、施蛰存等都在书店里担任过经理与编辑之类职务。《无轨列车》《新文艺》被国民党政府封闭后，刘呐鸥又创办过《现代电影》（出了七期）。到一九三二年一月水沫书店毁于"一·二八"战火后，刘呐鸥一度远走日本。一九三六年又和穆时英等人合编文学刊物《六艺》。

刘呐鸥著作有短篇小说集《都市风景线》以及集外的《赤道下》等少量小说，还有《电影节奏简论》《关于作者的态度》（均载《现代电影》）等论文。《都市风景线》包括作者一九二八年至一九二九年写的八篇小说，出版于一九三〇年四月，这是中国第一部较多地采用现代派手法技巧写的短篇小说集，当时被一些作家认为"看不大懂"。之所以如此，就因为作者采用了适应于现代都市生活快速节奏的跳跃手法、意识流手法、心理分析方法以及并不见得高明的象征讽喻手法。这些小说着重暴露了资产阶级男女腐朽、糜烂、空虚、堕落的生活，他们把一切都化为赤裸裸的金钱关系，无所谓纯真的爱情，只剩下逢场作戏而已（《游戏》《两个时间的不感症者》《礼仪和卫生》等篇都属于这种特点）。有一两篇也触及到资产阶级的对立面——无产者的反抗和斗争，多少暗示了新兴阶级的远大前途（如《流》）。但是，刘呐鸥的小说在暴露资产阶级的腐朽、堕落生活时，实际上也不无欣赏，这就使他的作品带有不健康的内容。《都市风景线》在运用新的形式、技巧方面的意义，大于作品的思想意义。二十世纪三十年代，刘呐鸥写的文章很少。他的集外小说的作风，大体也与《都市风景线》相似。

二、施蛰存

施蛰存曾用笔名安华，出生于杭州，幼年随父母去苏州，辛亥革命后又长期迁居松江。他后来的小说除写上海之外，往往以这三处为背景。

施蛰存中学毕业后先入杭州之江大学，次年入上海大学。一九二六年秋，转入震旦大学法文特别班。同年，加入共青团。一九二七年"四·一二"事变后，回松江任中学教员。一九二八年秋，为帮助刘呐鸥做书店的编辑出版工作，常往来于上海与松江之间。先后参加过《无轨列车》《新文艺》等刊物的编辑。一九三二年应上海现代书局之聘，主编大型文学月刊《现代》（先独编，后与杜衡合编），从此成为专业文艺工作者，到一九三五年出至六卷二期后才因故辞职；还编过《文艺风景》。在此前后又应上海杂志公司之聘，与阿英同编《中国文学珍本丛书》，出了七十多种。抗战爆发后在云南大学、厦门大学等校任教。一九四七年回沪，又在暨南大学、光华大学执教。一九五二年院系调整后在华东师大中文系任教授。

施蛰存一九二六年在震旦大学法文班时，就曾和戴望舒、杜衡、刘呐鸥等人创办了一个小型文艺刊物《璎珞》旬刊，但只出四期就夭折了。此后在《小说月报》上发表小说。最早的小说集是自费印刷的《江干集》《娟子姑娘》和《追》。作者自己后来"悔其少作"，将一九二九年十月出版的《上元灯》称为"我正式的第一个短篇集"。《上元灯》集里的十篇作品，抒情气息较重，艺术上颇有特色，得到文艺界的好评。这些作品大多以成年人怀旧的感情来回顾少年时代的某段经历、某次邂逅、某种青梅竹马之情，抒发人生的感慨，带着淡淡的哀愁，犹如江上的暮霭、夜半的笛音，写得单纯，有诗的意趣，感情也比较纯洁。除《渔人何长庆》一篇外，其他九篇都是第一人称。《上元灯》通过元宵节前扎灯、赏灯的活动，活泼、真切地写出了少年男女最初萌发的爱情。《栗·芋》《闵行秋日纪事》则在较为复杂的背景下反映了社会世态的某些侧面，表现了一些出人意料的事件和人物。《栗芋》中那位女主人公，当她还是奶妈时，待主人家两个孩子非常好，但到她成为主妇以后，原先那点慈爱、贤惠却已无存，待两个孩子极其残酷和苛刻，表现了一种令人可叹的世情。《闵行秋日纪事》中那位活泼聪明能干的姑娘，却原来是个剽悍的盐贩子。《周夫人》《宏智法师的出家》两篇，则开始显示出弗洛伊德学说的影响，预示着施蛰存后来的变化。从总的方面看，《上元灯》这本集子不以人物形象刻画的饱满取胜，而以蕴含诗情、烘托气氛见长。

施蛰存有意识地运用精神分析学来创作的小说，主要是《将军底头》《梅雨之夕》《善女人行品》，这是他接受奥地利心理分析小说家显尼志勒影响的结果。《将军底头》收了四篇近于中篇的小说，除《阿褴公主》稍有不同之外，其他都是用精神分析学观点来写古代历史人物的。作者在《自序》中说："自从《鸠摩罗什》在《新文艺》月刊上发表以来，朋友们都鼓励我多写这一类的小说，而我自己也努力着想在这一方面开辟一条创作的新蹊径。但是草草三年，所成者却只有这样四篇。"这里所谓"开辟一条创作的新蹊径"，也就是运用弗洛伊德的精神分析学来解释历史上的种种事件和人物，通过心理分析方法加以表现。用作者自己的话说，"《鸠摩罗什》是写道德和爱的冲突，《将军底头》却写种族和爱的冲突。至于《石秀》一篇，我是只用力在描写一种性欲心理"。但是，更多地体现施蛰存心理小说的特点的，应该是收在《梅雨之夕》《善女人行品》两集里写现实生活的二十二篇作品。这二十二篇作品中，有不少是典型的心理分析小说，作者也说《梅雨之夕》"是描写一种心理过程的"，《善女人行品》则又增加了较多讽刺的色彩。这些作品大多在对日常题材的处理中，隐喻着反封建以至反资本主义的社会意义。例如《雾》，写一个相当守旧的神父的女儿，二十八岁还没有找到理想的对象，有一次因为赶去上海去参加表妹的婚礼，在火车上碰到一位青年绅士，交谈之下颇为中意，对方也给她留下了名片以备以后通信联系。然而当表妹羡慕地告诉她，留下名片的男子原来是一位出名的电影明星时，这位神父的女儿竟"好像受了意外的袭击"，她觉得自己受了欺骗和侮辱，内心里骂这个男子是"一个下贱的戏子"，她"不懂表妹为什么这样羡慕一个戏子"。小说表明，在二十世纪三十年代，即使有些受过教育的女性，封建守旧的思想意识其实还是深入骨髓的。至于《善女人行品》中《春阳》等篇，其内涵更是相当丰富和深刻的。也有一些作品，例如《魔道》，虽然说不上一定有多少社会意义，它只是借"我"的一次周末旅行，描画了一个敏感多疑的妄想症患者的病态心理，但在艺术上却称得上是颇为出色的创作。小说运用较为圆熟的意识流手法，从黑衣老妇出现在车厢中开始写起，完全通过日常生活场景在精神病患者身上引起的反应——种种错觉、幻觉和妄想，既生动刻画了病人的性格，又活灵活现地营造出一种神秘乃至恐怖的气氛。直到结尾时，家中电报还传来三岁女孩的死讯，而且"我又看见黑衣裳老妇孤独地踅进小巷"，依然保持了神秘的扑朔迷离的魔幻效果，这不能不说是小说的很大成功。

施蛰存最后一部短篇小说集是一九三六年出版的《小珍集》，这时他已经从现代主义又回到现实主义道路上来了。《小珍集》所反映的社会生活内容比较开阔，揭露了江南地区发生的形形色色的怪现象，思想意义比较鲜明。当然，所谓回归到现实主义道路上来，这并不是简单的复归，并不能理解为兜了一个圈子又回到了老地方。这是一种前进，一种发展，它扬弃了某些非理性的方面，保留了心理分析小说的一些长处。像《鸥》这一篇，就较多地保留了新感觉派小说的某些特点，而《名片》这一篇，则在现实主义基础上吸取了心理分析小说的长处。

施蛰存没有收入集子中的最后一篇小说是《黄心大师》（发表在朱光潜主编的《文学杂志》上），这是试用传统手法写就的小说，但我们依然可以从中闻出弗洛伊德主义的气味。可见，直到最后，施蛰存小说创作中精神分析学的烙印还是没有完全抹掉的。

三、穆时英

穆时英，笔名伐扬、匿名子，中国现代小说家，新感觉派代表人物之一。

穆时英幼年随父亲来到上海，在上海读完中学和大学（毕业于光华大学）。一九二九年开始写小说。一九三〇年春天在《新文艺》上发表《咱们的世界》《黑旋风》等作品时，他还不足十八岁。施蛰存把他的《南北极》推荐到《小说月报》发表后，引起了文艺界的重视。这些最初发表的小说，后来都收入一九三二年一月出版的《南北极》。集子里五篇小说，大多以闯荡江湖的流浪汉为主人公，写出了贫富对立、阶级压迫、自发反抗乃至革命造反等内容。它们全部是第一人称，而且纯熟地运用了都市下层人民的口语，麻利、泼辣、粗犷，没有知识分子气，同作品所写的人物和所要表现的内容比较谐调，这在当时是相当难得的。但穆时英的小说从一开始就流露出流氓无产者的气息，无论是作品的人物或体现的思想，都有一点不正，都有一点疯狂。从这方面说，穆时英后来的发展变化，绝不是偶然的。

《南北极》中的作品，并没有新感觉派的味道。穆时英小说具有新感觉派特点，是从一九三二年的创作开始。收入《公墓》（一九三三年六月出版）和《白金的女体塑像》（一九三四年七月出版）两集里的小说，采用感觉主义、印象主义方法，写了上海社会中的形形色色，人物尤以舞场男女为多，它们给当时文坛造成了一种描写都市爱情生活的甜腻腻而又轻飘飘的"海派文学"或者"洋场文学"的风气，使一些人竞相模拟，也使穆时英获得了"中国新感觉派圣手"的称号。中国最早介绍日本新感觉派的是刘呐鸥，穆的小说在题材与人物方面都很接近于刘，却比刘写得活泼，更见才华，更有新感觉派特点。有人形容穆时英是："满肚子堀口大学式的俏皮语，有着横光利一的小说作风，和林房雄一样的在创造着簇新的小说的形式。"可见，他是自觉地在学习日本新感觉派，自觉地在探索中国新感觉派的创作道路。他的小说写法、风格确实比较多样：既能用纯熟的市民口语写《南北极》那样的作品，也能用意识流、感觉主义、心理分析写《夜总会里的五个人》《街景》《上海的狐步舞》《白金的女体塑像》这类新感觉派代表作，还能用流畅、细腻的散文笔调写《公墓》《梅花落》《父亲》这类抒情小说——他可以说是个有几副笔墨的多面手。

在政治思想上，穆时英前后态度有很大变化。最初，左翼作家对穆时英小说既肯定其成就，也指出其流氓无产者意识等缺点。穆时英当时对左翼作家这种批评是接受的，他之后写的《偷面包的面包师》《断了条胳膊的人》，题材与早年《南北极》里小说差不多，而内容则纯正、干净得多了。但到一九三三年前后，穆时英开始过起纸醉金迷的生活，政治上也发生变化，参加了官方图书杂志审查会。这种变化，在他一九三四年五月写的《白金的女体塑像》一书的《自序》中可窥见端倪，他说：

我是去年突然地被扔到铁轨上，一面回顾着从后面赶上来的一小时五十公里的急行列车……二十三年来的精神上的储蓄猛地崩坠了下来，失去了一切概念，一切信仰；一切标准、规律、价值全模糊了起来；……

作者实际上承认了自己政治上转向，终于被时代列车抛弃的事实。在一九三三年二月写的《公墓·自序》中，他也承认："也许我是犯过罪的。"正是政治思想上的这种变化，急剧地影响到他的创作的内容，使他写出《Pierrot》那样的作品。后来穆时英除了写少量新感觉派小说外，还去写间谍小说，并出版了第四本小说集《圣处女的感情》。

穆时英也写长篇小说。处女作《交流》就是他自费出版的长篇试作。一九三二年起，他创作了一部他自视为很有时代性的《中国行进》。小说"写一九三一年大水灾和'九一八'的前夕中国农村的破落，城市里民族资本主义和国际资本主义的斗争"，包括上海的一·二八战争等内容，写完后未能立即出版。

一九三五年，穆时英与叶灵凤合编《文艺画报》，不久又去筹办《六艺月刊》。此后，他就离开上海去了香港。

第三节 新感觉派小说的创作特色

中国新感觉派受到日本新感觉派的影响，虽与他们有相似之处，却也有自己的特色。中国新感觉派实际上是把日本这个流派起先提倡的新感觉主义与后来提倡的新心理主义两个阶段结合起来了。其中，刘呐鸥、穆时英的作品如果说具有较多新感觉主义的特点，那么，施蛰存的小说主要是新心理主义的产物，也可以说是典型的心理分析派作品。尽管如此，作为一个流派，他们毕竟又有一些共同的创作特色。

中国新感觉派创作的第一个显著特色，是在快速的节奏中表现现代大都市的生活，尤其表现半殖民地都市的畸形和病态。可以说，新感觉派是中国现代都市文学开拓者中的重要一支。

鲁迅在一九二六年谈到俄国诗人勃洛克时，曾经赞许地称他为俄国"现代都会诗人的第一人"，并且说，中国没有这样的都会诗人，我们有馆阁诗人、山林诗人、花月诗人……如果说二十世纪二十年代前半期中国确实没有"都会诗人"或"都会作家"的话，那么，到二十年代末期和三十年代初期可以说已经产生了——而且产生了不止一种类型。写《子夜》的茅盾，写《上海狂舞曲》的楼适夷，便是其中的一种类型，他们是站在先进阶级立场上来写灯红酒绿的都市的黄昏的（《子夜》初名就叫《夕阳》）。另一种类型就是刘呐鸥、穆时英等受了日本新感觉主义影响的这些作家，他们也在描写上海这种现代大都市生活中显示出自己的特长。

他们写大都市中形形色色的日常现象和世态人情，从舞女、少爷、水手、姨太太、资本家、投机商、公司职员到各类市民，以及劳动者、流氓无产者等，几乎无所不包。这种描写常常采取快速的节奏、跳跃的结构，如霓虹灯闪烁变幻似的，迥异于过去小说用从容舒缓的叙述方法表现恬淡的农村风光、宁静的生活气氛。有人在介绍刘呐鸥的小说集《都市风景线》时说，呐鸥先生是一位敏感的都市人，在他的作品中，我们看出了这不健全的、糜烂的、罪恶的资产阶级的生活的剪影和那即刻要抬起头来的新的力量的暗示。

这种说法大体上是切中特点的。当时左翼作者（署名壮一）的文章也说："意识地描写都市现代性的作家，在中国似乎最初是《都市风景线》的作者呐鸥。"本来，新感觉派的先驱者往往都以描写大都市生活见长：像法国拉博就被称为善于以"头等车上旅客"的身份描绘"都市风景线"——表现现代都市的物质文明；保尔·穆杭的《夜开着》《夜闭着》，横光利一的《上海》，也都是以描写现代大都市生活著称的长篇。刘呐鸥的小说集所以叫作《都市风景线》，就同这些外国作家的先导和影响有关。他的小说场景，涉及赛马场、夜总会、电影院、大旅馆、小轿车、富豪别墅、滨海浴场、特快列车等现代都市生活的各个方面，其中心主题则是暴露资产阶级男女的堕落和荒淫。继刘呐鸥小说而起的，就是穆时英那些收在《公墓》《白金的女体塑像》等集子里的作品。他在创作都市文学方面的地位，实际上比刘呐鸥还重要些。杜衡在二十世纪三十年代初期说过，中国是有都市而没有描写都市的文学，或是描写了都市而没有采取适合这种描写的手法。在这方面，刘呐鸥算是开了一个头，但是他没有好好地继续下去，而且他的作品还有着"非中国"即"非现实"的缺点。能够避免这个缺点而继续努力的，是穆时英。苏雪林也说："穆时英……是都市文学的先驱作家，在这一点上他可以和保尔·穆杭、辛克莱·路易士以及日本作家横光利一、堀口大学相比。"以穆时英的《夜总会里的五个人》为例，它取一个周末的夜总会作为场景，从这个横断面反映了旧上海这个大都市的生活，可以说是上海的一个缩影。作品里这五个主人公，一个是在交易所投机失败以致破产的资本家胡均益，一个是失恋的大学生郑萍，一个是失业的市政府职员缪宗旦，一个是失去了青春的交际花黄黛茜，一个是整天研究《哈姆雷特》各种版本、迷失了方向、越研究越糊涂的学者季洁，他们都带着自己的极大苦恼，在星期六晚上拥进了夜总会，疯狂地跳着舞，从疯狂中寻找更大的刺激，一直跳到第二天黎明的最后一支乐曲为止。出门时，破产了的"金子大王"胡均益终于开枪自杀，其余人把他送进了墓地，为他送葬。这就是二十世纪三十年代上海的一个周末。《上海的狐步舞》则更进一步接触到上海这个半殖民地都市的某种本质："造在地狱上的天堂。"应该说，这些描写是有真实性的。小说有异常快速的节奏，电影镜头般跳跃的结构，在读者面前展现出眼花缭乱的场面，以显示人物的半疯狂的精神状态，所有这些，都具有现代主义的特点。此外，穆时英在采用刘呐鸥惯用的题材时，往往能写出人物内心的悲哀，这也是他比刘呐鸥显得深沉的地方。他的人物尽管"戴了快乐的面具"，却都有大大小小的精神伤痕。作者在《公墓·自序》中说："在我们的社会里，有被生活压扁了的人，也有被生活挤出来的人，可是那些人并不一定，或是说，并不必然地要显出反抗、悲愤、仇恨之类的脸来；他们可以在悲哀的脸上戴了快乐的面具的。每一个人，除非他是毫无感觉的人，在心的深底里都蕴藏着一种寂寞感，一种没法排除的寂寞感。每一个人，都是部分地或是全部地不能被人了解的，而且是精神地隔绝了的。每一个人都能感觉到这些。生活的苦味越是尝得多，感觉越是灵敏的人，那种寂寞就越加深深地钻到骨髓里。"的确，"在悲哀的脸上戴了快乐的面具"，这可以说是穆时英小说人物的一个特点。《黑牡丹》里那个外号叫作"黑牡丹"的舞女的命运，已经算是够好的了：她在一个深夜为了躲避舞客的奸污，从汽车中脱逃狂奔，在一所别墅外边被狼狗扑倒咬伤，得到别墅主人的救护，终于成为这位男主人的妻子而摆脱了原先那种疲倦、紊乱、不安定的生活。但她一直没有对丈夫说出自己的舞女身份，也要求一切知情人为她保密，她不愿再去触动自己灵魂深处的那块伤疤。也正因为这样，穆时英的作品常常充满着一种"同是天涯沦落人，相逢何必曾相识"的人生慨叹和感伤情绪。稍有不同的是施蛰存，他的作品题材范围最为宽广，不仅写上海这个大都市，也写到上海附近一些小城镇的生活，表现出半殖民地半封建环境的一些重要特点，而且作品的内容也比较干净一点。他写大都市生活的那些小说，如《薄暮的舞女》《四喜子的生意》《特吕姑娘》《失业》《鸥》等，偏重在写都市中的下层人物，但节奏也是比较快的。《薄暮的舞女》主要通过电话中的对话，表现舞女的悲哀和辛酸。女主人公渴望结束舞女生涯，急盼情人如约到来，以便终身有靠。她回绝了舞场老板签订合同的要求，也婉言谢绝了舞客的邀请。然而她所等待的人仍不见踪影。最后得到消息：她的情人原来在投机事业中失败，已经破产了。这位舞女绝望了，只得赶紧给已经谢绝了的舞客打电话，赔笑脸，表示接受对方的邀请。作者怀着同情之心而又很冷峻地刻画了女主人公素雯在一个黄昏时刻的心理变化过程，表现得相当活泼生动。《失业》写一个洋行小职员被解雇，领了最后一次薪水以后一路烦恼、混乱、惊恐、焦虑的心情。他在熙熙攘攘的路上碰见一个不太熟的老同学，就好像溺水者抓住一块木板，捞到一点希望。他拉着对方一起进了冷饮店，却忘了叫食品和抢先付钱。他很想开口托老同学为他找份工作，却又不敢谈起自己现在已经失业，怕对方瞧不起。回到家，他闷坐不开口，无故打孩子，最后才在纸上给妻子写了三个字："失业了"。作者将人物心理变化写得惟妙惟肖，既有现实主义的通常写法，也有新感觉主义的跳跃手法。另如《特吕姑娘》等，也都写出了半殖民地都市下层人物的悲哀。总之，二十世纪三十年代新感觉派作家在尝试着开拓都市文学道路方面是有功的。如果说二十年代中国现代小说的成就是在"乡土小说"和表现知识青年生活的"自我小说"方面，那么三十年代都市文学的兴起在现代小说史上就是突出的发展，其中也就包括新感觉派在创作的手法、技巧上的革新。

这个流派的主要艺术特色，是将人的主观感觉、主观印象渗透融合到客体的描写中去。他们那些具有流派特点的作品，既不是外部现实的单纯摹写和再现，也不是内心活动的细腻追踪和展示，而是要将感觉外化，创造和表现那种有强烈主观色彩的所谓"新现实"。刘呐鸥《两个时间的不感症者》是这样开头的：

晴朗的午后。

游倦了的白云两大片，流着光闪闪的汗珠，停留在对面高层建筑物造成连山的头上。远远地眺望着这些都市的墙围，而在眼下俯瞰着一片旷大的青草原的一座高架台，这会早已被为赌心狂热了的人们滚成为蚁巢一般了。紧张变为失望的纸片，被人撕碎满撒在水门汀上。一面欢喜便变了多情的微风，把紧密地依贴着爱人身边的女儿的绿裙翻开了。除了扒手和姨太太，望远镜和春大衣便是今天的两大客人。但是这单说他们的衣袋里还充满着五元钞票的话。尘埃、嘴沫、暗泪和马粪的臭气发散在郁悴的天空里，而跟人们的决议、紧张、失望、落胆、意外、欢喜，造成一个饱和状态的氛围气……

"流着光闪闪的汗珠"的白云，使人了解到上海某一天很高的气温；天空里发散的"尘埃、嘴沫、暗泪和马粪的臭气"，使人体会到赛马场的紧张的气氛；……读了这段写赛马场的文字，我们难道不觉得它的写法异乎寻常吗？是的，它通过视觉、听觉、嗅觉、味觉、触觉的客体化、对象化，使艺术描写具有更强的可感性，具有某种立体感，这正是新感觉派要追求的效果。例如《夜总会里的五个人》写上海租界繁华区的夜景，作者没有一般化地说商店的霓虹灯光如何变幻闪烁，街上行人如何熙熙攘攘，卖报的孩子如何在叫卖晚报，……而是作了这样三段具体描写：

"《大晚夜报》！"卖报的小孩子张着蓝嘴，嘴里有蓝的牙齿和蓝的舌尖儿。他对面的那只蓝霓虹灯的高跟儿鞋尖正冲着他的嘴。

"《大晚夜报》！"忽然他又有了红嘴，从嘴里伸出红舌尖儿来，对面的那只大酒瓶里倒出葡萄酒来了。

红的街，绿的街，蓝的街，紫的街，强烈的色调化装着的都市啊！霓虹灯跳跃着——五色的光潮，变化着的光潮，没有色的光潮——泛滥着光潮的天空，天空中有了酒，有了烟，有了高跟儿鞋，也有了钟……

猛然读到卖报孩子"张着蓝嘴，嘴里有蓝的牙齿和蓝的舌尖儿"时，读者会惊异的。接下去，读到五光十色的霓虹灯的描写，不但不再惊异，而且会感到很真实。像这样把卖晚报孩子的叫卖与周围亚历山大鞋店、约翰生酒铺等商店霓虹灯光的闪烁变化综合起来描写，写出形体、声音、光线、色彩诸种可感因素的交互作用，加上幻觉和想象，就克服了平面感，产生了如临其境的感觉，使人感受到殖民地、半殖民地都市的畸形繁华与紧张跃动的气氛，加深了读者的印象。这种例子不胜枚举。即使在施蛰存的心理分析小说中，感觉的描写也占有重要地位。《魔道》一篇中的心理分析，实际上是建立在某些特殊的感觉——幻觉、错觉的基础上的。黑衣老妇人一出现在车上，主人公就感觉对方满脸"邪气"，它引导人物想入非非，成为整篇小说发展的基础。《梅雨之夕》里那个"我"在打伞送少女的过程中，也有几处使读者感兴趣的感觉描写：一是"我"感到这少女忽然像他年轻时的女伴；二是"我"偶尔看到一家店里站柜台的女子，便仿佛感到对方眼神里有着嫉妒和忧郁，因而怀疑那是他的妻子。这些莫名其妙的感觉，对于刻画主人公特定的心理，起着重要的作用。特别是《魔道》中描写病态的主人公欣赏夕阳下的村野景色相当精彩：

种种颜色在我眼前晃动着。落日的光芒真是不可逼视的，我看见朱红的棺材和金黄的链，辽远地陈列在地平线上。还有呢？……那些一定是殉葬的男女，披着锦绣的衣裳，东伏西倒着，脸上还如活着似的露出了刚才知道陵墓门口已被封闭了的消息的恐怖和失望。——永远的恐怖和失望啊！但是那一块黑色的是什么呢？这样的浓厚，这样的光泽，又好似这样的透明！这是一个斑点，——斑点，谁说的？我的意思是不是说玻璃窗上那个斑点？那究竟是一点什么东西呢？……

这样一段正常人觉得不可思议、莫名其妙的文字，用在小说里那个思维已经有点不正常的主人公身上，却是相当贴切的，可以说恰到好处地表现了他当时的心境。这里的感觉、幻觉写得如此富于色彩，"朱红""金黄""黑色"的对比衬托是这样鲜明而强烈，都体现了新感觉派的某些特点。可惜，这方面的描写，有时不尽成功。

正因为新感觉派注重写各种感觉，有时将视觉、听觉、嗅觉、味觉、触觉这些不同的方面结合起来写，因而容易出现所谓"通感"的现象。西方现代派本来就主张在感觉上"五官不分"，托麦斯有这样的诗句："我听到光的声响，我看到声音的光"，"我的舌头大叫，我的鼻子看到"。新感觉派由于追求感觉的新奇，更需要在"通感"上下功夫。《上海的狐步舞》就有"古铜色的鸦片烟香味"这类句子。以穆时英的感伤气味很重的爱情小说《第二恋》为例，其中更运用了不少"通感"手法。当天真稚嫩的女主人公玛莉第一次露面时，小说通过男主人公"我"的感觉写道：

她的眸子里还遗留着乳香。

两个人感到虽很投合，但因为男方经济地位太低，不敢向女方求婚，于是造成了终生的遗憾。九年以后，玛莉已成为两个孩子的母亲，"我"在景物依旧、人事全非的境况中，准备与玛莉再次见面，这时的心情是：

我觉得很痛苦，同时有一点孩子气的高兴，我坐着，然而在笑里我听得见自己的心的沉重的叹息。我是拖着一个衰老的、破碎的灵魂走回记忆里边来了，走回蜜色的旧梦里边来了。

相见之后，倾诉别情，玛莉为了排解"我"的痛苦，把手"按到我头上来，抚摸着我的头发"，这时"我"产生了这样的感觉：

那只手像一只熨斗，轻轻熨着我的结了许多皱纹的灵魂。

应该说，这类"通感"手法运用的贴切和成功，为新感觉派作品增色不少。

此外，他们在借鉴电影的表现手段、吸取西方意识流手法，以及将诗歌中的叠句等修辞手法运用到小说中创造某种气氛等方面，也都是有特点、有成就的。像《上海的狐步舞》那种场景切换的方法，那种跳跃的镜头和快速的节奏，都借鉴于电影。至于小说《街景》，连时间、空间也是有所颠倒，写得颇有特点的。

总之，新感觉派小说在形式、手法、技巧等方面很重视创新，而且取得了一定的成就。左翼作家楼适夷在《施蛰存的新感觉主义》一文中，批评了施蛰存《在巴黎大戏院》《魔道》这些小说的思想倾向与艺术倾向，但也肯定了作者在艺术形式、手法上所做的新探索。他说："《在巴黎大戏院》与《魔道》无疑的是中国文学上一个新的展开，这样意识地重视着形式的作品，在我的记忆中似乎并不曾于创作文学里见到过。"对于新感觉派小说这方面的特点与成就，我们不应忽视。

在挖掘与表现潜意识、隐意识、日常生活中的微妙心理、变态心理等方面，新感觉派同样显示出重要的特色，并且获得了相当的成就。二十世纪三十年代新感觉派小说中，有一部分专门表现一种心理过程。像刘呐鸥的《残留》，完全用内心独白的方式写成，撇开它感情内容方面的问题暂且不谈，艺术表现上是颇有特色的。小说发表时《新文艺》编者曾说："《残留》是刘呐鸥先生自己很满意的新作，全篇用着心理描写的独白，在文体上是现在我们创作上很少有的。"穆时英的《白金的女体塑像》、施蛰存的整本《梅雨之夕》集子和《春阳》《莼羹》等，都有此特点。这些作品丰富了心理小说的表现手法，增强了心理分析的深刻程度和细密程度，表明了弗洛伊德学说对小说创作影响的积极方面。这里着重以施蛰存的若干作品为例，进行一些探讨。

弗洛伊德主义对施蛰存小说产生影响，也许该从《周夫人》算起。这篇作品通过十二岁的男孩子的所见所感，表现出一个守寡的年轻妇女内心的深沉痛苦，她由于对亡夫的长期思念，以致把这种感情变态地加到了这个可能同亡夫长得多少有点相像的十二岁男孩子身上。如果小说早出现几年，放到"五四"时期，肯定会在社会上引起很大轰动。虽然如此，从表现方法来说，《周夫人》毕竟不是典型的心理分析小说。

真正圆熟地写现实题材的心理小说始于《梅雨之夕》。小说几乎没有什么情节，只是写一位有雨具的男子在街头碰上一个躲雨的姑娘主动将她送回家时一路上的心情。一次完全没有结果的萍水相逢，作者却把人的心理过程写得极为曲折细微而又富有层次。开头是把姑娘作为美的对象来欣赏；然后侧面看姑娘的脸型像自己少年时代的女朋友而发问；再后来雨停了，姑娘道谢告别，男子心里竟埋怨老天爷何不再多下半点钟；最后回到家里怅然若失，甚至有点失魂落魄。这样的描写很能吸引读者，使读者不断发出会心的微笑。不会写的人常常把这类细微的心理过程给拉直了，而施蛰存却能把它写得这样曲折和引人入胜，这是很不容易的。莫泊桑认为，心理分析小说能够"表现一个人精神的最细微的变化和决定我们行动的最隐秘的动机"，"它也能给我们一些和其他一切工作方法同样美好的艺术作品"；因而他主张要使心理分析小说与客观写实小说并存。施蛰存的小说创作实践，同样证明了莫泊桑这一论点的正确。

施蛰存的心理分析小说中，最值得重视的是那些具有较多的反封建意义，而且艺术表现上也相当精致的作品。如《春阳》，文中细致地写了一个三十多岁的中产阶级妇女内心的隐秘活动。十二三年前，她为了得到夫家一大笔产业，在未婚夫病死后抱着丈夫的牌位举行了婚礼。不久公婆也去世了，她得到了遗产，然而被族中人虎视眈眈地窥伺着，只能孤身生活下去。作品从她某天来到上海银行里取钱以后写起，写了她在春天暖和的阳光照耀下内心一些微妙的活动（包括意识和深一层的潜意识），表现她渴望得到爱情、得到幸福的热切心情。然而周围的男子都把她看作有夫之妇，称她为"太太"。她只好颓丧地离开上海回家。小说采用某些几近意识流的手法来写，但写得明白好懂，毫不晦涩费解。另如《莼羹》，写"我"与妻子之间为各自维护自尊心而在究竟由谁做一碗莼菜上产生的家庭生活矛盾，题材完全属于日常琐事。但作者发掘了夫妇双方内在的微妙心理，给人一种新鲜感。妻子因为丈夫有一次许愿说要动手做一碗莼菜汤，于是一定要他兑现，弄得丈夫在稿子写不出来的情况下心情非常烦躁，两人意气用事而起了口角，妻子就哭了。后来丈夫从妻子撒娇地说的"莼菜还没有下锅，晚上还是要你做汤的，我一定要尝尝你给我做的菜肴的味道"这句话中，发现妻子的娇气里潜伏着"一重恋爱的新欲"，才感到"我是完全误会了她"，才感到自己身上原来有大男子主义在做怪。他在心里暗暗责备自己："我拿一个卑劣男子的心测度她了！""高傲壅塞了我的恋爱的灵感，我的确使她大大失望了。"主人公有了这种体会以后，突然对所译诗作的"意向"也有了新的更深层的感受。小说作者从日常生活琐事中发现了残留的大男子主义这种封建思想，对它着力鞭挞。这些作品都把人物心理的分析与社会内容的发掘较好地结合起来，使两者相得益彰，因而成为既有某种思想容量又有鲜明艺术特色的力作，至今仍可供我们借鉴。正是沿着这一方向，施蛰存在复归于现实主义道路之后，仍然以圆熟的笔法，写了《名片》《失业》等保留不少心理分析特点的作品。它们与《春阳》《梅雨之夕》等心理小说一起，共同构成了施蛰存作品中最有价值的部分。夏志清在《中国现代小说史》中，一笔抹杀这部分作品的思想意义与艺术成就，显然是不公正的。

新感觉派的创作实践表明：弗洛伊德关于潜意识的学说，为推进心理分析小说，深入表现人物心理，开辟了新的天地；而这种小说的健康成长，则有赖于作家对人物心理的社会内容做出深入的挖掘。这两个方面的结合，乃是心理分析小说得以发展的康庄大道。以施蛰存为代表的新感觉派作家，正是在这个重要的方面迈出了最初的步伐，取得了一定的成就。

第四节　新感觉派小说的某些倾向性问题

新感觉派小说是二十世纪三十年代海派文学中有成就、有贡献的流派，但同时也带来某些倾向性问题和不太好的后果。这个流派的失误也有一定的代表性，值得我们研究。

首先，醉心于表现"二重人格"，而且较少批判地表现"二重人格"，这是会给文学创作带来误导的一个重要问题。新感觉派作家是着力描绘二重人格的，这是他们的兴趣所在。刘呐鸥、穆时英等作家笔下写得最多、最通常的人是有两类。一类闲得无聊，把生活的一切方面（包括爱情、婚姻在内）都当作游戏。刘呐鸥小说《方程式》里的 Y 先生，半个月可以谈三次恋爱，认识才两天就可以结婚；另一篇小说《游戏》中的女主人公，把爱情与两性关系完全看作逢场作戏，刚和未婚夫定亲又和别人同居。在他们看来，人生不过是玩弄别人和消磨日子而已。另一类则是在生活的轨道上被压扁或挤出了轨道，如《夜总会里的五个人》。这两类人里就有许多有二重人格的人物。如刘呐鸥小说《残留》中的女主人公霞玲，一方面极端思念刚死去的丈夫，非常悲痛，连走路都失去了气力，这一切似乎都很真挚；另一方面，料理完丧事的当天晚上就希望有别的男子代替丈夫来陪伴她。她挑逗一个男朋友没有如愿之后，竟独自在深夜走上街头，任外国水手拥抱、侮辱，这种二重人格，简直到了让人无法理解的程度。当然，施蛰存的作品不止写了上述两类人，他的人物范围比较宽广，而且，他不但写了当代人，还写了古代人，这就是《将军底头》集子里的人物。但值得注意的是，这些古代人，在施蛰存笔下，也往往具有二重人格。例如：《鸠摩罗什》里的那个西域高僧，内心就充满着宗教和情欲的冲突；《石秀》里的主人公石秀，内心就充满着友谊和情欲的冲突；如此等等。当时就有评论者（而且是赞扬施蛰存作品的评论者）指出，《将军底头》集子里的四篇小说，有"一个极大的共同点——二重人格的描写。每一篇的题材都是由生命中的两种背驰的力的冲突来构成的，而这两种力中的一种又始终不变地是色欲"。其中鸠摩罗什已成为多重人格、玩弄魔术的骗子。作品写道："鸠摩罗什从这三重人格的纷乱中，认出自己非但已经不是一个僧人，竟是一个最最卑下的凡人了。现在是为了衣食之故，假装着是个大德僧人，在弘治王的荫覆之下愚弄那些无知的善男子、善女人和东土的比丘僧、比丘尼。当初在母亲面前的誓言和企图，是完全谈不到了。他悲悼着自己。"

新感觉派小说家所以热衷于表现二重人格，这同弗洛伊德学说主张人的"本我"都包含着与"性的冲动"相平行的"侵犯冲动"这种理论有直接关系。在弗洛伊德看来，人的本能就是自私的，总想"侵犯"或"占有"别人的。一旦"本我"受到"自我"（理智）或"超我"（道德）的限制，就会形成矛盾。因此，二重人格或多重人格，是弗洛伊德学说必然会得出的结论。接受弗洛伊德这种观点，当然就会醉心于刻画二重人格乃至多重人格。

应该说，我们并不笼统地、一概而论地反对写二重人格。生活中确实存在着一定数量的具有二重人格的人物，因此，作品中描写这类人物不但是可以的，而且是需要的；如能描写得真实和深刻，揭示出这类现象产生的社会根源，进行正确的引导，对于读者认识这类人物甚至认识当时社会，都是很有意义的。但是，第一，我们不赞成把人们都看成具有二重人格或本性就是自私的。弗洛伊德认为人本能地都有"侵犯""占有"他人的欲望，这是一种并不科学的见解。婴儿饿了想吃东西，会哭会闹，这是他的本能，但他并不必然要去"侵犯""占有"别人。把要吃的本能引申为每人都有"侵犯冲动"，这在逻辑上至少是不严谨的。我们反对把人神化，但也反对那种在"不要神化"的名义下抹杀事实、把人兽化、把每个人都看成具有二重人格的自私的伪君子。第二，我们也不赞成让文艺作品专门去大写特写具有二重人格的人物。文艺作品有多方面的功能。文艺作品应当充分表现出生活的复杂性，但表现生活的复杂性与刻画"二重人格"的伪君子是两回事，不能混为一谈。第三，我们还应当看到，刘呐鸥、穆时英、施蛰存一些作品中的二重人格，并不完全是从生活出发的，恰恰相反，有时是从作者主观臆测出发的，是作者主观思想的投影。穆时英就曾经坦白承认自己具有"二重人格"。作者的这种二重人格，恐怕未必不会对人物形象的塑造产生影响，未必不会投射到人物形象身上。二十世纪三十年代曾经有人称赞施蛰存《将军底头》这本集子特别是《石秀》的最大好处，是没有将古人现代化，是忠实地写出了古代人的思想面貌。对于这一点，我们实在不敢苟同。《将军底头》里有些作品特别是《石秀》的问题，恰恰在于将古人现代化，将古人弗洛伊德主义化。作者是按照弗洛伊德、霭理斯这些现代人的理论主张来写古代人的。在施蛰存笔下，石秀几乎成了一个现代的色情狂和变态心理者，成了弗洛伊德学说所谓"性的冲动"与"侵犯冲动"的混合物，他不但因私欲不遂、出于忌妒而挑唆杨雄杀死了潘巧云和迎儿，甚至还变态到了专门欣赏"鲜红的血"何等"奇丽"，从被宰割者"桃红色的肢体"，"觉得一阵满足的愉快"。小说三次写到了石秀"欣赏""鲜红的血"的变态心理，近乎嗜血成性！弗洛伊德理论原是在研究精神病患者基础上建立起来的一种学说，它有贡献，也有不尽科学之处，最大的荒谬便在于把正常人都当作疯子。从小说《石秀》的主人公视丑恶为美好，把残酷当有趣，我们就可以感受到这种学说的消极方面。用这种思想塑造出来的石秀，显然没有多少宋代人的气息，分明打着现代色情狂者的印记！生活中即使有这种人物，那也绝不是石秀，只能是另一种人。对于石秀这样一个古代的急公好义的起义英雄来说，究竟是《水浒传》的写法更接近于历史的真实，还是新感觉派作家的写法更接近于历史的真实呢？尽管《水浒传》是一部浪漫主义气息很重的作品，但我们宁可相信《水浒传》所描写的石秀，更接近于历史的真实。

其次，新感觉派小说创作还接受弗洛伊德学说的唯心史观的影响，对一些事件和人物做了不正确的解释。弗洛伊德学说夸大性欲的作用，认为性是起根本作用的因素，认为性能量的转移可以创造了不起的事物，是所谓"力必多"（Libido），几乎把人类的一切现象（也包括许多文化现象）都用性心理来解释。有的新感觉派作家企图按照弗洛伊德主义来解释各种历史事件和历史人物，这就形成了历史唯心主义。日本作家横光利一写过一篇著名的短篇小说，叫作《拿破仑与金钱癣》，就把拿破仑攻打俄罗斯的重大军事行动归因于拿破仑性心理的变态。据说拿破仑有个习惯，他的手老是插在腹部的衣扣里面。小说作者想象：拿破仑的腹部生了一大块癣，他不断地要用手去抓痒。这种癣发作起来奇痒无比，有时要俯伏在冰凉的花岗石地上才能减少痛苦。自从娶了奥地利年轻貌美的公主路伊萨做皇后以后，拿破仑害怕公主发现这种病，腹部老是系着一个布兜。在拿破仑看来，"哪怕单是为了要看他所爱的路伊萨微微一笑，俄罗斯也是应该去征服的。他是这样的爱恋着路伊萨的啊！但他愈是爱她，愈觉得被这位优美的哈布斯堡的新娘看到他那丑肚子上的金钱癣，是最可怕的了。如果可能的话，他这时候为了法兰西皇帝拿破仑·波拿巴特的庄严的肉体的价值起见，也许愿意把他的意大利和腹部的金钱癣交换一下"。不料，有个晚上，拿破仑腹部长癣的秘密被路伊萨皇后发现了，她非常害怕，也非常厌恶，从此不愿跟拿破仑生活在一起。于是平民出身的拿破仑感到受了贵族公主的侮辱，他滋长出了一种报复心理，"感到有这样的一种冲动，要把金钱癣这种平民病堂堂正正地传到那非常高贵而全欧闻名的哈布斯堡的女儿身上：我是一个平民的儿子，我可征服了法兰西，征服了意大利，征服了西班牙、普鲁士与奥地利。我将蹂躏俄罗斯，蹂躏英吉利和东洋。看啊，哈布斯堡的女儿……""翌日，拿破仑便不顾任何反对者，表明了远征俄罗斯的决心"。他要向路伊萨显示一下"他那最得意的军事征服手腕"，可以看出，作者横光利一，完全按照弗洛伊德学说来解释拿破仑东征俄罗斯这个重大历史事件。到二十世纪三十年代施蛰存等人手里，这类小说写得更多。《将军底头》里唐朝的这位吐蕃族将军，在性意识驱使下，抑制了背汉归国的念头；也正是这种性的欲望，造成他被敌人砍去了头颅，而失去头颅以后，还能骑在马上奔回心爱的姑娘身边。《黄心大师》在原先的纯宗教传说中，也隐隐掺进了一些性的因素：小说写南宋时一个名叫恼娘的妇女，在婚姻生活受尽折磨之后，看破红尘，当了尼姑。但铸钟八次，却都失败。后来发现施主原来就是她最初的丈夫。她"明白了一切的因缘"，于是在第九次浇铸时，她一边高声念着佛号，一边奋身跳进沸滚的熔炉中，终于用她的血肉之躯，铸成了一口传之后世的大铜钟。这些都是真实的历史人物。小说作者运用弗洛伊德学说，从性心理这个角度，对原有的故事传说重新做了解释。这种解释对不对？像拿破仑企图征服俄国这样重大的历史事件，能不能用奥地利公主对他不喜欢，于是他产生复仇心理来解释？像唐朝将军英勇作战，掉了脑袋仍不倒下，能否用他喜欢一个姑娘来解释？像南宋时尼姑黄心跳进熔炉里去，能否用潜在的性因素及其大彻大悟来解释？

有点历史文化知识的人都不难做出回答。其实，这些作品都在不同程度地图解弗洛伊德主义。我们说，任何图解都不是真正的文学创作。鲁迅前期也曾经受过弗洛伊德学说的影响，他写《补天》，最初就试图在神话题材中用弗洛伊德学说"解释创造——人和文学的缘起"。但在实际创作过程中，他的态度有所改变。他把女娲炼石补天的场景写得那么壮丽多彩，把女娲用泥做人的劳动写得那么庄严和充满喜悦，就说明他实际是在用生活的逻辑（其实是神话曲折地反映生活的逻辑）去匡正他头脑中先入为主的关于"性的发动"之类弗洛伊德的观点。而施蛰存写《石秀》这样的小说，情况恰好相反：他恰恰在很大程度上脱离了石秀这个急公好义的起义英雄的特定情境，用弗洛伊德学说去修正历史生活的逻辑，使作品成为弗洛伊德理论的一种插图。因此，到底从生活出发，以生活的逻辑去限制和匡正弗洛伊德学说，还是从弗洛伊德学说出发，修改生活本身的逻辑，使生活图景成为弗洛伊德学说的注脚？——这两种创作路子之间的距离，实在是很能发人深省的。

最后，新感觉派有一部分作品（主要是刘呐鸥、穆时英的一些作品）存在着相当突出的颓废、悲观乃至绝望、色情的倾向。一些左翼作家以及朱自清等进步作家在当时就加以批评，这是必要的（尽管批评中也有某些"左"的简单化倾向）。我们不妨举出穆时英的小说《Pierrot》来解剖一下。小说头两节写了主人公潘鹤龄与自己的日本情人琉璃子的凄然告别以及对她的思念。第三、四节写潘鹤龄与朋友们相处，当他从友人口中得知他们对自己作品的各种"妙论"时，"潘鹤龄先生怔住了，他听到他的自信，他故思想，他对于文学的理解，全部崩溃下来的声音"，他奇怪："为什么他们会从我的作品里边看出和我自己所知道的我的思想完全不同的思想？"由此，潘鹤龄进一步思考："批评家和作者的话是靠不住的，可是读者呢？读者就是靠得住的吗？……他们要求我顺从他们，甚至于强迫我；他们给我一个圈子，叫我站在圈子里边，永远不准跑出来，一跑出来就骂我是社会的叛徒，就拒绝我的生存。我为什么要站在他们的圈子里边呢？不站在里边又站在哪儿呢？"既然朋友、批评家和读者都不可靠，主人公于是决定：找我的琉璃子去，"只要不寂寞，还是到东京去做一个流浪者吧！"第五节，潘鹤龄到了日本，发现琉璃子并不忠实于自己，她竟是有情夫的。主人公经过反省，得出结论："这就是文化，就是人类，就是宇宙！每个人都把自己放在最前面，放在一切的前面。我爱琉璃子，是为了我自己，而不是为了她。她也为她自己而出卖我对她的忠诚。只有母亲是不自私的。伟大的母亲啊！回家去吧！家园里该有新鲜的竹笋了吧！"第六节，潘鹤龄回乡，却听到了父母亲要把儿子"当摇钱树"的一番密谈。失望之余，他"跟老实的庄稼人谈话"，"在这些贫苦的、只求保持着最低限度的生存的、穿着褴褛的人们中间，发现了一颗颗真实的心，真的人类"；"忽然，他对于十月革命神往起来"。第七、八、九节写潘鹤龄为群众的热情所感动，积极参加工农斗争，以致被警察抓走。在狱中，他并不屈服，出狱后却被自己的同志认为向敌人投降，没有一个人肯信任他。他终于颓废绝望，精神崩溃，成为虚无主义者。整篇小说宣扬了从批评家、读者、朋友到情人、父母亲，再到工农群众、革命组织，所有的人全不可靠，几乎对人类只能绝望的思想。这是一种骨子里很阴暗的思想。因为按照这种"天下乌鸦一般黑"的思想逻辑，是与非、白与黑、正义与邪恶等一切界限全被泯灭了。与其说这里反映的现实世界太可怕，倒不如说反映的作者的思想太可怕。从我们所掌握的穆时英生平资料来看，这篇小说并非作者的自叙传，而是他为了要宣传一种阴暗思想才为主人公拼凑了这些经历的（小说发表于一九三四年二月，当时穆时英已开始坐到政府书报检察官的高位）。作品的这种悲观主义思想倾向，在二十世纪三十年代新感觉派小说中，具有一定的代表性。它并不是偶然出现的：一方面，反映了作者本身的虚无思想和阴暗心理；另一方面，也表明了当时这个流派在哲学、心理学和文艺思想上无批判地接受西方现代主义所带来的消极影响。

如同新感觉派小说的功绩不应被遗忘一样，新感觉派创作中出现的这些倾向性问题，我们应该予以分析和评论。

第五节　心理分析小说的发展和张爱玲的出现

二十世纪三十年代是心理分析小说获得较大发展的时期。即使不是《新文艺》和《现代》杂志的作家，也曾写过不少心理分析小说。较早的丁玲，就写过《一个女人和一个男人》《他走后》《潜来了客的月夜》等作品。一九三四年出现在南京的另一位女作家沈祖棻（笔名绛燕），也在《诗帆》等刊物上用历史题材写了《马嵬驿》（写杨玉环）、《茂陵的雨夜》（写卓文君）等短篇，颇受时人注意。这些心理分析小说大多用内心独白的方式写成，较二十世纪二十年代的一般水平有明显提高。只要对照"五四"时期杨振声写的《贞女》和二十世纪三十年代施蛰存写的《春阳》这两篇题材相似、思想上都受过弗洛伊德学说影响的小说，就可以了解心理分析小说在中国走过了多么漫长的路程才开始趋于成熟。二十世纪四十年代初张爱玲的出现，则使心理分析小说达到一个小小的高峰。

张爱玲受过新感觉派影响，这不但有她的作品可供分析，而且有她自己的话可作证明。她在散文集《流言》的《写什么》一文中说："初学写文章，我自以为历史小说也会写，普罗文学，新感觉派，以至于较通俗的'家庭伦理'，社会武侠，言情艳情，海阔天空，要怎样就怎样。越到后来越觉得拘束。"在另一处——《流言·童言无忌》中，她也说少年时曾读穆时英的一些作品。可见，说张爱玲曾得益于新感觉派，大概是可以的。但自然，不能据此简单地把她当作新感觉派作家。

张爱玲，曾用笔名梁京，出身于上海一个贵族家庭。祖父张佩纶光绪初年曾为都察院左副都御史，中法马尾战事期间因贻误战机而被革职充军，后为李鸿章幕僚，并成为李鸿章的女婿，在张爱玲出生前十多年去世。祖母是李鸿章的女儿。父亲性情暴戾，染有纳妾、抽鸦片之类纨绔子弟的恶习。母亲黄姓，也是名门世家出身，婚后曾去欧洲留学，与丈夫因感情破裂而离婚。张爱玲很便早失去母爱，父亲和继母对她又相当冷酷，只得从阅读中外小说中寻找自己的乐趣，养成了孤僻的性格。她喜欢阅读《红楼梦》等古典小说和清末民初的通俗小说，也爱读新感觉派小说和英国作家毛姆等人的作品。从监禁她的父亲家中出逃后，张爱玲考入香港大学，连续就读三年，直至太平洋战争爆发后返回上海，开始创作生涯。最早的一批小说如《沉香屑•第一炉香》《茉莉香片》《心经》《倾城之恋》《金锁记》《封锁》等，分别发表在上海沦陷时期的《紫罗兰》《杂志》《万象》《天地》等刊物上，后来结集为《传奇》出版。

张爱玲的中短篇小说，着重表现上海、香港这类大都市里的两性心理，尤其是女性心理。这些作品都有弗洛伊德思想的烙印。如《沉香屑•第二炉香》写了性欲压抑者在走投无路时的自杀；《茉莉香片》表现男主人公聂传庆因得不到父母温爱而变态地对女同学言丹朱嫉恨与报复；《封锁》写城市戒严这段特定时间里一对在电车中邂逅的中年男女微妙的内心活动，颇似施蛰存的《梅雨之夕》；《心经》甚至写父女恋爱，表现弗洛伊德所谓的"恋父情结"；《金锁记》则写小家碧玉曹七巧嫁到官宦人家做一个残疾人的老婆，"她戴着黄金的枷"在姜家过了三十年，没有得到过真正的爱情，性格趋于变态，由于自己没有尝到幸福，她也不让儿女得到幸福。张爱玲小说的实际成就高出于新感觉派作家，她做到了新感觉派作家们想做而没有很好做到的事情，达到了新感觉派作家们想达到而未能达到的高度。

张爱玲小说的成就，首先在于对两性心理的刻画具有前所未见的深刻性。《金锁记》写的曹七巧这类不幸遭遇，"五四"以来的小说曾经不断地加以表现，像杨振声的《贞女》、台静农的《烛焰》、彭家煌的《喜期》、施蛰存的《春阳》，也都在一定程度上实现了各自的意图，获得了不同的成就。但是，把主人公心理写得如此复杂、深刻和透彻，把这类悲剧的后果写得如此细致入微，而又如此震撼人心的，却只有张爱玲的《金锁记》。小说中的曹七巧，自己没有得到幸福而竟要子女也得不到幸福，不仅蛮横逼死儿子长白的媳妇，还要活活拆散女儿长安和童世舫的婚姻，她的这种变态心理，以及她那些刀子似的不断在他人心灵上划出伤痕的话语，实在大长了读者的见识，令人战栗。请读读作者不动声色地写到的七巧破坏女儿长安婚事这一段：

然而风声吹到了七巧耳朵里，七巧背着长安吩咐长白下帖子请童世舫吃便饭。世舫猜着姜家是要警告他一声，不准他和他们小姐藕断丝连，可是他同长白在那阴森高敞的餐室里吃了两盅酒，说了一回话，天气，时局，风土人情，并没有一个字沾到长安身上。冷盘撤了下去，长白突然手按着桌子站了起来。世舫回过头去，只见门口背着光立着一个小身材的老太太，脸看不清楚，穿一件青灰团龙宫织缎袍，双手捧着大红热水袋，身旁夹峙着两个高大的女仆。门外日色昏黄，楼梯上铺着湖绿花格子漆布地衣，一级一级上去，通入没有光的所在。世舫直觉地感觉到那是个疯人——无缘无故的，他只是毛骨悚然。长白介绍道："这就是家母。"世舫挪开椅子站起来，鞠了一躬。七巧将手搭在一个佣妇的胳膊上，款款走了进来，客套了几句，坐下来便敬酒让菜。长白道："妹妹呢？来了客，也不帮着张罗张罗。"七巧道："她再抽两筒就下来了。"世舫吃了一惊，睁眼望着她。七巧忙解释道："这孩子就苦在先天不足，下地就得给她喷烟。后来也是为了病，抽上了这东西。小姐家，够多不方便哪！也不是没戒过，身子又娇，又是由着性儿惯了的，说丢，哪儿就丢得掉呀？戒戒抽抽，这也有十年了。"世舫不由地变了色。七巧有一个疯子的审慎与机智。她知道，一不留心，人们就会用嘲笑的，不信任的眼光截断了她的话锋，她已经习惯了那种痛苦。她怕话说多了要被人看穿了。因此及早止住了自己，忙着添酒布菜。隔了些时，再提起长安的时候，她还是轻描淡写地把那几句话重复了一遍。她那平扁而尖利的喉咙四面割着人像剃刀片。

长安悄悄地走下楼来，玄色花绣鞋与白丝袜停留在日色昏黄的楼梯上。停了一会，又上去了。一级一级，走进没有光的所在。

恰到好处的文字产生了令人惊心动魄的效果。七巧出场时背光而立的幽灵般的身影，她作为母亲竟用尽计谋乃至不惜说谎来断送女儿的终身幸福……这一切都使读者如童世舫般感到"毛骨悚然"，产生难以忘却的深深的悲剧感。作品结尾时有这样一段叙述："七巧似睡非睡横在烟铺上，三十年来她戴着黄金的枷，她用那沉重的枷角劈杀了几个人，没死的也送了半条命。她知道她儿子女儿恨毒了她，她婆家的人恨她，她娘家的人恨她。她摸索着腕上的翠玉镯子，徐徐将那镯子顺着骨瘦如柴的手臂往上推，一直推到腋下。她自己也不能相信她年轻的时候有过滚圆的胳膊。……"委实使人怜悯，引人叹息，又发人深思。七巧无疑是新文学中最复杂、最深刻、最成功的妇女形象之一。此外，《沉香屑·第一炉香》里那个毒蜘蛛似的梁太太，《倾城之恋》里那对上流交际场中的男女——范柳原与白流苏，《红玫瑰与白玫瑰》里那个自以为逢场作戏、实际却既贪又怯的佟振保，他们在张爱玲解剖刀般的笔下，也都被刻画得入木三分。张爱玲的心理分析小说之所以如此出手不凡，其原因在于她不是单纯依靠从书本上得来的弗洛伊德观念，而是植根于生活，得力于生活：依靠从生活中得来的深切感受，依靠长期的观察和深刻的体验。如果说，穆时英、施蛰存还是从外部来写舞女、少爷和各种市民的话，那么，张爱玲本身就是从这个圈子里来的，她对于自己要写的人物——尤其是都市中上层女性，真正做到了"烂熟于心"。张爱玲《流言》集里有篇文章叫《写什么》，正好说清楚了这层道理：

我认为文人该是园里的一棵树，天生在那里的，根深蒂固，越往上长，眼界越宽，看得更远。要往别处发展，也未尝不可以，风吹了种子，播送到远方，另生出一棵树，可是那到底是艰难的事。

"天生在那里的""根深蒂固"——这就透露了张爱玲获得成功的秘密。她还曾向一位访问者这样表示："我写的东西，总得酝酿上一二十年。"正由于生活体验、人生体验的深切，艺术上又经过长时间的反复酝酿，才保证了张爱玲能写得那样深和细，写出了施蛰存、穆时英所写不出的那种深刻和微妙之处。

张爱玲小说的另一个独到的成就，在于意向的丰富与活泼传神。这些意向大多鲜活而富有艺术魅力，例子俯拾即是。《金锁记》里，七巧怀着又爱又恨的复杂感情，掷团扇打翻了玻璃杯，赶走了姜季泽，这时，"酸梅汤沿着桌子一滴一滴朝下滴，像迟迟的夜漏滴，一滴，……一更，二更……一年，一百年。真长，这寂寂的一刹那。"此种意向，同七巧当时又气、又爱、又恨、又悔、又躁急、又空虚的心境是何等吻合，衬托得多么精妙有力。而接着，苏醒的爱情推动七巧，使她跌跌绊绊地赶上楼，"要在楼上的窗户里看他一眼"，终于看到："季泽正在弄堂里望外走，长衫搭在臂上，晴天的风像一群白鸽子钻进他的纺绸裤褂里去，哪儿都钻到了，飘飘拍着翅子。"这一意向，出自七巧这个情人眼里，又能引起多少遐想，它和七巧的心事又相互衬托得多么微妙！至于多次提到的七巧家楼梯的意向："一级一级，通向没有光的所在"，更具有象征性而发人深思。《第一炉香》写梁太太出场时："一个娇小个子的西装少妇跨出车来，一身黑，黑草帽檐上垂下绿色的面网，面网上扣着一个指甲大小的绿宝石蜘蛛，在日光中闪闪烁烁，正爬在她腮帮子上，一亮一暗，亮的时候像一颗欲坠未坠的泪珠，暗的时候便像一粒青痣。"从这时起，绿宝石蜘蛛的意向，便给读者留下极深的印象，随着梁太太的为人越发被人了解，这印象便越发加深。后来薇龙进入梁府，"一抬眼望见钢琴上面，宝蓝磁盘里一棵仙人掌，正是含苞欲放，那苍翠的厚叶子，四下里探着头，像一窝青蛇，那枝头的一捻红，便像吐出的蛇信子"。虽然似乎失之浅露，但同样加深着读者对梁宅的观感、印象。这类意向在张爱玲作品中，常常如泉涌而出，自然活泼，玲珑剔透，增强了小说蕴藉含蓄的力量。

还应该说，张爱玲小说造语新奇，"通感"手法运用得多，艺术感觉异常锐敏精微，具有新感觉派作品的某种色彩。例如：

《金锁记》写七巧的心情："茶给喝了下去，沉重地往腔子里流，一颗心便在热茶里扑通扑通跳。"

《第二炉香》用音响形容月光："到处都是呜呜咽咽笛子似的清辉。"

同一篇写罗杰尴尬的笑："他只把头向后仰着，嘿嘿地笑了起来，他的笑声像一串鞭炮上面炸得稀碎的小红布条子，跳在空中蹦回到他脸上，抽打他的面颊。"

同一篇写罗杰坐在海边的苦恼心情："整个的世界像一个蛀空了的牙齿，麻木木的，倒也不觉得什么，只是风来的时候，隐隐的有一些酸痛。"

《年轻的时候》形容女打字员的装饰："头上吊下一嘟噜黄色的鬈发，细格子呢外衣。口袋里的绿手绢与衬衫的绿押韵。"

同一篇写汝良恋爱中想念沁西亚的兴奋心情："野地里的狗汪汪吠叫。学校里摇起铃来了。晴天上凭空挂下小小一串金色的铃声。沁西亚那一嘟噜黄头发，一个鬈就是一只铃。可爱的沁西亚。"

《封锁》一开头就这样写："开电车的人开电车。在大太阳底下，电车轨道像两条莹莹的、水里钻出来的曲蟮，抽长了，又缩短了；抽长了，又缩短了，就这么样往前移——柔滑的，老长老长的曲蟮，没有完，没有完……"

《留情》写主人公出门遇到微雨天气："米先生定一定神，……微雨的天气像个棕黑的大狗，毛毶毶，湿哜哜，冰冷的黑鼻尖凑到人脸上来嗅个不了。"

《鸿鸾禧》写到玉清的烦倦心情："一个人先走，拖着疲倦的头发到理发店去了。鬈发里感到雨天的疲倦……"

同一篇还这样形容笑声给人的感觉："棠倩的带笑的声音里仿佛也生着牙齿，一起头的时候像是开玩笑地轻轻咬着你，咬到后来就疼痛难熬。"

读过穆时英小说的人，大概都会感到张爱玲上述这类写法很有穆时英的味道。然而，在感觉的锐敏、细致，比拟的精妙、贴切与独创方面，张爱玲小说比之穆时英等新感觉派作品来，实在是有过之而无不及的。

更有意思的是，张爱玲的现代派小说竟是和传统的民族形式相结合的。她在叙述、描写方面，用的是《红楼梦》式的手法和语言。表面上看，它似乎与新感觉派作家大异其趣，其实不然，这条路子实际上正是新感觉派作家开辟的。施蛰存一九三七年春写的最后一篇历史题材心理分析小说《黄心大师》，采用的就是传统的手法和语言。它在《文学杂志》第二期上发表时，曾受到编者朱光潜的称赞，《编辑后记》说：

近来小说作者大半都受了西方的影响。在技巧方面固然促成很大的进步，但是手腕低下者常不免令人起看中国人画的"西画"之感。施蛰存先生的《黄心大师》很有力地证明小说还有一条被人忽视的路可走，并且可以引到一种新境……施先生的作风当然也有西方小说的佳妙处，但是他的特长是在能吸收中国旧小说的优点。他的文字像他自己所说的，是"文白交施"，但是看起来比流行语言还更轻快生动。读许多人的小说，我们常觉得作者是在做文章；读《黄心大师》，我们觉得委实是在"听故事"，而且觉得置身于"听故事"所应有的空气中，家常、亲切，像两个好朋友夜间围炉娓娓谈心似的。

可惜的是，施蛰存本人后来并未沿着这条路写下去，生活本身限制了他，抗战爆发后的客观形势也改变着他的想法。施蛰存没有完成的任务，却由张爱玲承继下来，出色地完成了。这大概得力于她从小所受的旧诗和《红楼梦》一类古典小说的熏陶。张爱玲终于在尝试运用娴熟的民族形式去表现现代派的思想内容方面，取得了创纪录的成功。由于她作品的杰出成就，使现代派小说在中国土壤中扎下了根子。这是张爱玲的又一个大的贡献。

张爱玲虽然不能算是一个狭义的新感觉派作家，但也许可以说在实践现代主义方面是个集大成者。

然而，张爱玲的起点也就是她的顶点。在二十世纪四十年代，她可能已把自己的生活积蓄乃至艺术积淀使尽了。五十年代所写的《赤地之恋》等作品，不但内容上不真实，违背生活逻辑，而且艺术上也平淡无奇，失去了光泽。用作家自己的话来说，它们绝不是"酝酿上一二十年"的产物，只能是离开本土硬"要往别处发展"的树木。同以前的作品相比，它们简直使人难以相信出自同一个张爱玲的手笔。这再一次证明：离开了深切的生活体验，任何一种创作方法都不可能保证产生出色的作品。

第五章 社会剖析派小说

几乎是在新感觉派的都市文学和心理分析小说获得发展的同时，以《子夜》为代表的另一种都市文学应运而生。《子夜》的出现还带来了社会剖析派小说的崛起。这样，在二十世纪三十年代，新感觉派的都市文学与左翼作家的都市文学，心理分析小说与社会剖析小说，这两类作品就互相映衬、互相竞争，并在某种范围内互相影响、互相渗透。初步研究了新感觉派和心理分析小说之后再来考察与之对峙的左翼作家的社会剖析小说，我们将能看到小说史上一些很有趣的现象。

第一节 《子夜》的出现和社会剖析派的形成

一九三三年一月，茅盾的长篇小说《子夜》由上海开明书店出版。它在当时读者和文艺界中迅速引起了热烈的反响。小说印出后"三个多月销至四版，可见轰动之概"。据北平《晨报》一九三三年四月报道，该市某书店一天内竟售出《子夜》一百多册。文学评论家纷纷撰文给予这部作品很高的评价，瞿秋白说："一九三三年在将来的文学史上，没有疑问的要记录《子夜》的出版""这是中国第一部写实主义的成功的长篇小说"。朱自清在《〈子夜〉》一文中也说："这几年我们的长篇小说渐渐多起来了，但真能表现时代的只有茅盾的《蚀》和《子夜》。"可见，《子夜》在中国现代小说史上的划时期意义，当时就为一些文学界人士所觉察和承认。

从茅盾个人来说，《子夜》是他自觉地改变创作道路的一个重大收获，是他创作的一个里程碑。他自己在《子夜》出版后的第二年说："一九二七年中国大革命失败以后，我开始写小说。对于布尔乔亚的文学理论，我曾经有过相当的研究，可是我知道这些旧理论不能指导我的工作，我竭力想从'十月革命'及其文学收获中学习；我困苦地然而坚决地要脱下我的旧外套。"《子夜》就是他要脱下旧外套的实绩。

《子夜》杰出的成就和贡献表现在以下三个方面。

第一，它是中国现代文学史上第一部以科学世界观为指导的社会剖析小说，是运用革命现实主义方法熔铸生活、再现生活的出色成果。《子夜》通过二十世纪三十年代初期上海各阶层生活的真实描绘，力图科学地剖析中国社会，艺术地给以再现。就在《子夜》创作的过程中，茅盾曾经写过这样一段话：

一个作家不但对于社会科学应有全部的透彻的知识，并且真能够懂得，并且运用那社会科学的生命素——唯物辩证法；并且以这辩证法为工具，去从繁复的社会现象中分析出它的动律和动向；并且最后，要用形象的言语艺术的手腕来表现社会现象的各方面，从这些现象中指示出未来的途径。

作者对此显然是身体力行的。当时，思想界已经爆发关于中国社会性质问题的论战：托洛茨基派在《动力》杂志上发表文章，鼓吹中国已走上资本主义道路；左翼知识分子则在《新思潮》杂志上撰文，批驳这种观点，指出中国社会依然是半封建半殖民地性质。《子夜》通过对生活本身的深刻描绘和剖析，有力地回答了思想界提出的问题。主人公吴荪甫发展民族工业计划的可悲失败，证实了所谓"中国已走上资本主义道路"这类说法的虚妄。正像瞿秋白所指出的："应用真正的社会科学，在文艺上表现中国的社会关系和阶级关系，在《子夜》不能够不说是很大的成绩。"

第二，《子夜》在现代文学史上第一次以相当宏大的规模描绘了上海这个现代化大都市，第一次以相当可观的深度刻画了中国民族资产阶级的典型形象。《子夜》是现代都市文学的杰出代表。吴荪甫这个"魁梧刚毅，紫脸多疱"，曾经游历欧美，俨然要充当"二十世纪机械工业时代的英雄、骑士和王子"，最后却在现实的墙上撞得鼻青脸肿的人物，是《子夜》的出色创造，是读者在以前的其他作品中从未见过的。和表现都市生活的内容相适应，作品的内在节奏也加快了。穆时英在一九三六年初完成的长篇小说《中国行进》，据《良友文学丛书》广告，其内容写一九三一年大水灾和"九一八"前夕中国农村的破落，城市里民族资本主义和国际资本主义的斗争，显然受到了包括《子夜》在内的左翼小说的影响。

第三，《子夜》是"五四"以来第一部真正具有宏大而复杂的现代结构的长篇小说。在此以前，我国新文学虽然已经出现了不少长篇，但大多数线索单一，结构单纯，实际是些中篇，而不是真正现代意义上的长篇小说。《子夜》则完全不同。在这个作品里，多条线索同时提出，多重矛盾同时展开，小说情节交错发展，形成蛛网式的密集结构。仅以第二章为例，通过为吴老太爷举丧的情节，引出全书许多重要人物和多条矛盾线索：借雷鸣出场引出吴荪甫家庭内部矛盾，借徐曼丽出场引出吴荪甫与赵伯韬的矛盾，借费小胡子的告急电报引出吴荪甫与农民的矛盾，借莫干丞的报告引出吴荪甫与工人的矛盾，借客厅里人们的高谈阔论点出军阀混战的背景以及朱吟秋等实力不厚的资本家的处境。这样一些纷繁的线索头绪，就将主人公吴荪甫置于矛盾的中心，立体化地显示其性格，同时也便于宽广地展现出时代的风貌。这种多线索的复杂结构，大大扩展了《子夜》表现时代社会生活的容量。同时，《子夜》的结构又是有张有弛，张中有弛，活泼多变，富有节奏感的，因而读起来毫不显得刻板。虽然作者由于健康的关系力不从心，第四章确实显得游离，但总的看来，《子夜》的结构艺术达到了相当高的水平。

《子夜》的成功，开辟了用科学世界观剖析社会现实的新的创作道路，对一个新的小说流派——以茅盾、吴组缃、沙汀和艾芜为代表的社会剖析派的形成，起着重要的推动作用。茅盾本人在这一新的创作道路上，先后完成了《春蚕》《林家铺子》《霜叶红似二月花》《锻炼》等一批社会剖析小说。吴组缃、沙汀也从二十世纪三十年代中期起，陆续写出了各自的代表作。到四十年代中后期，艾芜也踏上了这条新的创作道路。

应该说，社会剖析派在中国产生，是有其历史必然性的。只要以托尔斯泰、巴尔扎克为代表的重视社会解剖的欧洲现实主义能够传入中国并在这块土地上生根，只要马克思主义唯物史观的社会科学能够传入中国并在这块土地上生根，只要这两种思潮能够在文学实践过程中相互结合并且确实造就出一批具有社会科学家气质的作家，那么，社会剖析派的形成就是不可避免的。我们可以说，社会剖析派乃是"五四"现实主义向前发展、趋于革命化的产物，是一部分作家用社会科学消化自己所熟悉的现实生活的产物，是左翼文学界用作品参加社会性质大论战的结果，也是以蒋光慈为代表的"革命小说"的"左倾"幼稚病得到克服的一种结果。如果客观条件不具备，即使是《子夜》这样杰出的作品，也不可能带出一个流派来。事实上，早在茅盾的《子夜》出现以前，就有一些作家已经在独立地进行许多思考和探索。

以吴组缃为例，他从一九三一年前后起就在从事着社会解剖的工作。他自己安徽泾县的家庭是在一九二八至一九二九年世界经济危机的冲击下破落的，他也亲眼看到那个时期像他家庭那样倒闭的商店难以计数，这就迫使他去研究这类社会现象产生的原因，其结果，如他自己所说："一九二九年进大学就念马列主义。""九一八"事变后，他和哥哥吴半农等一起参加编辑《中国社会》半月刊，研究中国社会经济问题；并且参加了"社会科学研究会"。这些分析研究使他终于相信：唯物史观确实是真理，当时的中国的确并不是资本主义社会，而是半封建半殖民地社会。随着社会思想发生变化，他的文艺思想也发生变化。一九三一年十一月，他写了一篇文章叫《谈谈清华的文风》，其中提出："要暂时把趣味放开""在我们可能范围内，多多注意和社会接触""放开眼，看一看时代，看一看我们民族的地位，看一看社会的内状，使我们意识到我们现在这种生活的内里，并不是多么美满，我们实在不能偷生苟安，视现状而麻然木然。我们该在现有的生活里抓住苦痛，悲慨，在我们现有的灵魂里抓住它的矛盾处，而后再用 Serious 的笔向沉着处写。"他自己在这时期创作的农村题材的小说，写阶级压迫已达到相当可观的程度，如《官官的补品》，只是暂时还没有找到一种最适合的艺术表现方式。

沙汀比吴组缃接触马克思主义更早。他是四川安县人，一九二七年就加入中国共产党。一九三一年与同班同学艾芜在上海相遇后开始写作，最初《法律外的航线》等短篇小说，表现的虽是社会革命的题材，却只是"凭一时的印象以及若干报纸通信拼制成""单用一些情节、一个故事来表现一种观念、一种题旨"，可以说远未摸索到对他来说最适当、最能发挥长处的艺术道路。

正是在这种情形下，《子夜》的出现使他们眼前一亮，打开了一种新的境界，看到了自己应该走的具体道路，在很大程度上满足了他们的要求。只要读一读吴组缃在《子夜》出版才三个月时写的一篇评论文章——《评茅盾的〈子夜〉》，就能体会到当时一批青年左翼作家的兴奋心情。吴组缃说："中国自新文学运动以来，小说方面有两位杰出的作家：

鲁迅在前，茅盾在后。茅盾之所以被人重视，最大原故是在他能抓住巨大的题目来反映当时的时代与社会；他能懂得我们这个时代，能懂得我们这个社会。他的最大的特点便是在此。"有人这样说："中国之有茅盾，犹如美国之有辛克莱，世界之有俄国文学。"这话在《子夜》出版以后说，是没有什么毛病的。

吴组缃具体指出，《子夜》"这本气魄伟大的巨著"的贡献在于：它"用一个新兴社会科学者的严密正确的态度""暴露了民族资产阶级的没落，在积极的意义上宣示着下层阶级的兴起"；它写得非常紧凑集中，"时期大约在一九三〇年夏间的两个月的期间。地点是在上海——中国社会一身病毒的总爆发口。……全书重要人物不下三四十人，每一个人的性格都表现得十分明显。旧小说《红楼梦》《水浒传》的艺术手腕也不过如此"。与此同时，吴组缃也论述了《子夜》的某些不足与缺陷。吴组缃这篇写于《子夜》出版之初的评论文章，实在是二十世纪四十年代评价《子夜》的最好的文章之一，也是我们研究社会剖析派小说的一篇很重要的文献。文章实际上已经说到了同整个社会剖析派小说创作有关的一些特点。就在这篇文章发表几个月后，吴组缃陆续写出了《黄昏》《一千八百担》和《樊家铺》等代表作，体现了他小说风格的转换。他本来已经创作过《菉竹山房》《卍字金银花》等相当圆熟精致的小说，这时更运用圆熟的技巧去再现处于动荡破产过程中的农村生活，创造了一批脍炙人口的名篇。

社会剖析派另一位代表作家沙汀，也从茅盾《子夜》《春蚕》以后的小说创作受到教益。沙汀本来受过蒋光慈等"革命小说"的影响，后来才转上现实主义道路。他在茅盾五十寿辰那天写了一篇文章，题目叫作《感谢》，不但称茅盾的《霜叶红似二月花》为"精进不已"的作品，而且说茅盾"曾经帮助我克服创作上的危机"。沙汀最早的小说常常采取松散的印象式的写法，茅盾给他写过短信，指出过这一毛病。沙汀说："那时以后，我所走的路子才是当路，同时更认清了先生的诱导之功。""而《老人》《丁跛公》这几篇东西，正是我改换作风的起点。"到抗日战争时期，他就写出了《代理县长》《在其香居茶馆里》《淘金记》等代表作。

社会剖析派几位作家之间，常有书信往还，讨论创作问题，而且还相互间评论对方的作品。除吴组缃评论《子夜》外，茅盾还评论过吴组缃的《西柳集》，评论过沙汀的《法律外的航线》等。正是在这种共同讨论、相互影响的过程中，这一派作家形成了大体相似的审美趣味和艺术见解。

第二节　小说家的艺术，社会科学家的气质

有一位外国文学评论家把世界上的小说作家分成两种类型：一种具有诗人的气质，一种具有社会科学家的气质。法国十九世纪现实主义文学是人类认识史上一个特定阶段，即科学实证阶段的产物，其特点是相信一切社会现象和自然现象都服从于一些"不变的自然

规律"，力图用观察、分析、推理的科学方法加以探究。巴尔扎克公开宣称："我爱好科学研究"，"我喜欢观察我所住的那一郊区的各种风俗习惯，当地的居民和他们的性格"。因此，他被泰纳称作"开始写作不是按照艺术家的方式，而是按照科学家的方式"。福楼拜一八六二年七月致皆奈特夫人信中，呼唤作家们"多需要科学胸襟！"在写作《包法利夫人》时尤其坚信："越往前进，艺术越要科学化。"左拉则甚至打出"实验小说"的旗号，认为小说应以科学实验方法研究人生。连托尔斯泰，在《艺术论》中也认为科学对艺术有指导、引路的作用。茅盾从"五四"时期起，就醉心于十九世纪法国现实主义文学这种"科学的描写法"。一九二一年，他在《纪念福楼拜的百年生日》一文中，认为福楼拜的科学的描写态度，能够"校正国内几千年来文人的'想当然'描写的积习"。同年，他在《文学和人的关系及中国古来对于文学者身份的误认》一文中，不无偏颇地提出："文学到现在也成了一种科学。"一九二三年，在《文学与人生》的讲演中，他又说："近代西洋的文学是写实的，就因为近代的时代精神是科学的。科学的精神重在求真，故文艺亦以求真为唯一目的。科学家的态度重客观的观察，故文学也重客观的描写。"茅盾所看重的小说创作中这种科学理性精神，到他接受马克思主义之后，就发展成为唯物史观基础上的社会剖析，对他的创作发生深刻的影响。左拉谈到巴尔扎克等作家时说："从来没有人把想象派在巴尔扎克和司汤达的头上。人们总是谈论他们巨大的观察力和分析力；他们伟大，是因为他们描绘了他们的时代，而不是因为他们杜撰了一些故事。"茅盾也认为，创作不应凭一时的灵感冲动或想象，诱导创作的真正动机应该是一种在观察基础上产生的分析的渴望。所以叶圣陶在二十世纪四十年代就说：茅盾"写《子夜》是兼具文艺家写创作与科学家写论文的精神"。吴组缃的情况也很相似。他最初上清华大学读的是经济系，而且参加《中国社会》半月刊的编辑工作，被社会分析解剖所吸引。他们的这种气质渗透融合到了小说艺术的许多方面，构成为独特的审美内容，使广大读者、研究者都能感觉到。捷克汉学家普实克在为捷译本《腐蚀》写的《后记》中，认为用"科学的、理性的，甚至是一种分析解剖式的态度去观察生活和社会"，乃是"茅盾特有的艺术审美的敏锐感受"。日本汉学家尾坂德司在一篇文章中，也称茅盾的《子夜》为"中国现实社会的解剖图"。海外学者程步奎（郑培凯）等也指出：吴组缃自《一千八百担》起，在小说创作上显示了浓重的社会解剖色彩。可以说，把小说艺术和社会科学结合起来，以前所未有的规模从各个角度再现中国社会，剖示近代中国社会的性质，这正是社会剖析派小说的一个基本特征，也是这个流派在小说史上的一大贡献。

更进一步说，现实主义的小说作品都是对生活的再现，社会剖析派作品的独特性在于：它们力图对社会生活做出理性的分析。社会剖析派所尊崇的俄国作家列夫·托尔斯泰的写法，他的一位朋友谈到《战争与和平》时，曾经归纳成这样几句话：这"是人生的全貌，是当日俄国的全貌，是所谓人民历史和人民挣扎的全貌，在其中人们可以找到他们的快乐和伟大、忧郁和屈辱：这就是《战争与和平》"。社会剖析派作家学习借鉴的，正是这种"全貌"式的写法。茅盾在《创作的准备》一书中，主张作家要对现实生活"从社会的总的连带关系上作全面的观察"，这是他一贯的和根本性的创作思想，这种思想体现在作品中，就成为注重现实生活的整体性。社会剖析派作品中描绘的生活内容与人物关系，往往是现实社会的某种模拟或缩影。茅盾在《蚂蚁爬石像》一文中说：

> 文艺作品是要反映"真实的人生"的，然而一篇文艺作品只能把片段的人生描写了进去。这片段的"人生"或者代表了"全体"，那就是社会生活全体的缩影；这样的作品就可说是"真实人生"的反映。

这种借"缩影"来显示"社会生活全体"的写法，正是社会剖析派作家经常采用的。《子夜》通过吴荪甫为中心的人物群的活动，显示了三十年代上海这种大都市的半殖民地特质。《一千八百担》《淘金记》通过各自的艺术内容，显示了中国农村社会浓重的封建性、地主阶级的腐朽性以及由此而来的尖锐矛盾。艾芜的《山野》则借助一个山村的抗日活动，显示了抗战期间整个农村的阶级分野。即使像《黄昏》这样一篇很短的速写，作者吴组缃也在这里借一个回乡知识青年的耳闻目睹，集中展现了世界经济危机冲击下中国农村面临破产的一幅"全景性"图画：破落户"家庆膏子"（鸦片烟鬼）因"年头不好"，到处行乞似的叫卖；三太太的儿子、媳妇因商店倒闭、债主逼债而双双被迫自尽，如今孙子又得了天花；松寿针匠失业后成了疯子，夫妇二人"一天哭三顿，三天哭九顿"；可怜的桂花嫂子赖以为生的七只鸡被偷，她只好伤心而又狠绝地"砍着刀板咒"。这一切都是在人祸频发、"南京新近向美国借了五千万棉麦"的背景下发生的。作品的结尾是：

> 我向屋子里走着，不知几时心口上压上了一块重石头，时时想吐口气。桂花嫂子的咒骂渐渐得有点低哑了。许多其他嘈杂声音灌满我的耳，如同充塞着这个昏黑的夜。我觉得我是在一个坟墓中，一些活的尸首在呻吟，在号啕，在愤怒地叫吼，在猛力挣扎。我自言自语说：
> "家乡变成这样了，几时才走上活路？"
> 我的女人没答话。

全篇虽然只有五千多字，却同样是一篇具有"全方位视角"，有力地传达出二十世纪三十年代农村凄厉郁怒的时代气氛的作品。

作品写了大量的经济生活内容，如养蚕、经商、开矿、办实业、搞投机、争公产、放高利贷、同行吞并（大鱼吃小鱼）等。巴尔扎克曾经被毛姆称为"认识日常生活中经济重要性的第一个小说家"。社会剖析派作家更向前推进，自觉地用唯物史观来观察和反映社会生活。吴组缃在给茅盾一封信中谈到自己想写一部长篇的创作计划时说：他打算"从经济上潮流上的变动说明这些人物的变动和整个社会的变动"。其实，不仅吴组缃的一部长篇如此，整个社会剖析派作品都有这个特点。应当说明，小说中写经济活动，并非从社会剖析派作品开始。《金瓶梅》里早就写了西门庆开药店、开当铺；《红楼梦》里更写了乌进孝交租、探春理家、王熙凤放高利贷。问题在于，过去小说中这些描写主要出于交代情节或刻画性格的需要，并非明确地自觉地体现作者的基本创作意图。切菜刀和解剖刀虽然同样可以宰杀一只鸡，然而这两种切割的性质却大不相同。社会剖析派作家所做的是：自觉地从经济入手来剖析社会，发现社会现象背后的经济动因，从而深刻地揭示出某些规律，以完成自己的社会使命和艺术使命。茅盾在创作《子夜》时，就搜集研究了大量经济事实。仅从他当时写的《都市文学》一文所透露的下列经济史料，就可以知道他在这方面下了多少功夫：

……两年前上海有一百零六家丝厂，现在开工的只有十来家。"五卅"那时候，据说上海工人总数三十万左右，现在据社会局的详细调查，也还是三十万挂点儿零。上海是"发展"了，但发展的不是工业的生产的上海，而是百货商店的跳舞场电影院咖啡馆的娱乐的消费的上海！上海是发展了，但是畸形的发展，生产缩小，消费膨胀！

正因为这样，《子夜》出版后曾被有些经济学家推荐为研究中国现代经济的重要参考书。吴组缃评论《子夜》时也说过，"社会科学者用许多严密精审的数字告诉我们：中国社会经济已走上怎样的一个山穷水尽的境界。——但这些都只是抽象的数字的概念。如今《子夜》就给我们这些数字的抽象的概念以一个具体的事实的例证"。可贵的是，社会剖析派作家虽然注重从经济角度再现生活，却并不忽视社会政治、文化、道德、心理多种角度的综合反映。在他们的作品中，经济动因并不简单地直接诉诸人物的行为言语，而是穿越政治、文化、道德、习俗、心理诸层次，经过它们的过滤方起作用。《樊家铺》中女主人公线子并非有预谋地图财害命却杀死了母亲，《子夜》中"海上寓公"冯云卿由原先讲究"诗礼传家"而终于寡廉鲜耻地出卖女儿，《淘金记》中地主何寡妇由最初关门相拒到后来扩大对金矿的认股，这些出人意料的转折都有较坚实的心理、文化、道德、习俗的基础；正因为写出人物有悖初衷，才更使读者为之震惊。此外，《子夜》中还有不少相当出色的心理描写和关于丽娃丽妲村这类"都市文化"的透析；《淘金记》写到的四川农村政治、文化、道德、习俗诸般状况，更是相当深刻。我们完全有理由说：运用唯物史观对中国现代社会从经济到政治、文化、心理各方面做出创造性的有力描绘，正是社会剖析派作家在现代小说上的独特贡献。直到今天，这个经验依然值得我们借鉴。

社会剖析派作家的再现生活，其根本意图和侧重点在于向读者剖示中国社会的性质。他们用社会科学观察社会，得出对中国社会性质的明晰判断。如茅盾经过观察验证，认为中国民族工业不能发展，中国按现有道路走下去依然是半殖民地半封建社会，这个判断在《子夜》《林家铺子》《春蚕》等一系列作品中都得到了表现。吴组缃经过观察验证，认为中国农村面临破产，这种破产局面不是偶然的，不是由于农民本身的原因，而是世界经济危机与外国资本主义加紧对中国经济入侵的结果——他的这个看法体现在《一千八百担》《黄昏》《天下太平》《樊家铺》等一系列作品中。沙汀观察四川农村，认为中国内地的农村依然是封建势力盘根错节的黑暗王国，在那里开矿、办实业谈何容易，这在长篇《淘金记》和《在其香居茶馆里》等一系列短篇中同样得到了很好的表现。他们得出的这些结论不但是正确的，而且是深刻的、独到的。如果要讲"意识到的历史内容"，那么，应该说社会剖析派的作品所包含的"意识到的历史内容"是相当丰富的。二十世纪三十年代写农村破产、丰收成灾的短篇小说数以十计，有点名气的，就有叶圣陶的《多收了三五斗》、叶紫的《丰收》、夏征农的《禾场上》、蒋牧良的《高定祥》等。《现代》杂志的编者施蛰存、杜衡在一九三三年曾说:"近来以农村经济破产为题材的创作,自从茅盾先生的《春蚕》发表以来,屡见不鲜,以去年丰收成灾为描写中心的,更特别的多,在许多文艺刊物上常见发表。本刊近来所收到的这方面的稿件,虽未经过精密的统计,但至少也有二三十篇。"在这么多描写农村破产、丰收成灾的作品中,社会剖析派作家茅盾、吴组缃的小说占有突出的地位,他们不是局限于反映一些现象,而是深入接触到问题的本质。尤其像《春蚕》,是这类小说中最早的具有开拓意义的作品。正因为这样,茅盾才被捷克的汉学家普实克称为"一位毫不隐瞒真相的外科医生,准确无误地解剖着社会的肌体"。

以上这一切,都是社会剖析派作家把现代小说的描写艺术和社会科学的精密剖析出色地融合起来的结果。

当然,这样做也要冒一点风险:如果理论与生活的关系处理不好,如果从理论出发还是从生活出发不明确,那么小说作品就可能社会学化,就可能产生某种概念化。但社会剖析派作家在这个问题上处理得相当好。他们坚持从生活出发,而不是从理论出发。如果生活经验不足,他们宁肯临时抱佛脚,也要争取在构思过程和创作过程中设法补足(茅盾写《子夜》时就曾到交易所去继续观察、体验)。在茅盾身上,"主题先行"这种情况也是有的,但这主题本身也还是来自生活,并非作家的主观空想,也不是书本上来的理论概念。例如《春蚕》这篇小说,据茅盾自己说,是从报纸上一则消息引起的,那则消息大意是:"浙东今年春蚕丰收,蚕农相继破产!"这则消息引起了作家的思索,特别是"丰收"和"破产"这种尖锐矛盾的现象震惊了作者,使他联想起新近回乡看到的种种情形,于是决意要写这篇小说。茅盾曾说:"生活经验的限制,使我不能不这样在构思过程中老是先从一个社会科学的命题开始。"这确实也是一种"主题先行",但这种"主题先行"有时不可能完全避免。在这个问题上我们要想得复杂一点。不能以简单化对待简单化。王蒙在一九八○年八月二十日那次讨论他作品的会上发言,就说他的作品有时是人物先行,有时是故事先行,有时是场面、感觉先行,心理活动先行,也有时是主题先行。王蒙说:"我觉得每篇作品的具体情况是不同的,有时候主题先行,你真正有生活的话,如果再得到主题的启发把生活挖掘出来,写了就一定失败?也不见得。但原则上不赞成这样。"这就说得比较科学,比较实事求是,没有对"主题先行"绝对地采取一棍子打死的态度。所以,问题的关键主要不在是否"主题先行",关键在于这"主题"是否从生活中来,而且获得这种来自生活的主题之后有没有相应的生活体验做后盾。茅盾写《春蚕》,不但主题是从生活中来的,而且在创作过程中运用了他少年时期的关于养蚕的一些生活积累,因而从总体上保证了作品的成功(虽然并非没有缺点)。

应该说明,在这个问题上,社会剖析派中比较年轻的一些作家与茅盾的态度并不完全一样。他们更多地强调从生活出发,直接从生活中获取主题。社会科学理论对他们来说只是观察生活的一种工具,他们根本不赞成从理论出发来创作,而是强调现实主义。吴组缃很早就这样评论茅盾创作的弱点:"他作品的主题,往往似乎从演绎而来,而不是从归纳下手，似乎不是全般从具体的现实着眼，而是受着抽象概念的指引与限制。因此，他的一部小说，往往似乎只是为社会科学理论之类举出一个例证；作为艺术的创作者，就似乎缺少一点活生生的动人心魄的什么。最明显的是他的人物描写。……这些人物都是作者根据推理设想出来的，而不是根据深刻的实际观察与体验创造出来的；使人对这些人物感觉隔膜，邈远，不可把捉。"吴组缃、沙汀等人自己的作品，则不但显示着社会的根本性质，而且充满着生龙活虎般的人物与迎面扑来的生活气息，他们在这点上比茅盾是有发展的。

第三节　横断面的结构，客观化的描述

社会剖析派作家经常采用截取横断面的方法来解剖社会，而将作者的感情倾向尽量隐蔽在生活断面描写的背后。这是他们小说创作的又一个基本特点。

横断面的描写方法是社会剖析派作品的显著优点。由于截取了横断面，把丰富的内容集中到一个断面里来，通过有限的时间空间加以表现，因此，艺术上就要求相对的严谨和精致，表现上就要求朝深处开掘，而且更加要求写好场面和对话。这个流派的所有代表作，几乎都在这方面显示出很大的长处。吴组缃评《子夜》时，就认为这部长篇写得很集中："全书共分十九章，时期大约在一九三〇年夏间的两个月。地点是在上海——中国社会一身病毒的总爆发口。故事的纵的方面是以野心的大企业家吴荪甫的一场发达民族工业的奢侈的噩梦为主要线索，写金融资本如何的操纵工业资本……故事的横的方面牵连了许多纷繁的头绪……"吴组缃赞赏地说："作者安排与表现这些复杂的东西很用了一番艺术手腕。"吴组缃自己一九三三年以后的一些作品，也都采取以横断面为主的写法，而且达到了相当高的水平。《一千八百担》和《樊家铺》，就是两篇很有代表性的作品。

《一千八百担》的副标题是"七月十五日宋氏大宗祠速写"，它写了封建大家族成员为了从一千八百担谷子的义庄财产捞取好处而进行的一场激烈的争夺。地点是宋氏家族的祠堂，时间只有一两小时。小说只写了宋氏大家族将要开会前的场面（实际上会议并未开成），却把这个先前很有名望、出过好几个举人的封建大家族内部的丑恶、腐朽、各谋私利、分崩离析表现得淋漓尽致，揭示了复杂丰富的社会内容，显示出鲜明的时代特点。先后出场的二三十人，他们各怀鬼胎，会前就钩心斗角，不可开交。商会会长子寿想以松龄要用钱安葬祖先骨殖的名义，让义庄买下他家没人要的竹山，便于自己捞取好处。义庄管事柏堂坚持要将这一千八百担首先用来归还欠宋月斋的借款连本加利一千五百元，以便自己可以贪污一笔利息。区长绍轩主张从义庄拿出钱来支付所谓"剿匪壮丁队"的开办费，以便自己侵吞。小学校长翰芝主张用这一千八百担的钱办学校。省城中学教员叔鸿声言自己有紧急用途，要向义庄借款。讼师子渔等人干脆提出："瓜分义庄，先分稻，后分田，大家平分。我们先来个共产。"豆腐店老板步青，草药郎中兼风水家渭生，也各有一套奇妙的言论。除了宋氏家族明争暗斗这条线外，小说还有一条暗线，就是祠堂外饥饿的农民

聚会和抢粮。作者把这方面情节发展大部分放在后台来进行，直到最后才转到台前。就在宋氏大家族成员争得不可开交时，断粮的农民和佃户，成群结队、敲锣打鼓抢粮来了。他们抓住义庄管事和区长两人，从库里分走了稻谷。值得注意的是，连宋氏这个地主大家族中，也出了革命者、共产党人，就是竹堂。这个人物最初在小说中还是出了场的，他在农民抢粮斗争的高潮中上台讲了话、喊了口号，是这场斗争的实际组织者，收入《西柳集》时作者才删去这一段。总之，《一千八百担》在祠堂这个单一的场面里，通过描写和对话，先后有条不紊地刻画了二十多个身世不同、各有性格的人物。一个短篇小说能有这样高的成就，实在不多见，它显示了作者对有关生活的熟悉和高度的组织情节、驾驭文字的能力。彭柏山有篇小说叫《忤逆》，也是写饥民在忍无可忍的情况下抢分了祠堂里的公积谷。题材与思想倾向几乎与吴组缃的《一千八百担》完全一样。彭的作品写于一九三四年八月，还在吴作之后。然而这两篇作品艺术上颇有高下之分。彭作从农民昌喜家这个角度来写，充满同情地写农民不得已而分了祠堂的祭祀谷，艺术上比较一般化。《一千八百担》则从地主家族内部争占公积谷的角度来写，把饥民推到幕后，时间地点都极为集中，艺术上精致得多。两篇作品一对比，社会剖析派的特点就显示得很清楚了。

社会剖析派小说场面描写得出色，又得力于人物对话的成功。社会剖析派作家大多是写人物对话的大师，他们非常重视人物对话的真实自然。吴组缃说："写人物最忌成为作者观念的傀儡，他必须自己生活着，合乎客观的规律，那才真实。"茅盾也说："作者千万不要将自己的嘴巴插进书中去'发议论'，也不要将自己的嘴巴插进书中'作结论'。"他们完全按生活逻辑展开故事，事情的发展好像没有经过谁的加工处理，而是自己在显示自己。以吴组缃《一千八百担》为例，其对话有几个特点：一是口语化，不拗口，很自然（尽管叙述语言用的是书面语言）。二是性格化，语言很符合人物身份、经历、文化教养、个性特点，有些人物还有自己的习惯用语，使读者闻其声如见其人。三是符合规定的情景，动作性强。这些对话的确是生活的呈现(不像有些作品里的对话一望而知是作者硬编派的)，并且成为情节发展的重要组成部分。四是富有地方色彩，用了一些方言，却又并不生僻。

从描写大场面和运用人物对话的成功来说，吴组缃确实可以和茅盾媲美。由于场景集中，对话活泼，他的短篇小说已经非常接近于戏剧（连那篇速写《黄昏》都有这种味道，显得非常精致）。但究其实，这并非因为受了话剧的影响，而是和茅盾一样，主要是学习借鉴了托尔斯泰等作家的现实主义小说的结果。茅盾曾说，他"最爱读"的书是托尔斯泰的《战争与和平》和《安娜·卡列尼娜》。"关于这两部巨著，值得我们佩服的，就不单是人物性格的描写了。一些大场面——如宴会、打猎、跳舞会、打仗、赛马，都是五彩缤纷，在错综中见整齐，而又写得那么自然，毫不见吃力。……然而托翁作品结构之精密，尤可钦佩。以《战争与和平》而言，开卷第一章借一个茶会点出了全书主要人物和中心的故事，其后徐徐分头展开，人物愈来愈多，背景则从圣彼得堡到莫斯科，到乡下，到前线，回旋开合，纵横自如，那样大的篇幅，那样多的人物，那样纷纭的事故，始终无冗杂，无脱节。……所以我觉得读托翁的大作至少要做三种功夫：一是研究他如何布局（结构），二是研究他如何写人物，三是研究他如何写热闹的大场面。"茅盾的这些经验之谈，吴组缃也曾在另外的场合用几乎同样的话语谈到过。可见这至少是社会剖析派一部分作家的共同体验。至少艾芜长篇《山野》在结构方面的集中，横断面运用方面的成功，特别是沙汀短篇小说《在其香居茶馆里》等运用横断面的出色，更是众所周知，简直无须我们再来分析论述了。

同截取横断面来呈现生活、解剖社会这一特点相联系，社会剖析派作品常常将感情倾向隐蔽在断面的背后。沙汀曾经这样谈到自己创作的特点："我在创作上长期倾向于现实主义，喜欢写得含蓄一些，自己从不轻易在作品中流露感情，发抒己见。"这也正是社会剖析派作品的普遍特点。在这方面，又显示了社会剖析派所受法国现实主义文学的影响。福楼拜说过一句名言："艺术家不该在他的作品里露面，就像上帝不该在自然里露面一样。"的确，法国十九世纪现实主义作家力求在创作中隐去作者自身的态度，尽力做到"客观"。茅盾很欣赏这种创作思想，他在一九二二年致吕芾南信中说："文学上的自然主义与写实主义实为一物，……法国有巴尔扎克著的《人间喜剧》已取客观的描写法，其后又有福楼拜的作品，描写亦纯取客观态度。"在《西洋文学通论》中，茅盾谈到《包法利夫人》的作者福楼拜时又说："在小说中表现出来的他的态度，是异常冷静，他是这样努力克制着自己的主观感情，不使混进在他的作品中。"二十世纪三十年代茅盾创作的《子夜》等作品一脉相承地体现了这种创作思想。但因此，也就容易招来一种误解——被一些批评家认为是"客观主义"。社会剖析派几位主要作家，从茅盾到吴组缃，再到写《淘金记》的沙汀，几乎没有例外地被人认为犯有"客观主义"毛病。茅盾的《春蚕》《秋收》《残冬》发表以后，有位署名"凤吾"的左翼评论家就责备茅盾采取"超阶级的、纯客观主义的态度"，没有"完成其前进作家必然担负的任务"。当时的左翼文学领导人瞿秋白等也都是强调反对客观主义的，茅盾本人后来大概也接受了这种看法，所以当吴组缃《西柳集》出版以后，茅盾评论其中的《一千八百担》《黄昏》等作品时，竟也说吴组缃的写作态度"太客观""纯客观"。抗战期间沙汀的《淘金记》及一些短篇发表后，胡风、路翎以及季红木在他们好几篇文艺论文（如胡风《关于创作发展的二三感想》《现实主义在今天》，路翎对《淘金记》的书评）中，都一再指名或不指名地批评沙汀的小说具有"客观主义的倾向"，缺少革命"热情"，只是"静观"，"含着一种淡漠的、嘲弄的微笑""不能给你关于那个高度的强烈的人生的任何暗示"，说《淘金记》"是典型的客观主义的作品"，《替身》体现着"沙汀的客观主义态度"，等等。这些批评对吗？笔者认为都不对。因为这些批评指责其实并不符合作品的客观实际：作品本身尽管有缺点，但政治倾向性却都很鲜明。批评家们所谓的"客观主义"，实际上无非是现实主义的客观描写而已。把"客观性"等同于"客观主义""旁观主义""自然主义"，这是极大的误解。别林斯基说得好："客观性完全不是冷淡无情，冷淡无情是破坏诗意的。"在二十世纪三四十年代这些并不正确的批评里，既有当时左思潮的影响，也有属于不同流派之间（如胡风、路翎等本来就属于强调主观精神的流派，而社会剖析派则历来强调客观描写）一些未必合理的要求。到今天，我们绝不能再把某些流派的特点，当作缺点来看待了。

第四节 复杂化的性格，悲剧性的命运

社会剖析派作家放弃了革命小说那种简单划分"正面人物""反面人物"之类的流行观念。他们的作品大多采用多声部叙述的方法：在众多的人物中，作者不是通过一个人物的眼睛去看、去想、去听，而是让很多人物来看、来想、来听，这样，作者对各个人物都能保持相当的间隔，超越了小说中人物之间那些矛盾纠葛。因而塑造了处于种种复杂环境里的种种复杂人物，提供了许多富有认识意义、使人难以忘却的典型形象，如《子夜》中的吴荪甫、屠维岳，《林家铺子》中的林老板，《腐蚀》中的赵惠明，《淘金记》中的白酱丹、龙哥，《天下太平》中的王小福，《樊家铺》中的线子姑娘，《铁闷子》里那个逃兵，等等。这些人物的性格都相当复杂，作者对他们的态度也相当复杂。像吴荪甫、林老板、赵惠明、《铁闷子》里那个逃兵，都不是能用简单的"正面"或"反面"，"同情"或"批判"说得清楚的。以《腐蚀》中的赵惠明为例，学生时代也曾参加救亡运动，却由于严重的虚荣心和利己思想，在特务头子威逼利诱下，堕入阴森黑暗的罗网，参与罪恶害人的勾当，成为一名特务。但她并非嫡系，在特务组织内受到排挤、侮辱，尚未完全泯灭的良心常常使她感到矛盾和痛苦。作品通过日记这种最能显露内心隐秘的体裁，揭示了主人公复杂的心灵世界。赵惠明终于在被捕的革命者小昭的谆谆规劝以及他被杀害这一事实的感召下，决心弃暗投明，救出了即将陷入魔掌的女学生。这样的人物确实异常复杂，很难简单定性。她是不折不扣的特务，但"人之所以为人"的东西又未完全泯灭，最后还做了点好事。在"左倾"思潮泛滥时期，这一形象曾受到责备，有人批评作者美化赵惠明，同情特务，立场模糊。同样，吴荪甫和林老板两个形象，二十世纪六十年代上半期也受到过批评。吴荪甫是否是"反动资本家"，作者是否对人物同情过多，就产生过争议。茅盾小说中这么多人物受到怀疑、批判，甚至几乎弄到要为这些形象设立专案组的地步，这不是偶然的，确实说明人物本身的复杂丰富，这是社会剖析派作品共有的特点。吴组缃小说《铁闷子》里那个逃兵，也是一个曾经"抢劫、强奸"，做过不少坏事的角色，却又在关键时刻牺牲自己，做出了惊人的贡献。连二十世纪五六十年代李劼人的《大波》、姚雪垠的《李自成》，也发扬、推进这一传统，塑造了端方、夏之时、崇祯、卢像升、洪承畴、张献忠、郝摇旗、李信、袁时中等一系列极其复杂、完全冲破正反面界限的人物形象。社会剖析派这些作品的可贵之处在于：不是为复杂而复杂，不是人为地去编造，而是立足生活，真实地、深刻地写出性格本身的逻辑，写出生活固有的丰富性，写出作者本身对生活的独到的发现。拿吴组缃的《樊家铺》这个短篇来说，堪称左翼作家写的一出性格悲剧。贫苦的农家妇女线子，为了拯救入狱的丈夫，打点衙门上下，去向母亲借贷，却遭到有些积蓄并且放着高利贷的母亲的拒绝。母亲反而势利地劝女儿改嫁。线子无奈，趁夜间母亲熟睡时想偷她的钱，不料被母亲发觉，线子在情急时失手用烛台戳死了母亲，放火烧了茅屋，路上恰好碰到因土匪破了县城而从狱中逃出的丈夫。小说中母女二人性格刻画得都很突出：母亲的贪吝、冷酷、狡猾、势利，一心向上爬，羡慕富有者；线子的泼辣、坚强、善良，对贪婪者的憎恨，对丈夫的深情和忠贞。两种性格发生了尖锐冲突，以至于酿成悲剧，性格冲突里显示了丰富的社会内容。这应该说是写得很成功的一个例证。

社会剖析派小说人物塑造的另一特点是：充分尊重生活本身的逻辑，不以作者的主观愿望、主观感情而随意改变人物的命运。像老通宝、林老板、吴荪甫、王小福等形象，显然都赢得过作者的同情，有的人物在一定程度上还代表了正义所在，但他们并不因此就获得好运而避免走向失败，甚至像《腐蚀》里那个革命者小昭最后还遭特务杀害。这都表明作者在塑造他们时"爱而知其丑"，坚持了严峻的现实主义原则，同中国过去一些作家那种"爱之欲其生，恶之欲其死"的主观主义态度是根本绝缘的。

值得重视的是，社会剖析派作家在认识、处理人物和社会环境的关系方面，积累了一些重要的经验。他们既不像新感觉派有些作家那样把历史看成由某些个人意志、个人变态心理决定的，却也并不简单地认为社会环境决定人物的一切，个人无所作为。在他们看来，首先当然是社会存在决定社会意识，不同的社会环境决定着人们不同的思想性格；但同时，每个人物又以自己的行动作用于社会环境，影响着社会环境，每个人也是现实社会环境的构成者；不过归根结底，个人行动还是离不了周围的社会条件，人们只能在特定的社会历史条件下生活和行动，个人虽然并非对命运无能为力，却未必都能决定自己的历史命运，关键还在于能否顺应客观历史潮流。他们就用这样一些比较复杂、辩证的认识消化着生活，指导着创作，相当深刻地揭示了人和环境的关系，创造着典型环境中的典型性格。他们笔下的不少人物，确实是与命运抗衡而不免失败的人物，具有浓重的悲剧性。捷克的中国文学研究家普实克认为，茅盾小说有种悲剧感。他说：茅盾作品中的人物虽然都在活跃地行动着，但他们的行动并不能决定自己个人的命运。《子夜》中的女工们在英勇斗争，吴荪甫也在野心勃勃地施展抱负，"农村三部曲"里老通宝一家如牛负重地劳动，但这些行动都不能决定他们个人的命运。"这命运是由在他们背后的，比他们强大得多的另一种力量支配着的。""看来，茅盾的作品似乎和希腊古代悲剧以及欧洲自然主义者如左拉的作品有些相像，都抒发了'人不能主宰自己的命运'这个在文学中由来已久的悲剧感。""但他的作品又和古希腊的、左拉的悲剧根本不同。古希腊悲剧中人的命运的主宰是神的预言；欧洲自然主义作品里的那种力量是生物性，是遗传；茅盾作品中背后的力量却是社会，是社会各种经济政治力量相互冲击抗争而产生的一种复杂的物质力量。古希腊人和左拉写的是个人或一个家庭、一个家族的悲剧命运，茅盾写的却是某一群人。"普实克还认为，从《子夜》开始，茅盾对这种主宰人的命运的力量的认识达到了相当科学的程度。"在《子夜》里，这背后的力量就描写得极为科学、准确。在《腐蚀》里，作家在表面的杀气腾腾下清楚地写出了这种力量的末日的预感。"普实克的这些看法，对我们理解茅盾作为社会剖析派的开路人的创作特色是有帮助的。

其实，不仅茅盾写到了不少悲剧性人物，吴组缃、沙汀等又何尝不是如此！吴组缃《天下太平》这篇小说中的王小福，沙汀《困兽记》这部长篇里那些"困兽犹斗"似的主人公们，不都是悲剧性的人物吗？他们同社会进行着抗争，却不是由于本身的过错，或者说主要不是由于本身的过错而失败了。王小福是一个做了二十三年店员的极其老实、勤苦的人，后来却失业了。他们全家做尽了种种努力和挣扎：卖油条，卖奶水，饿死了婴儿，结果还是落个家破人亡。如果要说王小福有缺点，那就是对旧社会还有小生产者的幻想。到他处于绝境、失去幻想的时候，已经晚了，只好偷窃穷邻居的东西。最后，在神志未必正常的情况下去偷庙顶上面的古瓶，终于坠落身亡。小说剖析着人物，实际却同时解剖着社会，剖析人物的每一笔，对于社会来说，也就是切中社会病理的一次次解剖刀。

应该对普实克的意见加以补充的是：茅盾和社会剖析派作家不仅写了悲剧扮演者的形象，也写了悲剧制造者的形象。像《子夜》中的赵伯韬，《腐蚀》里的特务头目和陈胖等政客，《锻炼》里的简任官严伯谦，以及沙汀《淘金记》里的白酱丹、龙哥等，这些形象也是实实在在、正面地写出来了。他们决不像希腊悲剧或自然主义作品里那些背后支配人的命运的力量那样不出场，这种不同正好显示了社会剖析派作品里人物形象的真实性、科学性和深刻性。尤其像沙汀《淘金记》里的白酱丹、龙哥这些反面典型，够得上是社会剖析派的出色的创造。不读一读《淘金记》，不亲自感受白酱丹、龙哥这些人物的谈吐与动作，我们就等于对中国内地封建势力的统治是怎么回事一无了解。四川号称"天府之国"，可是在地方军阀的中世纪式的统治下，生活像死水般沉滞，霉烂发臭，又充满骇人听闻的暴行和丑事，是个十足的黑暗王国。白酱丹、龙哥就是这样一个黑暗王国里的产物，是这样一个特定环境里的特定性格。尽管已经是所谓"民国"时代，这里的封建统治依然是盘根错节、十分牢固的，是集三位于一身——"土皇帝＋强盗＋流氓"式的。他们都是吃了人肉连骨头都不吐的角色。龙哥本身就曾经是这一带有名的土匪，以后又参加哥老会，如今是北斗镇一镇之长。他的凶恶专横以一种无须掩饰，直率得令人吃惊的方式表现出来。当着众人的面，他可以从公款中抓一把票子给饭店老板付账；吞下同样是地主的何寡妇的公债钱之后，他还吼叫着说："老子吃就吃了，我不相信她敢告我龙闷娃一状！"他和整个黑暗王国的环境气候是如此协调，以致他根本不必像白酱丹那样采用计谋，只凭他的直觉办事就已足够。作品里有这样一句话：龙哥的直觉有时"简直同精密的打算不相上下"。这是惊人准确的一笔，是洞见人物肺腑的一笔。作者了不起的地方，就在于他抓住了龙哥这种性格同整个环境的血缘关系来做文章，不得不使人感到惊异和发出赞叹！除了创造悲剧扮演者、悲剧制造者的形象以外，社会剖析派作家也写了一批悲剧铲除者的形象，像《腐蚀》里的革命者小昭，《锻炼》里"背负十字架"的地下工作人员陈克明，等等。有些人物写得也还相当深沉。

总之，社会剖析派创造的人物典型是复杂而丰富的，多棱面的。这除了化为血肉的唯物史观此一认识上的原因外，与他们采用多声部叙述方法所获得的艺术效果也有关系。这里的表现特点和艺术经验值得总结研究。

社会剖析派是现代小说史上最重要的流派之一。他们贡献了一批有分量的作品，不但在左翼作家中占有重要地位，而且在整个现代文学史上产生过巨大的影响。后来的一些作家，像创作了《上海的早晨》的周而复，创作了《李自成》的姚雪垠，二十世纪五十年代重写了《大波》的李劼人，实际上都程度不同地受到了这个流派的影响，有的作家在自己的实践中还有重要的新发展。今后，在这个流派开辟的创作道路上，也将会有新的来者。

参考文献

[1] 张永禄. 《类型学视野下的中国现代小说研究》[M]. 上海：上海大学出版社，2012.

[2] 张清芳. 《创新的文学实践——中国当代作家作品专题研究》[M]. 济南：齐鲁书社，2014.

[3] 张学正，刘慧贞. 《作家·思潮——中国现当代文学论集》[M]. 天津：天津人民出版社，2011.

[4] 吴义勤. 《中国当代文学经典必读：1987 短篇小说卷》[M]. 南昌：百花洲文艺出版社，2017.

[5] 陈思广. 《中国现当代文学研究鉴识》[M]. 西安：陕西师范大学出版总社，2018.